UN INDIEN QUI DÉRANGE

Né en 1943 à Sacramento en Californie dans une famille cherokee, Thomas King est connu pour ses travaux sur les Indiens d'Amérique du Nord. Il a travaillé comme photojournaliste en Australie avant de s'établir en 1980 au Canada, où il est professeur d'anglais à l'université. Il a écrit des romans, des nouvelles, des livres destinés aux enfants, des essais et des poèmes. Pour son œuvre littéraire, Thomas King a reçu le Prix national d'excellence décerné aux Autochtones en 2003 et l'Ordre du Canada en 2004. Il a remporté le Prix du Gouverneur général 2014 pour son roman *La Femme tombée du ciel*.

THOMAS KING

Un Indien qui dérange

TRADUIT DE L'ANGLAIS (CANADA)
PAR LORI SAINT-MARTIN ET PAUL GAGNÉ

LIANA LEVI

Titre original :

DREADFULWATER

ISBN : 978-2-253-19562-7 – 1re publication LGF

Pour Christian,
qui connaît la joie de dormir dans une camionnette
au beau milieu de nulle part. Au beau milieu de l'hiver.

1

En attendant que le soleil se lève sur le versant est des Rocheuses, Ora Mae Foreman se détendait sur le balcon du Cascade en compagnie de son thermos de café, d'un sac de donuts enrobés de chocolat et du journal du matin.

— Une vue qui vaut des millions, répétait Sterling Noseworthy aux agents. Voilà ce que vous vendez.

C'était de la foutaise, bien sûr, le genre de salade que Sterling servait volontiers pour galvaniser les troupes. Il fallait le lui accorder, les paysages offerts par le Buffalo Mountain Resort étaient spectaculaires – les montagnes dans votre salon, les denses forêts de pins et d'épinettes, la rivière dévalant le canyon de la Chèvre blanche avant de s'engouffrer dans la faille de Bozeman, la vaste étendue des prairies s'étirant à l'infini sous le ciel immense.

Mais, au-delà des paysages, Ora Mae savait parfaitement ce que promettait le Buffalo Mountain Resort – l'illusion d'échapper à la cohue urbaine au profit d'un sanctuaire en pleine nature, la satisfaction de posséder un havre de paix réservé à l'élite et la sécurité offerte par le gardien en faction dans la guérite principale.

Et la nature était au rendez-vous, c'est le moins qu'on puisse dire. Des endroits où se perdre. Des falaises d'où tomber. Des ours. Des orignaux. Et même, à l'occasion, une meute de loups pour égayer sa journée. Mais en réalité, le complexe, réunissant des immeubles résidentiels et un casino, n'était pas plus sauvage que Banff, le lac Tahoe et les autres endroits où les riches se rassemblent pour vivre l'aventure en plein air.

Ora Mae n'aurait pas juré que les Indiens avaient eu raison de construire le complexe. Claire Merchant, qui avait fait de Buffalo Mountain l'enjeu principal de l'élection tribale, avait rallié assez de suffrages pour l'emporter. En cours de route, elle avait fractionné le conseil, divisé des familles et détruit des alliances anciennes. Fait ironique, la première victime était Claire elle-même : s'opposant à sa vision de l'indépendance économique, son fils, Stanley – que tout le monde, sauf sa mère, appelait Stick –, avait formé une organisation de militants plutôt mous, les Aigles rouges, qui avait manifesté devant le chantier. Par moments, les protestataires avaient réussi à interrompre les travaux, mais, hormis le jour où quelqu'un avait fait ricocher une balle sur un camion à benne à l'arrêt et envoyé tout le monde se mettre à couvert, il n'y avait pas eu de violence. Que des susceptibilités blessées et des gorges à vif. Et, dans les bouches, le goût amer dont s'accompagne l'obligation de choisir son camp.

Cela dit, ces questions concernaient les Indiens, et Ora Mae s'en souciait comme de l'an quarante. Quand, dans une semaine, le complexe ouvrirait ses portes, son travail consisterait à écouler les lots à toute vapeur.

— Familiarisez-vous avec les lieux, répétait Sterling à tout le personnel. Visitez les appartements témoins. Installez-vous sur le balcon. Imaginez-vous en propriétaire d'un chez-vous comme celui-ci.

Évidemment, aucun agent n'avait les moyens de s'offrir un de ces logements. Même les modestes appartements d'une chambre à coucher situés côté nord, avec vue plongeante sur le toit du casino et le parking, se vendaient plus de deux cent cinquante mille dollars.

Ora Mae en était à la rubrique nécrologique et à son dernier donut lorsque son portable sonna. Quand Sterling avait distribué les appareils aux agents, Ora Mae avait cru que posséder un téléphone cellulaire était le fin du fin. Au cours des deux ou trois premières semaines, elle se dépêchait de le sortir chaque fois qu'il sonnait. Mais elle avait mis peu de temps à se rendre compte que le téléphone, bien qu'utile et mignon, était l'équivalent d'une laisse. Il lui rappelait sa sœur qui vivait à Salt Lake City avec ses quatre enfants. Ils étaient mignons, eux aussi.

À présent, elle haïssait ce satané engin. Chaque fois, elle mettait un peu plus de temps à répondre. En général, c'était Sterling qui l'appelait, et Ora Mae ne se gênait pas pour le faire poireauter jusqu'à ce que l'étang gèle et que les outardes s'envolent vers le sud.

— Où es-tu ?

L'homme avait le savoir-vivre d'une moquette à poils longs. Ora Mae se lécha les doigts lentement. Ils avaient encore le goût du chocolat fondu.

— Au complexe.
— Tout va bien ?

Depuis que les appartements témoins avaient été meublés et pourvus de tous les gadgets dernier cri dont les riches sont incapables de se passer, Sterling redoutait le vandalisme. Chaque jour, depuis deux semaines, quelqu'un du bureau devait partir de Chinook, se rendre au complexe et confirmer qu'il y avait encore du pot-pourri dans les pots et qu'aucun jouet coûteux n'avait disparu. C'était le seul moyen de rassurer Sterling.

— Tu as vu Clarence ?
— Nan.

Clarence Fellows, le neveu de Sterling, était un jeune homme musclé fraîchement émoulu du collège communautaire. Clarence se voyait comme une voiture de sport, surtout quand il s'agissait des femmes. Quand venait le moment de travailler, cependant, il était plutôt un vieil autobus aux quatre pneus crevés et à la batterie à plat.

— Il devait jeter un coup d'œil aux appartements témoins, hier.
— Ah bon ?
— Mais il n'a pas donné de nouvelles.
— Tu as essayé son téléphone ?
— Le sens des responsabilités, déclara Sterling d'une voix pataugeant dans la crème pâtissière tiède. La première qualité d'un bon agent est le sens des responsabilités.

Ora Mae avait pour politique de se tenir loin des affaires des autres.

— Ne t'en fais pas, Sterling. Tout va bien.
— Pas de problèmes ?

Dans le monde selon Sterling, tout ce qui sortait de l'ordinaire était un problème. Un client insatisfait. Un chèque sans provision. Les inondations, les feux de forêt, les maladies incurables, les taux d'intérêt élevés, les courroies de ventilateur usées, la carie dentaire. Les coupes de cheveux ratées. Sterling aimait que tout soit prévisible et organisé. Sa présence dans l'immobilier était un mystère.

— Aucun.

— Parce que la dernière chose qu'on veut, ce sont des problèmes, pas vrai ?

Question posée uniquement pour la forme. Ora Mae avait renoncé à répondre à ce genre de question avant même de quitter la maison et de mettre le cap sur l'Ouest pour voir du pays et faire fortune. Vingt ans s'étaient écoulés depuis et elle avait effectivement vu du pays.

— N'oublie pas de jeter un coup d'œil dans tous les appartements.

— Clarence prépare peut-être un coup fumant.

Entendant le sourire dans sa propre voix, Ora Mae se demanda si Sterling le percevait, lui aussi. Sans doute pas, se dit-elle. La seule voix qu'écoutait Sterling était la sienne.

— Et rappelle-moi.

Signé Douglas Cardinal, le Buffalo Mountain Resort avait déjà raflé plusieurs prix d'architecture. On saluait les méthodes novatrices employées par Cardinal pour concilier les impératifs d'une station de montagne haut de gamme avec les intérêts des Autochtones et les motifs traditionnels. Le bâtiment principal, celui qu'on apercevait en premier en quittant la plaine pour aborder les contreforts, était le casino, énorme dôme cuivré qui scintillait et chatoyait dans la lumière.

L'immeuble résidentiel s'étendait au sud et à l'ouest. Bien que plus haut que le casino, il se confondait presque avec le versant de la montagne grâce à ses murs de béton gris et à ses vitres teintées.

Sterling avait punaisé au mur, derrière sa table de travail, une photo aérienne de la région. Au ras du sol, on ne distinguait aucune forme particulière. Mais quand on voyait les bâtiments à vol d'oiseau, il apparaissait clairement que Cardinal s'était montré à la fois créatif et terre à terre. Le groupe de bâtiments, pour peu qu'on fasse preuve d'un minimum d'imagination, avait la forme d'un bison dans les hautes plaines.

À contrecœur, Ora Mae se leva et balaya les miettes qu'elle avait laissées sur la table du balcon. Elle plia avec soin le sac qui avait contenu les donuts et le glissa dans son sac à main avec le thermos, puis elle jeta un coup d'œil à ses chaussures pour s'assurer de ne pas salir la moquette en laine pâle.

Pendant un instant, elle caressa l'idée de téléphoner à Sterling pour lui dire que des toilettes bouchées avaient débordé et inondé la moquette, qu'un gros oiseau avait fracassé une fenêtre ou qu'un incendie d'origine électrique avait endommagé une cuisine. Elle éprouva un plaisir éphémère à la pensée de la tête que ferait Sterling, mais elle n'envisagea même pas d'ouvrir son sac à main. Elle et Sterling Noseworthy, le quatrième ou le cinquième du nom, allez savoir, avaient une chose en commun : ils n'aimaient pas les problèmes.

Les problèmes, avait répété la mère d'Ora Mae à ses filles, étaient comme les hommes : nombreux et jamais bien loin.

Le Cataracte, appartement d'une chambre à coucher long et étroit, avec la cuisine à un bout et le salon à l'autre, était le plus petit des modèles. Ora Mae avait passé pas mal de temps à chercher un bon adjectif pour le décrire, un mot qui pourrait lui servir d'argument de vente. « Douillet » était ce qu'elle avait trouvé de mieux. Ça laissait entendre que l'appartement était un peu trop exigu, certes, mais aussi clair, accueillant et chaleureux.

« C'est si petit, cet appartement, avait un jour déclaré Clarence à Sterling, qu'un homme peut pisser dans les chiottes en se tenant dans la porte d'entrée, les yeux fermés. »

Fanfaronnade typiquement masculine. Ora Mae, qui avait tout entendu dans sa vie, était sûre que le spectacle n'en valait pas la peine. À en juger par les toilettes du bureau, Clarence, debout à l'autre bout de la pièce, les yeux fermés, ne viserait ni mieux ni plus mal que Clarence à côté de la cuvette, les yeux grands ouverts.

En entrant dans le Cataracte, Ora Mae eut la très nette sensation de ne pas être seule.

— Clarence ?

Elle était au courant pour Clarence et Celia Brothers. En principe, c'était un secret, mais les deux seules personnes à ignorer que Clarence et Celia avaient fait la tournée des motels des environs étaient la femme de Clarence, Barbara, et Sterling. Et encore, Ora Mae était d'avis que Barbara savait et qu'elle attendait seulement l'occasion d'arracher le cœur de Clarence.

— C'est toi, Clarence ?

Sur le pas de la porte, Ora Mae huma l'air. Elle détecta une lourde odeur de renfermé. Hormis les effluves de la moquette, des meubles en aggloméré et de la peinture fraîche, il régnait là une odeur pour elle inédite, âcre et douceâtre à la fois. Une odeur désagréable. Une odeur qui la rendit anxieuse et bougonne.

La rumeur voulait que Clarence, à court de motels dans les environs, ait pris l'habitude d'emmener Celia au complexe.

Dans le plus petit des appartements témoins ? Mon Dieu ! Cet homme n'avait pas plus de romantisme qu'un kleenex.

— Fini de jouer, Clarence.

La chambre était vide et le lit n'avait pas été défait. Le spectacle de Celia et de Clarence nus dans le placard lui fut épargné, Dieu merci. Dans le salon, Ora Mae jeta un coup d'œil par la fenêtre. En contrebas, le toit du casino étincelait de rouge et d'or. Tout autour, le parking asphalté s'étirait à la façon d'une coulée de lave qui, dans sa course jusqu'aux rochers, aux arbres et aux denses herbes des prairies, dévorait tout sur son passage. Debout dans la lumière, Ora Mae se demanda comment elle allait pouvoir convaincre les acheteurs potentiels d'allonger un quart de million de dollars pour un couloir équipé de toilettes griffées. En leur racontant qu'il s'agissait d'un bon placement, probablement.

Ce n'est qu'en se retournant pour se diriger vers la porte qu'elle aperçut l'homme.

— Seigneur !

Il était affalé dans un ample fauteuil à oreilles posé devant la fenêtre, l'air d'être confortablement installé. N'eût été ses yeux qui ne fixaient rien en particulier, Ora Mae aurait pu croire qu'il se détendait en profitant de la paix et de la tranquillité d'esprit que confère un petit bout du Buffalo Mountain Resort.

Pendant qu'elle le dévisageait, elle s'aperçut qu'il y avait un moment qu'elle ne respirait plus. Lorsqu'elle le fit enfin, ce fut par inhalations longues et profondes. Elle en profita pour ordonner à ses épaules de se relâcher et à ses mains de se décrisper. Elle avait déjà vu des cadavres, et il y avait longtemps que les hommes, morts ou vivants, ne lui faisaient plus peur.

Ora Mae retourna au Cascade, où elle s'assit, sortit le thermos de son sac à main et finit son café. Il faisait jour, à présent. En regardant Buffalo Mountain prendre vie, elle se rendit compte qu'elle n'avait pas fait attention au visage de l'homme. Elle n'avait pas l'impression de le connaître, mais elle regrettait de ne pas l'avoir examiné de plus près, de ne pas avoir cherché un portefeuille, une carte de crédit ou autre chose qui révèle son nom.

Ora Mae composa d'abord le numéro de Sterling. Elle ne voulait laisser à personne d'autre le plaisir de lui annoncer la bonne nouvelle. Des problèmes. Elle sourit. Ce garçon n'avait aucune idée de ce que c'était, avoir des problèmes.

Ensuite, elle téléphona au shérif.

Enfin, elle appela Thumps DreadfulWater.

2

Quand l'alarme retentit, le coude de Thumps DreadfulWater partit à la recherche du réveille-matin. C'était un de ces bidules à l'ancienne qu'il fallait remonter. Or il ne se souvenait pas de l'avoir remonté – pas depuis des mois, en fait. Et s'il avait une vague idée de la façon de régler l'appareil, il ne voyait pas ce qui aurait pu le pousser à faire une chose aussi stupide. Il fut donc soulagé de constater que le bruit qui l'avait tiré du sommeil venait du téléphone et non du réveille-matin.

Thumps enfouit sa tête sous la courtepointe en patchwork et, en roulant sur le côté, atterrit sur la chatte. Freeway ne miaula pas et ne s'écarta pas du chemin, comme l'aurait fait un chat normal. Elle se contenta de grogner et de planter ses griffes dans le ventre de Thumps. Puis elle se rendormit. En cherchant le combiné à tâtons, Thumps se rappela pour la énième fois qu'il devait se procurer un répondeur et couper les griffes de Freeway.

— Je ne suis pas là pour le moment.

— Thumps ? C'est Ora Mae.

— Laissez-moi un message.

— Tu n'as pas de répondeur.

— Et je vous rappellerai.

— Arrête de faire l'idiot. Je suis au complexe.

— Attendez le signal sonore.

— J'ai trouvé un cadavre, annonça Ora Mae. Le shérif te fait dire d'apporter ton appareil photo.

Thumps garda le combiné dans la main pendant un moment avant de raccrocher. Un cadavre? À Buffalo Mountain? Peut-être Sterling Noseworthy était-il mort de stupeur dans le hall après avoir pris connaissance du prix des appartements. Non, se dit Thumps, impossible : dans cette éventualité, Ora Mae aurait semblé beaucoup plus joyeuse. D'ailleurs, c'était Sterling lui-même qui avait fixé les prix. Tout ce qui préoccupait l'homme, en ce moment, c'étaient les profits. Et son pourcentage.

Évidemment, Ora Mae ne s'était pas donné la peine de préciser *qui* était mort à Buffalo Mountain. Cette femme était carrément diabolique. Elle savait qu'une aura de mystère était l'une des seules choses capables de tirer Thumps du lit un dimanche matin. La première hypothèse, c'était que les Aigles rouges avaient eu un affrontement avec la police. Mais un affrontement mortel? Peu probable. Stick Merchant avait beau être jeune et passionné, il n'était pas stupide. Et d'ailleurs, si on laissait de côté l'incident du camion à benne, toutes les manifestations organisées jusqu'ici avaient été pacifiques, à peine plus conflictuelles qu'un pique-nique de bureau.

Freeway s'étira et se mit à lécher le pourtour du nombril de Thumps. Inexplicablement, la chatte prisait cette partie de l'anatomie de son maître.

— Arrête ça.

Pour une chatte, Freeway se montrait plutôt raisonnable. Outre les nombrils, sa seule obsession avait trait aux objets ressemblant à de la ficelle. Au cours de la première semaine de la présence de l'animal sous son toit, Thumps avait constaté que tous les lacets de ses chaussures et de ses bottes avaient été coupés à la hauteur des œillets, comme à l'aide d'un couteau ou de ciseaux. Ses soupçons s'étaient portés sur Freeway, mais il n'en avait eu la preuve qu'en découvrant les embouts durs des lacets dans sa litière. Par la suite, il fut contraint de cacher ses chaussures dans un placard de la cuisine, avec les céréales et les pommes de terre.

Thumps fit bouffer les oreillers, tira sur les draps et arrangea la courtepointe. Fidèle à son habitude, Freeway, assise par terre, l'observait.

— Tu pourrais me donner un coup de patte, tu sais.

La chatte cligna des yeux et s'éloigna dans le couloir.

— Moi d'abord, lança Thumps.

Précaution inutile, il le savait pertinemment. En arrivant dans la salle de bains, il trouva Freeway debout sur l'abattant, la tête enfoncée dans la cuvette. En plus de sa passion pour les lacets, Freeway entretenait avec l'eau une relation dont la logique échappait à Thumps. Il lui réservait un joli bol en céramique bien lourd qu'il avait lui-même fabriqué dans un vague cours d'expression artistique pendant sa première année universitaire. C'était un bel objet, aux bords ornés de poissons jaunes bien dodus nageant du mieux qu'ils pouvaient dans un épais glacis bleu.

« Voici ton bol, avait-il annoncé à la chatte avec une fierté et une bonne volonté non négligeables. Fait à la main, s'il te plaît. »

Si Freeway avait bu dans le bol, Thumps ne l'avait jamais vue faire. Elle préférait les toilettes. Thumps, qui jugeait cette habitude particulièrement dégoûtante, avait tenté de fermer la porte de la salle de bains. Sauf que les portes closes rendaient Freeway complètement folle. Elle les grattait en hurlant, passait une patte en dessous dans l'intention de se glisser de l'autre côté.

Le miroir accroché au-dessus du lavabo était d'humeur revêche. Thumps tourna la tête d'un côté pour voir si, sous un angle différent, l'image serait meilleure. Il commençait à ressembler à son père. Ou, plus exactement, à son père tel qu'on le voyait sur les photos conservées par sa mère. Eugene DreadfulWater était un homme de grande taille, doté d'un cul plat, d'un visage allongé et de lèvres épaisses qu'on aurait dites taillées à l'aide d'un rasoir. Il avait les cheveux courts, le crâne presque rasé. Mais la première chose qu'on remarquait chez lui, disait la mère de Thumps, c'étaient ses yeux. Ils étaient noir de jais et si bridés que, la plupart du temps, ils semblaient fermés.

Thumps avait donc le visage de son père. Mais il avait les cheveux de sa mère. Ceux de son père avaient été noirs et raides, ceux de sa mère, noirs et ondulés. Dans les années 1970, alors qu'il était à l'université, Thumps avait constaté que tant qu'ils ne dépassaient pas ses épaules, ses cheveux ne paraissaient pas si mal. S'il les laissait pousser davantage dans l'intention de se faire une queue de cheval ou des tresses, selon la mode en vogue chez les Indiens souhaitant avoir l'air de vrais Indiens, ils frisaient et formaient des tortillons rebelles qui gâchaient complètement son look. À présent, à l'instar de son père, il les portait courts. Au moins, ils étaient encore noirs, sans la moindre trace de gris.

Thumps examina ses dents. L'un des avantages d'avoir la peau légèrement plus foncée que les personnes qui vous entourent est que vos dents semblent plus blanches qu'elles le sont en réalité. Il tenta de se rappeler la dernière fois qu'il les avait fait détartrer. Avant son départ de Californie ? Si longtemps, déjà ?

Thumps se glissa sous le jet de la douche. Bon, d'accord, sa curiosité avait été piquée. Les habitants de Chinook n'avaient pas l'habitude de mourir. Si ses souvenirs étaient exacts, les appartements ne seraient mis en vente que la semaine suivante. Il était donc trop tôt pour que les écolos de Los Angeles et de Toronto débarquent et commencent à s'entretuer pour avoir la meilleure vue. Peut-être s'agissait-il d'un touriste particulièrement prévoyant ayant décidé de se suicider avant l'ouverture du casino et la perte de tout son argent. Mais le policier en Thumps, le policier qu'il avait tenté de laisser en Californie, lui susurra à l'oreille que cette histoire de cadavre à Buffalo Mountain serait plus compliquée.

Bien sûr, la mort était parfois simple. Sans complication. Ordinaire. Infarctus. AVC. Par déformation professionnelle, Thumps tenait pour acquis qu'un meurtre avait été commis. L'homicide avait été son rayon. À l'époque où il était policier, les morts qu'ils croisaient n'étaient jamais passés de vie à trépas de manière naturelle. Ora Mae n'avait rien dit sur le cadavre qu'elle avait trouvé, non ? Thumps avait tout simplement brûlé les étapes.

À pas feutrés, il se rendit à la cuisine. Freeway se faufilait entre ses pieds en se plaignant amèrement de l'heure tardive et de son état de famine.

— Tu as du poids à perdre, de toute façon, grommela Thumps, sans préciser si les mots s'adressaient à la chatte ou à lui-même.

Il ouvrit un placard et en sortit son bol préféré. Un de ses lourds verres était légèrement décalé par rapport aux autres, et il rectifia sa position en le poussant à droite. L'ordre, devait-il admettre, lui procurait une certaine satisfaction. Les bols étaient à leur place, les verres parfaitement alignés, les couverts empilés avec soin. Les boîtes de céréales étaient rangées selon leur taille.

Debout à cette heure, Claire avait sans doute fini son petit déjeuner. À supposer que des céréales givrées et des tranches de pain blanc grillé puissent être considérées comme un petit déjeuner. Thumps ne concevait pas qu'on puisse entamer sa journée avec seulement des glucides pour se donner de l'énergie et du courage. Gloire au ciel pour les Weetabix. Et le lait de soja.

— Viens, lança-t-il à Freeway en se dirigeant vers l'escalier.

Le sous-sol était humide, frais et sombre, et cette odeur souterraine lui rappelait toujours les huit années qu'il avait passées à Eureka, sur le littoral du nord de la Californie. Il avait aimé la petite ville, en particulier le climat. Gris. Brumeux. Humide. Vert. C'était un endroit isolé, d'accord, mais il aimait se rendre à Clam Beach et parcourir à pied les trois kilomètres qui séparaient la rivière des falaises sans croiser âme qui vive. Ou pousser plus loin, jusqu'à Trinidad Head, pour manger un sandwich sur les quais et regarder l'océan contourner la pointe. San Francisco était à six heures au sud (quand la route était ouverte), et les habitants de la côte étaient plutôt sédentaires. Les touristes montaient au nord, mais c'était un phénomène saisonnier, comme les oiseaux migrateurs et les glissements de terrain.

Situé dans les hautes plaines, Chinook, en revanche, était un endroit froid et sec. En été, la sueur rissolait sur votre visage et laissait un cerne de sel autour de votre cou, et tous les matins on devait ouvrir ses yeux de force, avec ses doigts. En hiver, c'était pire. On devait enduire son corps de crème pour empêcher sa peau de se craqueler. Malgré cette précaution, il suffisait de se frotter les bras pour générer de la fumée. On pouvait allumer un feu simplement en claquant des doigts.

Mais ce n'était pas pour des raisons climatiques que Thumps avait quitté Eureka pour s'établir à Chinook.

Thumps déverrouilla la porte de la chambre noire. Son nez ne l'avait pas trompé. Le bain d'arrêt avait rendu l'âme. Il vida la cuvette, la lava et la mit à sécher à la verticale, appuyée contre la paroi de l'évier. Freeway, qui adorait la chambre noire, fonça vers les tablettes placées sous l'évier, où Thumps entreposait les bouteilles ambrées contenant des produits chimiques. Lorsqu'elle s'était installée derrière les bouteilles, entre la tuyauterie et le mur à colombages, plus moyen de déloger la chatte avant qu'elle ait fait le plein d'obscurité et de mystère.

— On ne reste pas.

Avant le coup de fil d'Ora Mae, Thumps avait prévu de passer la journée à réaliser des tirages, assis dans le noir devant le vieil Omega D-2, et à faire un peu de ménage dans les épreuves et les négatifs. Ce projet ne l'emballait pas particulièrement, mais, maintenant qu'on le privait de l'occasion de se terrer dans le sous-sol, il se surprit à regretter la perte de ce qu'il considérait à présent comme du temps de loisir. Il s'assit devant le chevalet. Son coin favori. Tranquille, sombre, secret. Il lui arrivait de consacrer des journées entières à un seul négatif, de s'égarer dans les variations de la lumière, de réaliser une succession de tirages jusqu'à obtenir une image parfaite. Et alors, le plus souvent, il en venait à la conclusion que le contraste n'était pas tout à fait au point, que l'encre était trop foncée ou trop pâle, que le papier était trop chaud ou trop froid, et qu'il devait recommencer.

— Viens.

Thumps s'extirpa de la chaise, prit le Leica et le flash Vivitar et glissa l'objectif de soixante-dix millimètres dans son sac.

— Tu veux une friandise ?

« Friandise » était l'un des rares mots que Freeway connaissait. Ou plutôt l'un des rares mots qui avaient de l'intérêt pour elle. Elle franchit la porte d'un bond et gravit les marches en courant. En arrivant dans la cuisine, Thumps la trouva juchée sur le poteau à gratter, où elle se lamentait en exécutant sa danse féline.

N'ayant pas vu Claire depuis plus d'une semaine, Thumps tenta de se rappeler s'ils s'étaient raccommodés ou non. Claire était une femme géniale, mais, disons, tendue. À cause de son boulot, surtout. Il comprenait. Cheffe du conseil tribal et mère célibataire, Claire était sans cesse soumise à des pressions et, hélas, elle n'était pas du genre à déléguer ses responsabilités.

Ou ses souffrances.

Et entre le conseil tribal et son fils adolescent, elle avait sa large part des deux. Stick n'était pas un mauvais bougre. Intelligent, enthousiaste et, la plupart du temps, chiant à mort. Seulement, Thumps aurait souhaité que Claire fasse la différence entre ses sentiments pour son fils et pour lui. Quand elle était en colère contre Stick, c'est Thumps qui écopait. Quand Thumps la contrariait, elle s'en ouvrait à Stick. Thumps avait la très nette impression que Claire ne pouvait s'occuper que d'un homme à la fois, et il avait parfois du mal à se rappeler lequel des deux était dans ses bonnes ou ses mauvaises grâces.

Il prit dans le placard la boîte de friandises pour chat et plaça, juste sous le nez de Freeway, une minuscule croquette brune à l'odeur de poisson.

— Madame est servie. Et pas la peine d'en redemander.

Jetant un coup d'œil par la fenêtre, Thumps constata qu'une autre belle journée de ciel bleu à perte de vue se préparait. Le brouillard et l'humidité lui manquaient. Le soleil était surfait. Freeway avala goulûment sa friandise et se mit à danser pour en réclamer une autre.

— Pas question, dit Thumps en se lavant les doigts dans l'évier.

Les cadavres ne font pas toujours d'histoires. Mais en ouvrant la porte, Thumps eut le net pressentiment que celui de Buffalo Mountain en ferait, le net pressentiment aussi que la situation serait embrouillée. Le net pressentiment que ce cadavre-ci allait gâcher autre chose que son début de journée.

3

Si seulement il n'avait pas perdu son temps à avaler des céréales, se dit Thumps pendant le trajet de trente kilomètres jusqu'au Buffalo Mountain Resort, il aurait peut-être eu la chance de profiter d'un petit spectacle automobile – la Ford de Duke Hockney, la BMW de Sterling Noseworthy et la Chrysler familiale de Beth Mooney le dépassant à des vitesses nettement supérieures à la limite permise. Sterling, au volant de la voiture la plus rapide, aurait sans doute été à la tête du convoi. Seulement, le SUV du shérif était équipé de gyrophares et d'une super sirène, et Thumps se demanda si Duke, malgré son emploi du temps chargé, aurait pris un moment pour intercepter Sterling et lui coller une contravention.

Jusqu'à la sortie, Thumps surveilla de près son rétroviseur, s'attendant presque à apercevoir une armada d'ambulances, de camions de pompiers et de tournage roulant à tombeau ouvert vers la scène de crime. Pourtant, lorsque sa vieille Volvo eut poussivement gravi la pente conduisant à la nouvelle route que la tribu avait aménagée pour accueillir le flot de voitures et d'autocars remplis de touristes qui, du moins Claire l'espérait, inonderaient l'ambitieux projet économique, le seul véhicule en vue était le sien.

Il ne savait pas de façon certaine qu'un crime avait été commis, mais quand, de l'autre côté de la rivière, il immobilisa la voiture devant la barrière et la guérite, il remarqua deux choses. Premièrement, la barrière était descendue et, deuxièmement, Cooley Small Elk souriait si fort qu'il commençait à montrer les dents.

— Salut, Thumps.

Posant un bras sur le toit de la Volvo, Cooley se pencha vers la vitre. La voiture s'affaissa d'un côté et Thumps dut appuyer son genou sur l'accoudoir pour éviter d'être projeté contre la portière.

— Tu es en retard, cousin.

Cooley était la sentinelle idéale. Énorme et amical, il incarnait la sécurité et il possédait en outre un attribut hors de prix. Avec sa peau brun foncé, ses pommettes hautes, ses yeux perçants et ses longs cheveux noirs, Cooley donnait l'impression de sortir tout droit d'une photographie d'Edward Curtis pour se diriger vers un plateau de cinéma. Parmi les clients du Buffalo Mountain Resort et les acheteurs de biens immobiliers, rares étaient ceux qui avaient frayé avec des Autochtones. Mais s'ils avaient vu *Little Big Man* ou *Danse avec les loups* – et qui ne les avait pas vus, ces films ? –, ils connaissaient Cooley.

— Génial, ton uniforme.

— Ouais, dit Cooley. Tu savais qu'on doit les payer nous-mêmes ?

— Tu as eu du mal à en trouver à ta taille ?

— Tu parles. J'ai dû les faire venir de San Francisco.

La crosse noire d'un pistolet dépassait du holster de Cooley. Thumps n'était pas convaincu de la pertinence d'armer les gardiens, en particulier dans le contexte des manifestations organisées en périphérie du complexe, lesquelles risquaient à tout moment de dégénérer. Si ce n'était déjà fait.

— On te laisse porter une arme, à ce que je vois.

— Nan, répondit Cooley. C'est le pistolet à air comprimé de mon neveu. Ils veulent juste que j'aie l'air d'un gardien. Avec Stick et ses amis qui jouent aux cow-boys et aux Indiens, ils devraient vouloir que je sois armé pour de vrai.

— Je m'y suis laissé prendre.

Cooley se pencha un peu plus et baissa la voix :

— J'ai ma carabine à l'intérieur, au cas où il y aurait du grabuge.

— Aujourd'hui, par exemple ?

Cooley sourit et se redressa. La Volvo se releva brusquement.

— C'est une bonne journée.

— On connaît la victime ?

— Silence radio, dit Cooley. Tu vas prendre des photos ?

— Si je peux entrer, fit Thumps en laissant la voiture s'avancer un peu.

— Noseworthy-poils-au-nez dit que personne ne passe sans sa permission, fit Cooley. Comme s'il était aux commandes.

— Sterling est très impressionnable.

— Il a fait comme si c'était de ma faute.

— Je ne vois pas comment.

— Merde, fit Cooley. Ce n'est pas comme si on me payait pour empêcher le monde d'entrer.

— Les gens meurent dans les endroits les plus invraisemblables.

— On me paie pour jouer l'Indien, dit Cooley en lissant ses cheveux et en remontant son pantalon. Aussitôt que la plupart des lots auront été vendus, ils vont acheter une barrière automatique, et je serai de l'histoire ancienne.

— Il y a du monde, là-haut ?

— Tu as ton appareil à portée de main ?

— Ici, répondit Thumps en sortant le Leica de son sac.

— Qu'est-ce que tu dirais de me tirer le portrait ? Ma petite amie a un faible pour les uniformes.

— Volontiers.

— Attends, fit Cooley en se dirigeant d'un pas lourd vers la guérite. Je vais prendre ma carabine.

De l'entrée au complexe principal, la route épousait l'incurvation naturelle du sol et donnait l'illusion de serpenter dans une forêt profonde. C'était seulement en débouchant dans ce que Sterling appelait par euphémisme « la clairière » et en jetant un coup d'œil derrière qu'on comprenait l'astuce : pour un arbre sauvegardé, on en avait abattu vingt.

Thumps sortit de sa voiture et prit son sac en bandoulière. Malgré le soleil, l'air matinal de la montagne était d'une fraîcheur surprenante. La pente entre le parking et l'immeuble résidentiel n'était ni raide ni longue, mais Thumps dosa sa respiration pour ne pas être forcé de s'arrêter et pour éviter de tomber dans les pommes. L'altitude, se dit-il, sans parler du poids du sac contenant l'appareil photo. Faux, dans les deux cas. Mais il était encore trop tôt pour affronter des vérités personnelles *et* un cadavre.

Le verrou de la porte principale était l'une de ces merveilles de la technologie actionnées par ordinateur. Sans le code ou une carte d'accès, on s'escrimerait dessus en vain, armé d'un chalumeau, pendant toute la pause-déjeuner. Quelqu'un l'avait bloquée en position ouverte à l'aide d'une pierre. Pour la sécurité, on repasserait.

Thumps fut étonné par le calme qui régnait dans l'immeuble – c'est mort, ici, aurait-il peut-être dit s'il n'avait pas été à bout de souffle. Étant donné le nombre de personnes présentes à l'intérieur, il s'attendait à entendre des voix, à voir des gens courir dans tous les sens, peut-être même à tomber sur un panneau indiquant : « Pour le cadavre, suivre la flèche. » Mais il n'y avait rien. Pas un son. Aucune activité. Que l'écho du silence et l'odeur des lieux inhabités.

Les ascenseurs en laiton poli scintillaient dans la pénombre du hall. Thumps leva les yeux sur les indicateurs. L'une des cabines était au huitième. C'était sans doute là que se trouvait le mort. Et, par pure coïncidence, c'était aussi l'étage des appartements témoins.

En sortant de l'ascenseur, Thumps sut qu'il ne s'était pas trompé de planète. Au bout du couloir, passé le coin, des voix. Elles ne semblaient pas spécialement ravies. Inutile de se dépêcher, se dit Thumps. Mieux valait attendre que les choses se calment.

Face à l'ascenseur, l'appartement témoin, « Cascade », comprenait trois chambres, deux salles de bains et un haut plafond. Malgré les préventions de Thumps vis-à-vis de tout ce qui était au-dessus de ses moyens, il dut avouer que l'appartement en imposait effectivement par son luxe. Grâce au mur du côté ouest, vitré de haut en bas, et à la vue imprenable sur les montagnes, les lieux semblaient clairs et spacieux. La cuisine sortait tout droit d'un magazine d'architecture – placards en bois, évier en céramique, cuisinière à six feux, appareils électroménagers en acier inoxydable et épais comptoir de granit vert foncé à perte de vue. Avec des revêtements de sol de la couleur du pain grillé.

Debout dans la cuisine, Thumps prit une profonde inspiration. Il saurait s'habituer à un lieu pareil. Il essaya la cuisinière. Il entendit une série de cliquetis, comme si quelqu'un grattait une allumette sur du métal, puis la douce flamme bleue fleurit sous le brûleur.

Le réfrigérateur encastré était aussi profond qu'une caverne. À l'intérieur, on avait laissé un grand plateau chargé de fruits et une bouteille de champagne, deux verres et une carte ornée d'un ruban doré sur laquelle on lisait : *La qualité comme maître-mot*.

Thumps passa la main sur le comptoir. Lisse et frais. Il actionna le robinet et vit l'eau couler sans effort dans l'évier, comme s'il était huilé.

La chambre principale était un long rectangle, peint en vert foncé. D'épais tapis orientaux ponctuaient le parquet en bois brut, et Thumps n'eut pas besoin d'en retourner un coin pour s'assurer qu'ils étaient faits main. Contre le mur du fond reposait un très grand lit doté d'une tête sculptée représentant une scène forestière, et notamment une rivière, quelques orignaux et une famille de castors au grand complet. On avait laissé une unique rose en soie rouge sur le duvet à côté d'un panier rempli de chocolats emballés individuellement, question de rappeler aux éventuels acheteurs que c'est dans les détails que réside le luxe.

Beaucoup de joujoux, songea Thumps. Vraiment beaucoup de joujoux.

Mais c'est la salle de bains principale qui lui arracha un sourire – attenante à la chambre, elle était tout en marbre et dotée d'une profonde baignoire à remous placée sous une vaste fenêtre d'où, allongé dans l'eau agitée, on pouvait contempler le ciel.

Le cadavre attendrait.

Sur la porte en verre de la douche étaient gravés des dauphins, et des carreaux faits main représentant une scène sous-marine abstraite tapissaient les parois. Des pommes de douche en porcelaine et chrome fleurissaient sur chacun des trois côtés, tandis que, au ras du sol, des évents de baleines en étain coulé propulsaient des jets de vapeur.

Au fond de l'enceinte, un vitrail représentait deux grues dans un étang, dans des tons bleu, vert et crème. Des triangles de verre transparent biseauté laissaient entrer juste assez de lumière pour nourrir les fougères suspendues. Le banc en cèdre posé sous la fenêtre constituait une jolie touche, se dit Thumps. On pouvait s'étirer sur les planches et laisser l'eau et la vapeur chaude déferler sur son corps ou allumer les lampes encastrées pour créer une ambiance tropicale.

Il s'imagina un après-midi passé là, allongé sur ce banc dans l'eau et la vapeur. Et il se rendit compte que, à force de penser à l'eau se mêlant à la vapeur pour former un nuage moite, il avait envie d'aller aux toilettes.

Quand il déboucha dans le salon pour se diriger vers le balcon avec ses chaises longues assorties et sa table en fer forgé blanc, il trouva Ora Mae qui l'attendait sur le pas de la porte.

— C'était ouvert.

— Tu as de la chance, dit Ora Mae. On n'installe les verrous que la semaine prochaine.

Thumps glissa les mains dans ses poches et sourit.

— Ça te plaît ?

— C'est trop cher.

— Et tu te fais passer pour un détective ?

— Je suis photographe.

Ora Mae ouvrit le réfrigérateur.

— Tu t'es servi ?

— À part le champagne bon marché ?

— Bon marché mon œil, répliqua Ora Mae. Et ça ? Elle déplaça les fruits frais pour montrer tout le plateau.

— On dirait que quelqu'un a pris des pommes.

— Non coupable, Votre Honneur.

— Hum, hum, fit Ora Mae en remettant le plateau à sa place et en refermant la porte. Tu me fais penser à Boucles d'or. Tu n'as pas défait le lit, quand même ?

Thumps secoua la tête.

— Tu t'es servi des toilettes ?

— Où est le cadavre ?

Ora Mae posa les mains sur ses hanches.

— Quatre cent cinquante mille, dit-elle. Sans les options.

Thumps cligna des yeux.

— Quelles options ?

— Tout ce que tu vois ou presque, dit Ora Mae en parcourant la pièce des yeux. Pour quatre cent cinquante mille, tu as droit à du formica et à une moquette.

Thumps aimait beaucoup Ora Mae. Qu'elle le lui rende bien lui faisait plaisir.

— Tu en as vendu combien ?

— Pourquoi ? Tu es intéressé ?

— C'est un bon placement, tu crois ?

— Un placement ?

Ora Mae le gratifia de son plus beau sourire – celui qu'elle réservait aux clients pour les inciter à sortir leur chéquier.

— À ton avis ?

Thumps se retourna vers le réfrigérateur.

— Tu crois qu'une banane…

Ora Mae éteignit les lumières et lui tint la porte.

— J'ai petit-déjeuné légèrement, ce matin.

— Tu prendras un gros déjeuner.

Thumps la suivit dans le couloir. Il distinguait la voix de Sterling, au loin, de plus en plus forte et insistante.

— Sors-moi ça d'ici, disait Sterling.

— Impossible.

La voix de Duke était celle que prend un adulte pour s'adresser à un enfant.

— Il commence à sentir mauvais.

— Bouche-toi le nez.

Ora Mae s'arrêta devant une porte ouverte marquée « Cataracte » et se retourna vers Thumps.

— Ne va surtout pas énerver Sterling, dit-elle. Le pauvre homme a une journée difficile.

L'appartement était bondé. Sterling Noseworthy, Duke Hockney et son adjoint, Andy Hooper, se tenaient près de la fenêtre. Sterling souriait en agitant les bras, comme pour convaincre Duke et Andy de jouer à un jeu amusant.

Thumps se pencha vers Ora Mae.

— Combien, pour celui-ci ?

— Il est trop cher pour toi, lui aussi, répondit Ora Mae en faisant la moue. On a un cadavre sur les bras. Tu te souviens ?

— C'est plutôt petit.

— Facile : achète le plus grand.

En apercevant Thumps, Sterling traversa la pièce en coup de vent.

— Thumps ! s'écria-t-il. Dieu merci !

L'attitude amicale de Sterling prit Thumps au dépourvu. Il le préférait dans son état naturel : cupide et arrogant.

— Tu as apporté ton appareil ?

— Le voici.

— Regarde, Duke. Regarde, Andy, fit Sterling en agrippant Thumps par le bras pour l'entraîner de l'autre côté de la pièce. Thumps est là avec son appareil.

Andy Hooper était un de ces jeunes hommes grands et minces qui posent en sous-vêtements ou en maillot de bain dans les catalogues. Au secondaire, il avait été une star du football. Le garçon le plus populaire de sa promotion. Le garçon considéré comme le plus susceptible de réussir. Tout ce qui manquait à son arsenal, c'était la matière grise. Au fond, ce n'était pas plus mal. Pour autant que Thumps puisse en juger, Andy n'avait pas encore compris que le lycée avait été son âge d'or.

Le shérif, en revanche, était un gros homme aux cheveux clairsemés dont le corps faisait penser à un amas de rochers. Quant à son visage, il évoquait, aux yeux de Thumps, un bol de gruau morose. Mais Hockney était pourvu d'un cerveau et il savait s'en servir.

— Ora Mae t'a tiré du lit? demanda-t-il.

— J'étais déjà debout, dit Thumps. Je commence ou tu préfères que j'attende?

Hockney jeta un coup d'œil à Sterling, qui faisait passer son poids d'une jambe sur l'autre en feignant d'être maître de la situation.

— Quand tu seras prêt.

Sterling cessa de se balancer et entraîna Thumps jusqu'à l'endroit où Beth Mooney était accroupie près d'un fauteuil à oreilles.

— Salut, Thumps, dit Beth. Alors, qu'est-ce que tu en penses?

— Thumps a changé de carrière, dit Sterling. Il prend des photos, maintenant. Pas vrai?

Beth Mooney était une belle femme aux cheveux foncés et aux dents étincelantes, mais ce que Thumps appréciait le plus chez elle, c'étaient ses muscles. Pour la plupart des médecins que Thumps avait connus, le sport se résumait à une partie de golf hebdomadaire. Beth faisait de la course et des haltères. Son ample sweat-shirt et son pantalon de chirurgien vert laissaient deviner des parcelles de chair ferme.

Thumps rentra le ventre, juste un peu, dans l'espoir qu'il s'alignerait avec sa ceinture.

— Salut, Beth.

— Tu as perdu du poids?

— J'ai commencé à m'entraîner.

— Continue, dit-elle, et un jour tu seras aussi agréable à regarder que moi.

Sterling tira sur le bras de Thumps.

— On les prend, ces photos ?

L'homme dans le fauteuil, en tout cas, n'irait nulle part. Sauf à l'arrière de l'utilitaire de Beth.

— Il a l'air mort, déclara Thumps au bénéfice de Sterling.

— Évidemment qu'il est mort, dit Sterling, dont les mains s'emballèrent de nouveau. Tu le connais ?

Le visage de l'homme avait la couleur de la pierre, celle que prennent les visages lorsque la circulation s'arrête et que le sang se fige. Ses cheveux rêches et noirs étaient coiffés en queue de cheval. Jean, T-shirt, veste de sport. Thumps s'agenouilla à côté du fauteuil pour examiner le cadavre. Au fil des ans, il avait compris que les visages fournissaient peu d'informations sur les gens. Les mains et les ongles, c'était une autre histoire. Les mains de cet homme semblaient douces, ses ongles étaient propres et taillés avec soin. En attendant de savoir ce qu'il faisait dans la vie, on pouvait présumer qu'il n'avait ni posé des briques ni creusé des tranchées.

— Des papiers ?

— Rien, répondit Beth.

— Stick Merchant, laissa tomber Sterling.

Thumps jeta un coup d'œil à Sterling.

— Ce n'est pas Stick.

— Évidemment, dit Sterling. Mais c'est à cause de lui, tout ça.

Le mort portait une bague à la main droite. Thumps en avait déjà vu de semblables. Une bague de diplômé. Le genre de cadeau que d'heureux parents offrent à leurs rejetons lorsqu'ils terminent leurs études universitaires ou quittent la maison. Ou les deux.

— Tu le connais ?

Beth le gratifia une fois de plus de son sourire enjôleur et Thumps prit la résolution d'effectuer deux ou trois séries de sit-ups tous les soirs, pendant que Freeway et lui regarderaient la télévision.

— Non.

— Tu le connais sûrement, dit Sterling. Tu connais tous les habitants de la réserve.

— Il ne vient pas de la réserve.

— Génial, fit Sterling. Stick importe des Indiens, à présent.

Beth se tourna vers Thumps et secoua la tête.

— À toi de jouer, dit-elle. Assure-toi de prendre une bonne photo des blessures d'entrée.

— Un suicide, peut-être, dit Sterling avec espoir. C'est très fréquent.

— Peu probable, répondit Beth. En général, les suicidés ne se tirent pas dessus une seconde fois.

Thumps passa l'heure suivante à photographier le cadavre et tout le contenu de la pièce. Sterling divisa son temps entre Beth, à qui il donna des leçons sur les différences entre la bonne et la mauvaise publicité, et Duke et Andy, avec qui il débattit de ce qu'il fallait dire et ne pas dire à la presse.

Son travail terminé, Thumps se dirigea vers la fenêtre. Contrairement au Cascade, le Cataracte n'avait pas de vue digne de ce nom. Quelques arbres, la route du complexe, le casino, le parking, le toit du centre informatique et le ciel. Thumps souleva l'appareil photo et consulta le télémètre.

— Tu as déjà vu des œuvres d'Ansel Adams ?

Les mains dans les poches, le shérif Hockney se tenait à côté de Thumps.

— Il photographiait des montagnes.

— Il y a deux ou trois ans, à Tucson, j'ai vu quelques-uns de ses tirages originaux au grand musée de la photographie. Tu veux que je te dise ?

— Quoi ?

— Adams faisait la différence entre un parking et une montagne.

Hockney se prénommait Benjamin, mais, à en croire les habitants de la réserve et du village qui s'intéressaient à ce genre de choses, sa femme, ayant décidé que son mari ressemblait à s'y méprendre à John Wayne, avait pris l'habitude de l'appeler Duke.

— Sterling t'a demandé si tu le connaissais ?

— Oui.

Thumps dut admettre que Hockney entretenait effectivement une certaine ressemblance avec John Wayne. Il parlait même un peu comme lui. Thumps se demanda si le shérif avait toujours parlé ainsi ou s'il avait adopté cette élocution traînante et décontractée pour plaire à sa femme.

— Et tu lui as répondu ?

— Que je ne sais pas du tout de qui il s'agit.

Duke se rapprocha de la fenêtre. Le soleil n'avait pas encore atteint le dôme cuivré du casino, et le ciel avait la couleur de la glace en plein hiver.

— Sterling est convaincu que le défunt fait partie de la bande de Stick, dit Duke, qui soupira en se balançant d'avant en arrière. Qu'est-ce que tu en penses ?

— Tu lui as dit que le mort est asiatique ?

— Non, répondit Duke. Éclairer des idiots ne fait pas partie de mes compétences.

— Il ne va pas être content, dit Thumps en tirant sur la manette de l'appareil pour rembobiner la pellicule. Je t'envoie les photos dès qu'elles seront développées.

— Parfait.

Le shérif se tourna vers le petit groupe qui n'attendait que son signal.

— Bon, fit-il. On l'embarque.

Thumps se concentra sur les montagnes. L'appareil était vide, désormais, mais il y avait quelque chose de rassurant à sentir la bague de mise au point tourner sans heurt et à déclencher l'obturateur.

— Sterling pense que le mort est indien.

De près, Ora Mae semblait encore plus imposante.

— C'est ce que je me suis laissé dire.

— Selon Beth, il n'a pas été tué ici.

— Il n'y a pas assez de sang.

— Tu as donc aussi quelque chose dans la tête.

— Tu l'as déjà vu ?

Thumps prit conscience de ce qu'il faisait. Les vieilles habitudes ont la vie dure.

— En tant qu'acheteur potentiel, tu veux dire ?

— Non, dit-il en essayant de ne plus se comporter en policier. Je ne voulais rien dire du tout.

— Ne t'arrête pas en si bon chemin, dit Ora Mae. Tu es sur ta lancée.

— Il faut que je me sauve.

— C'est maintenant que tu me dis que tu n'es plus policier et que tu es seulement photographe ?

— Exactement.

— Tu n'as donc aucune envie de savoir qui est notre ami, d'où il est venu et comment il est arrivé ici ?

— Non.

Ora Mae secoua la tête et se dirigea vers la porte.

— Si tu n'apprends pas à mieux mentir, tu vas rester longtemps célibataire.

Par la fenêtre panoramique, Thumps vit Beth et Andy déposer le cadavre à l'arrière de l'utilitaire. Hockney sortit par la porte principale et marcha jusqu'au sommet du parking. Les mains en visière, au bord du trottoir, il observa le casino et le centre informatique. Puis il se dirigea vers sa voiture en balançant les bras avec détermination, comme s'il avait découvert quelque chose. Thumps, cependant, savait ce que cherchait Hockney. Et, du haut de son perchoir, il comprit qu'il n'avait rien trouvé.

4

Lorsque Thumps rentra à Chinook, la matinée tirait à sa fin, et les seuls clients présents chez Al's étaient les traînards habituels. Normalement, les pittoresques refuges servant de bons petits plats à des prix raisonnables dans des lieux intéressants, mais en dehors des sentiers battus, comme Chinook, se changeaient en destinations incontournables au cours des mois d'été. Les locaux étaient alors contraints de faire la queue derrière des hordes de touristes ployant sous le poids des sacs à dos, des guides de voyage et des cartes routières. Or si Chinook recevait sa large part de touristes, rares étaient ceux qui s'attablaient chez Al's.

D'abord, le café était difficile à trouver. Coincé entre la boulangerie Fjord et la laverie de Sam, l'établissement était dépourvu d'enseigne, hormis la carapace de tortue que Preston Wagamese avait collée à côté de la porte avec, peint dessus, le mot « Nourriture ».

Et même si des touristes dénichaient l'endroit – et certains y parvenaient –, ils se rendaient compte, à peine entrés, que, sens de l'aventure ou pas, ils feraient sans doute mieux de se satisfaire du pain doré du Holiday Inn.

Non pas que le café soit menaçant. En réalité, il était banal. Rien de plus qu'une longue et étroite allée bordée d'un côté par des box en contreplaqué, et de l'autre par une série de tabourets en chrome et vinyle rouge éraflés, pressés contre le comptoir en formica citron vert.

L'endroit était sombre, d'accord. La porte moustiquaire et la fenêtre près du gril étaient les seules sources de lumière. Humide, aussi. Et cette humidité se mêlait aux suaves arômes de la graisse, des toasts brûlés, du café et de la sueur, le tout formant des courants et des remous qui, telles des marées, déferlaient sur l'endroit. Quiconque entrait là pour la première fois, se dit Thumps, avait sans doute l'impression de plonger dans l'eau.

Il n'y avait personne au comptoir. Thumps s'engagea dans l'allée et s'assit sur le septième tabouret. Il n'était pas superstitieux. C'était plutôt l'expérience qui parlait. Certains tabourets étaient branlants et d'autres parsemés de sinistres bosses, juste sous le vinyle. Deux ou trois avaient des déchirures qu'on avait réparées à l'aide de bouts de scotch fort peint en rouge.

Le septième tabouret était l'un des deux seuls intacts. Il ressemblait à Al elle-même. Usée, mais d'origine.

— Comme d'habitude ?

Al se rapprocha en passant un linge humide sur le formica.

— Vas-y mollo sur la sauce.

Alvera Couteau entretenait avec le sel une véritable histoire d'amour. C'était l'ingrédient principal de la « sauce secrète » qu'elle mélangeait aux œufs pour en rehausser le goût, et c'était sur lui que reposait le pain de viande spécial. En fait, Thumps avait l'impression que le sel était la seule épice – à supposer qu'il s'agisse bien d'une épice – qu'elle utilisait dans ses plats. De loin en loin, quelqu'un rappelait à Al que le sel était mauvais pour le cœur, à quoi elle répliquait que la cigarette tuait plus vite.

C'est aussi pour cette raison que Thumps était un habitué. Aussi improbable cela puisse-t-il paraître, Al's était un établissement non-fumeur. Certains restaurants dans l'Est et dans des coins comme la Californie interdisaient la cigarette, mais dans l'Ouest – le vrai –, où l'alcool, les cigarettes et les armes à feu formaient une sainte trinité, un restaurant non-fumeur était au mieux une curiosité.

Pour Al, c'était une simple question de goût.

— Fumez si vous y tenez, répétait-elle à tous. Mais pas dans mon restaurant.

Trois ou quatre ans plus tôt, Wutty Youngbeaver avait décidé d'éprouver la résolution d'Al et s'était allumé une cigarette devant le comptoir. Elle lui demanda de sortir. Et se donna même la peine de sourire. Au lieu d'obéir, Wutty inspira de toutes ses forces et souffla un énorme nuage de fumée qui flotta au-dessus du gril et se posa sur une montagne des célèbres pommes de terre rissolées de la maison.

Al ne dit rien. Elle balança les pommes de terre à la poubelle et continua de vaquer à ses occupations, comme si de rien n'était. Russell Plunkett et Jimmy Monroe, assis de part et d'autre de Wutty, se levèrent rapidement et s'installèrent dans un box. Si Wutty n'avait pas été aussi satisfait de lui-même, il aurait peut-être vu venir la riposte. Comme son petit déjeuner n'arrivait pas et que sa tasse restait vide, il finit par saisir le message.

— Tu peux pas faire ça, dit Wutty à Al. C'est public, ici.

Al l'ignora. Wutty resta assis, résolu à avoir Al à l'usure.

— Elle n'a pas le droit de faire ça, dit-il à l'intention des autres clients.

Tous, cependant, s'étaient détournés ou avaient le nez plongé dans leur journal. Wutty resta sur son tabouret presque une heure, puis, vexé, sortit en jurant de ne jamais remettre les pieds au café.

— Ce n'est quand même pas le seul endroit où un honnête travailleur peut se nourrir.

C'était la stricte vérité. Si vous aviez envie de friture au petit déjeuner, vous pouviez vous rendre chez Dumbo's. Ou au Holiday Inn. Et si vous ne répugniez pas à faire le trajet jusqu'au Shadow Ranch, vous pouviez vous offrir le petit déjeuner « du chariot bâché », qui comprenait des crêpes épaisses faites maison et du vrai pain au levain.

Ce privilège, cependant, vous revenait cher. Dumbo's était bon marché, mais vous n'en aviez pas pour votre argent. Au Holiday Inn, le petit déjeuner vous coûtait dix dollars, sans jus de fruit. Celui du Shadow Ranch vous revenait à près de vingt dollars, sans tenir compte de l'essence et du temps perdu. Le petit déjeuner spécial d'Al – des œufs à votre goût, des toasts au pain brun, des pommes de terre rissolées servies avec du fromage et de la sauce pimentée, des saucisses maison et un jus de fruit – s'élevait à trois dollars cinquante, qu'il pleuve ou qu'il vente.

Wutty tint bon pendant une semaine. Puis, un matin, il se présenta au comptoir, tout sourire, comme s'il ne s'était rien passé. Al n'était pas une femme déraisonnable, mais elle n'avait aucunement l'intention de laisser Wutty revenir chez elle en grand seigneur juste parce qu'il avait de belles dents. Il y avait des réparations à faire. À sa décharge, Wutty céda rapidement et présenta des excuses. Malgré tout, il dut attendre près d'un an avant qu'Al remplisse sa tasse aussi vite que celles des autres clients et plus longtemps encore avant qu'elle couvre son petit déjeuner de sel ou remplisse à ras bord son petit verre de sauce pimentée.

— Je t'ai pas beaucoup vu, dernièrement, dit Al en glissant l'assiette entre les coudes de Thumps. Tu as recommencé à faire ta tambouille ?

— Je me débrouille très bien en cuisine, répondit Thumps en versant la sauce sur les œufs avant de les mélanger à ses pommes de terre.

— Les gens parlent encore de tes macaronis.

— C'est de l'histoire ancienne.

Thumps balaya le café des yeux.

— Je vois pas de nouveaux visages. Tu as carrément cessé de servir les touristes ?

— C'est à propos du cadavre à Buffalo Mountain ?

Al remplit la tasse de Thumps et posa la cafetière sur le comptoir.

Thumps s'émerveillait toujours de la vitesse à laquelle circulait l'information.

— Tu sais de qui il s'agit ?

— Tu es allé faire un tour au Shadow Ranch, récemment ? On investit deux ou trois millions de dollars dans l'hôtel. Une nouvelle piscine et une nouvelle piste de ski dans la montagne.

Al jeta un coup d'œil au gril pour s'assurer que rien ne brûlait.

— Évidemment, le casino va donner un plus à Buffalo Mountain.

La plupart du temps, Al, tel un chat, sautait et se mêlait aux conversations. À d'autres moments, l'intéresser à un sujet c'était comme pousser un rocher jusqu'en haut d'une montagne à l'aide d'une cuillère. D'une bouchée, Thumps finit ses œufs. Il nettoya son assiette avec un bout de pain grillé et attendit.

Al remplit sa tasse.

— Floyd Small Elk est sorti de prison.

— Le frère de Cooley ?

La dernière fois que Thumps avait entendu parler de lui, Floyd purgeait une peine de prison pour voies de fait.

— Le mois dernier. Rockland l'a engagé comme chauffeur. Il conduit un des taxis spéciaux utilisés par les hôtels.

— Les limousines ?

Thumps s'efforça d'imaginer Floyd Small Elk au volant d'une limousine.

— Vernon Rockland a donné du travail à un ex-détenu ?

Cinq ans plus tôt, Vernon Rockland avait débarqué à Chinook et acheté l'ancienne propriété des Anderson. Un refuge estival, raconta-t-il à qui voulait l'entendre, un lieu où échapper au stress de la ville. À Chinook, personne n'avait fait attention jusqu'au jour où, le printemps suivant, un architecte était arrivé, suivi de près par une flotte de bulldozers. Avant que quiconque ait eu le temps d'y réfléchir, Rockland avait transformé un modeste ranch en un hôtel ostentatoire équipé d'un parcours professionnel de dix-huit trous.

Al s'appuya au comptoir et ferma brièvement les yeux.

— Tu pourrais peut-être aller lui dire un mot.

— Je n'ai rien à discuter avec Floyd.

— Comme tu veux. Tu rentres à la réserve ?

— Peut-être.

— Comment va Claire ?

— Le cadavre sur la montagne ne va pas égayer sa journée.

— Puisque c'est comme ça, elle aurait peut-être intérêt à dire un mot à Floyd, lança Al en se redressant et en rectifiant la position de son tablier. C'est lui qui conduisait le type partout depuis deux semaines.

Thumps utilisa le téléphone payant de la laverie automatique. Il laissa sonner plusieurs coups pour être sûr qu'il n'y avait personne.

Le soleil semblait résolu à faire fondre les parcmètres avant l'heure du déjeuner. Thumps se positionna derrière la portière de la Volvo : ainsi, il éviterait d'être renversé par l'air chaud lorsqu'il jaillirait. Les Volvo plus récentes étaient climatisées. Lorsqu'il avait acheté celle-ci, la climatisation était en option. Au moins, les sièges étaient en tissu. Claire aimait l'odeur du cuir, et Thumps, sur ce point, lui donnait raison. Mais il n'y avait pas que des avantages à s'asseoir sur de la peau de vache. Au-dessus de vingt-quatre degrés, le cuir vous collait dans le dos et menaçait d'arracher la peau des jambes nues. Et à sept degrés et moins, il se changeait en plaque d'acier.

En tournant à l'angle du 7-Eleven pour mettre le cap sur la réserve, Thumps amorça le lent processus qui consiste à poser le genre de questions que les policiers posent quand ils n'ont aucun indice.

Au loin, des nuages s'amoncelaient contre les montagnes, et il songea à Ansel Adams. Il n'appréciait pas tellement les paysages d'Adams ou, plus précisément, les milliers d'imitations des paysages d'Ansel Adams, ces photographies en noir et blanc de sommets escarpés et de ruisseaux de montagne sirupeux qui encombraient toutes les galeries de l'Ouest.

Quand même, les nuages lumineux contre les montagnes plus sombres formaient un joli tableau. Et si Thumps avait eu l'appareil qu'il utilisait pour les paysages grand format, il aurait été tenté de s'arrêter et de sacrifier deux ou trois rouleaux de pellicule pour avoir des œuvres à vendre aux collectionneurs et aux touristes qui disent comprendre l'art abstrait, mais qui, le moment venu de sortir leur portefeuille, reviennent en courant vers le réalisme.

Il s'était initié à la photographie à l'époque où il était policier dans le nord de la Californie. Ron Peat, qui prenait toutes les photos de scènes de crime pour le service, était parti à la retraite. Et, sans trop savoir comment, Thumps avait hérité du boulot. Il ne savait rien de la photographie, mais Ron, qui passait deux ou trois fois par semaine, lui apprit à mettre la pellicule dans l'appareil, à utiliser le flash, à développer le film et à réaliser des tirages. Peu après, un simple aspect de son travail devint un hobby, et le hobby, une profession. Lorsque Thumps comprit qu'il ne pouvait plus être policier, la photographie était sa seule option acceptable.

Hormis le golf. La passion secrète de Thumps était le golf. Évidemment, le golf était une activité qui jetait un vif éclairage sur les aspects les plus sombres de la race et de la classe sociale. Thumps était au courant. Mais ce sport se caractérisait par un détachement et une grâce qu'il adorait. Vous n'aviez pas à courir comme un fou sur un terrain. On ne risquait ni d'être plaqué derrière la ligne de mêlée ni d'être propulsé contre les barrières de sécurité. Sauter ne servait à rien. Et rares étaient les sports se jouant avec un bout de bois et une balle qui ne faisaient pas transpirer. Tout était lent. Tout était civilisé. Thumps appréciait particulièrement les parcours sinueux et bordés d'arbres, les longues balades en plein air, le sentiment de bien-être que procure le fait de n'avoir rien de mieux à faire de son temps.

Il avait découvert le golf pendant son enfance, dans le centre de la Californie. Sa mère et lui vivaient dans un parc de mobile homes auquel le Sierra Springs Country Club tournait le dos. Si, en route vers l'école, il suivait la clôture grillagée, il pouvait voir les hommes arpenter un fairway verdoyant dans la lumière du matin.

Mais il arrivait plus vite s'il passait par le terrain proprement dit. Il y avait une brèche dans le grillage à la hauteur du quatorzième trou, juste sous le panneau « Défense d'entrer ». À condition de bien choisir son moment afin de profiter de l'écart entre deux groupes de joueurs, on pouvait traverser la vallée et atteindre l'aire de départ du cinquième trou, ni vu ni connu. Et passer par une ouverture dans la clôture de l'autre côté.

Mieux encore, il arrivait qu'on trouve des balles perdues dans les hautes herbes, cachées derrière des arbres ou empêtrées dans des roseaux au bord des étangs.

Les balles de golf valaient leur pesant d'or. Le samedi matin, à sept heures, Thumps apportait au marché fermier celles qu'il avait récoltées, s'installait et vendait des balles jusqu'à l'arrivée du type qui prélevait le droit pour la location des tables, vers neuf heures.

Un samedi, au moment où Thumps allait se mettre en route vers le marché, un vieux pick-up s'engagea dans le parc. Il remorquait une caravane encore plus vieille sur le flanc de laquelle était peint le Grand Canyon. Thumps regarda le conducteur du pick-up ranger la caravane près d'un grand chêne et en sortir.

— Salut.

L'homme était vieux, avec des cheveux gris, une barbe négligée, grise elle aussi, et la peau de la couleur de l'eau sombre. En marchant, il donnait l'impression de s'être fracturé quelque chose dans la hanche et d'avoir rafistolé le tout avec des barbelés.

— C'est un bon endroit, petit ?

— Ouais, répondit Thumps. C'est vous qui avez peint la caravane ?

— Qu'est-ce que tu as dans ton sac ?

— Des balles de golf.

— Tu joues ?

— Évidemment.

— Tu en as combien ?

— Je sais pas, répondit Thumps. Plein.

L'homme sortit un rouleau de billets de sa poche.

— Je te les achète.

L'homme s'appelait Gabriel Garcia et, pour ce qu'en savaient les autres occupants de mobile homes, il était à la retraite et voyageait. Thumps avait vu des images du Grand Canyon sur des cartes postales, mais, sur le flanc de la caravane, c'était nettement plus impressionnant.

— Qu'est-ce que tu penses du nouveau ? demanda Thumps à sa mère.

— Il a l'air gentil.

— Tu as vu le côté de sa caravane ?

— Ne va pas le déranger.

— C'est le Grand Canyon.

— Ce soir, je dois faire des heures supplémentaires, dit sa mère.

— Tu te souviens de la carte postale que papa nous a envoyée ?

— Tu vas devoir t'occuper de ton dîner.

— C'était aussi le Grand Canyon.

Le samedi suivant, Thumps, en sortant de la caravane pour se rendre au marché, trouva Gabriel qui l'attendait.

— D'autres balles ?

Un sac de golf était appuyé au pick-up.

— Vous en voulez d'autres ?

— Viens, dit Gabriel en se dirigeant vers le champ situé derrière le terrain des mobile homes. Prends les clubs.

Lorsque Thumps le rattrapa, Gabriel avait dégagé un petit espace au milieu des mauvaises herbes.

— Montre-moi ce que tu sais faire.

Thumps laissa tomber les balles sur le sol. Gabriel choisit un club dans le sac, examina les balles et finit par en trouver une à son goût.

— Tu vois ce drapeau ? demanda-t-il en désignant le seizième trou, de l'autre côté de la clôture. Il est à quelle distance, à ton avis ?

— Je sais pas. Cent mètres.

— Cent cinquante-cinq.

Gabriel fit rouler la balle jusqu'à une surface plane, se prépara, puis, d'un élan lent et fluide, apparemment sans effort, fit passer le club au-dessus de sa tête. La balle bondit, franchit la clôture et atterrit sur le green, aussi mollement que du beurre tombant par terre.

— Super.

— À ton tour, maintenant, dit Gabriel en lui tendant le club.

— Vous voulez que je frappe la balle ?

— Ce serait un bon début.

La première fois qu'il s'élança, Thumps manqua carrément la cible. La deuxième, le club s'empêtra dans le sol. La troisième, la balle heurta la clôture dans un bruit de ferraille. Thumps allait faire une quatrième tentative quand Gabriel brandit la main.

— Attends qu'ils aient quitté le green.

Quatre golfeurs à bord de voiturettes surgirent d'entre les arbres, à la limite du fairway. Quatre gros hommes en pantalon et polo.

Gabriel s'accroupit et avança le menton.

— Regarde bien le gros en rouge, là, fit-il. Il va frapper un coup vers nous.

Et, effectivement, la balle quitta le club de l'homme, obliqua à gauche, flotta au-dessus de la clôture et atterrit dans les hautes herbes.

— Mauvais alignement.

L'homme en blanc fut le premier à atteindre le green, où il ramassa la balle frappée par Gabriel. Il l'examina et la fit voir à ses amis. Puis il la glissa dans sa poche.

— Hé ! s'écria Thumps. C'est ma balle.

— Plus maintenant, répliqua Gabriel.

— C'est moi qui l'ai trouvée.

— Ça ne veut pas nécessairement dire qu'elle est à toi.

— Et celle qu'ils ont frappée au-dessus de la clôture ?

— Tu as vu où elle est tombée ?

Thumps se leva et fouilla les hautes herbes. Au bout de quelques minutes, il avait trouvé six balles.

— Pas mal, hein ?

Gabriel les examina à tour de rôle.

— Celle-ci, elle est bien, dit-il. Celle-là est fissurée. Et celle-là, c'est de la merde.

Les hommes riaient en marquant leurs balles et en se préparant à frapper leurs coups roulés. L'un d'eux s'alluma un cigare et le coinça entre ses dents en se penchant pour jouer. Gabriel s'allongea dans l'herbe.

— Préviens-moi quand ils auront terminé, dit-il en fermant les yeux.

Avant de mettre leurs balles dans le trou, les hommes passèrent un long moment sur le green en riant et en poussant des cris. Lorsqu'ils remirent enfin le drapeau en place pour se diriger vers le tee suivant, Gabriel se redressa et lança une balle à Thumps.

— Essaie encore.

Pendant le reste de la matinée, entre le passage des quatuors, Thumps essaya de frapper des balles sur le green en passant au-dessus de la clôture.

— C'est la partie la plus facile, lui fit Gabriel.

— Je ne suis pas sûr d'avoir envie de jouer au golf, annonça Thumps.

Gabriel se releva et lui prit le club.

— À quoi bon voler des balles si tu n'as pas l'intention de jouer ?

— Je ne les vole pas. Je les trouve.

— Quand même, elles ne sont pas à toi, dit tout doucement Gabriel, comme perdu dans ses pensées. Tu vois cette clôture ?

— Elle est facile à franchir, répondit Thumps. Il y a un trou dedans, là-bas, près des arbres.

— La clôture, c'est de la poudre aux yeux. Un simple rappel.

Il sortit du sac un club plus long.

— Celui-ci, c'est le bois numéro un, le driver.

Avec le bout du pied, il créa un petit monticule de terre, posa une balle dessus et, paresseusement, prit deux ou trois élans d'exercice.

— L'idée n'est pas de frapper la balle.

Thumps avait déjà vu des golfeurs taper sur des balles, mais il n'avait encore jamais vu personne en frapper une avec autant de force. Et il n'avait encore jamais vu une balle aller si loin.

— Wow !

— Tout est dans le swing, dit Gabriel en se dirigeant vers la clôture, où il glissa ses doigts entre les mailles. La prochaine fois, ne pense pas seulement à frapper la balle. Ça, c'est à la portée du premier idiot venu.

En rentrant, Thumps trouva sa mère occupée à peler des pommes de terre.

— Est-ce que papa jouait au golf ?

Sa mère se tourna vers lui et le regarda comme quand il avait fait un mauvais coup.

— Au golf ?
— Ouais.
— Non.
— OK.

Ce soir-là, après le souper, Thumps se rendit dans le champ, où il trouva un bout de bois. L'élan de Gabriel n'en était pas un. Rien à voir, en tout cas, avec l'élan utilisé au baseball ou au tennis, où il s'agit de frapper la balle le plus fort possible. Le swing de Gabriel était plutôt comme un mouvement de danse.

Thumps trouva un petit terrain plat au-delà du champ, près d'un ruisseau, là où personne ne le verrait. Ses premières tentatives furent maladroites et précipitées. Ses swings n'avaient pas la puissance lisse et ondulante de ceux de Gabriel. Lorsque, à la nuit tombée, il rentra, il avait mal au cou et aux épaules.

— Je ne veux pas te voir traîner sur le terrain de golf, lui dit sa mère.

— Ça ne les dérange pas.

— Ils ne veulent pas de toi.

Lorsque Thumps se leva, le lendemain matin, Gabriel était déjà au practice. Avec, à côté de lui, un seau rempli de balles.

— Où les avez-vous trouvées ? demanda Thumps.

— Elles sont à moi, répondit Gabriel avant d'en envoyer une rouler sur le green.

Pendant quelques minutes, Thumps regarda Gabriel répéter l'exploit. Il ne ratait jamais, et aucune de ses balles ne s'arrêtait à plus de quatre mètres du drapeau.

— Tu veux aller les récupérer avant l'arrivée du prochain groupe ?

— OK.

— Tu sais réparer les marques laissées par les balles ?

Thumps ne se montra pas beaucoup plus efficace que la veille. La plupart de ses balles finissaient dans la clôture.

— Il t'a fait quelque chose, ce club ? demanda Gabriel.

— Non.

— Alors pourquoi tu essaies de l'étrangler ?

Gabriel corrigea la prise de Thumps.

— Tiens-le gentiment.

Thumps reprit le club et positionna ses pieds.

— Qu'est-ce que tu vas faire, maintenant ?

— Frapper la balle.

— Ah bon ? fit Gabriel en se plaçant devant Thumps pour prendre la balle sur le tee. Et là ?

— On ne peut pas jouer au golf sans balle.

— Toi, tu ne peux pas jouer *avec* une balle.

Gabriel prit le club des mains de Thumps.

— La balle est sans importance. Aussi longtemps que tu vas la fixer, aussi longtemps que tu vas penser à elle, tu ne joueras pas au golf. Tu comprends ?

— Évidemment.

— Évidemment… Un garçon intelligent comme toi comprend toujours tout.

— Et la balle ?

— Oublie la balle, dit Gabriel en secouant la tête. Ce qui compte, c'est le swing. Les balles ne parcourent pas le fairway toutes seules. Elles ne tombent pas dans le trou toutes seules. Si elles vont où elles vont, c'est en raison du swing.

Gabriel s'élança et arracha le tee.

— Pour devenir un bon golfeur, tu dois apprendre à faire comme si la balle n'était même pas là.

Il remit le club dans le sac.

— Viens. J'ai quelque chose à te montrer.

L'intérieur de la caravane de Gabriel était petit et banal.

Sauf les murs.

— C'est vous ?

— J'étais plus jeune.

— Et lui ?

— Arnold Palmer.

Il y avait des photos sur tous les murs. La mère de Thumps avait quelques photos de famille encadrées sur le téléviseur. Les photos de Gabriel étaient simplement agrafées.

— Vous avez joué avec Arnold Palmer ?

— Non. J'étais caddie.

— Vous avez été le caddie de tous ces types-là ? (Gabriel hocha la tête.) Vous avez déjà joué ?

— Là, c'est Lee Trevino.

Thumps fit le tour de la caravane sur les traces de Gabriel. De temps en temps, il reconnaissait un golfeur.

— Vous pensez que je pourrais être golfeur professionnel ?

Le visage de Gabriel s'adoucit et il ferma les yeux, comme s'il se souvenait de quelque chose.

— Peut-être, dit-il, mais tu dois d'abord apprendre à franchir la clôture.

Thumps passa le reste de l'été à taper des balles. Au-dessus de la clôture. Dans le champ. Deux ou trois fois, quand le temps était mauvais et qu'il n'y avait personne sur le terrain, Gabriel et lui jouèrent quelques trous en douce. Bois, fers, putters. Jusqu'à ce que le swing de Thumps se transforme et que la balle aille là où son élan la conduisait.

— Pas mal, dit Gabriel. Tu es presque aussi bon que moi.

— Meilleur, répondit Thumps.

— Possible, concéda Gabriel, comme s'il venait d'apprendre qu'un de ses proches était blessé ou mort. Mais ça nous fait une belle jambe, à toi comme à moi.

Vers la fin de l'été, la mère de Thumps l'emmena au village acheter des vêtements pour la rentrée. À leur retour, la caravane de Gabriel avait disparu. Thumps alla voir M. Sullivan, qui s'occupait du parc.

— Où est Gabriel ?

— Le Mexicain ?

— Ouais.

— Il est parti.

— Il va revenir ?

— Il t'a laissé quelque chose.

M. Sullivan rentra dans sa caravane et en ressortit avec les clubs de Gabriel et un grand sac en toile rempli de balles.

— Il a dit que tu saurais quoi en faire.

Pendant le reste de la journée, Thumps frappa des balles au-dessus de la clôture. Jusqu'à ce que chaque swing soit identique au précédent. Jusqu'à ce qu'il ne reste plus une seule balle dans le sac. Ce fut comme si le green, balayé par une tempête soudaine, s'était couvert de grêlons.

L'Ironstone était droit devant. Dès qu'il aurait traversé la rivière, Thumps serait en territoire indien. Il se demanda si Hockney avait trouvé le véhicule, s'il y avait même un véhicule à découvrir. Thumps pouvait imaginer une multitude d'explications à la présence d'un mort dans une des résidences, mais toutes supposaient un moyen de transport. L'homme avait pu rouler seul jusqu'à Buffalo Mountain. Dans ce cas, il devrait y avoir une voiture orpheline. C'est ce que le shérif essayait de déterminer lorsque Thumps l'avait aperçu dans le parking. Thumps n'avait pas vu de voiture, et il ne croyait pas que Duke allait en trouver une.

L'assassin pouvait très bien avoir conduit l'homme à Buffalo Mountain, mort ou vif, avant de repartir. Dans ce cas, il n'y aurait pas de voiture. Si Al disait vrai et que le frère de Cooley, Floyd, avait conduit le mort, il avait pu le déposer à la réserve. Mais ensuite il serait passé le reprendre.

À moins, bien sûr, que ce soit Floyd qui l'ait tué.

Cette idée ne souriait pas à Thumps. Elle soulevait une possibilité désagréable : Cooley s'était peut-être rendu complice d'un meurtre. Cooley aurait pu vous flanquer une peur bleue, à condition de se départir de son grand sourire, mais il était d'une nature beaucoup trop douce pour tuer qui que ce soit. Quant à Floyd, il avait un sale caractère, certes, mais pourquoi aurait-il tué un homme qu'il connaissait à peine ?

Une chose était sûre, en tout cas. Si Floyd l'avait promené entre le Shadow Ranch et le Buffalo Mountain Resort, le mort avait dû négocier avec la tribu. Et Thumps savait qui interroger à ce sujet.

Il serait utile de connaître l'identité du mort. Un nom ne répondrait pas à toutes les questions que soulevait le cadavre, mais il expliquerait peut-être pourquoi un inconnu s'était retrouvé assis dans le fauteuil d'un appartement témoin à contempler le paysage.

5

Il était midi passé lorsque Thumps traversa la rivière et s'engagea sur la route, long ruban de gravier et de terre qui s'étirait en ligne droite du pont jusqu'au village. Une fois l'an, le conseil tribal nivelait les ornières et huilait le gravier de la chaussée. En gros, ces efforts étaient vains. Dans le meilleur des cas, la route était un sentier comme ceux qu'empruntent les animaux sauvages, une piste qui secouait les os, défonçait les carters d'huile, ruinait la suspension avant des véhicules, fendait les pneus et, par l'entremise du volant, générait des ondes de choc ininterrompues.

Normalement, le bureau de la tribu serait fermé, un dimanche, mais Thumps aurait parié que cette journée n'avait rien d'un dimanche ordinaire. Claire n'avait pas décroché quand il l'avait appelée depuis le village. Elle était sans doute au bureau. À moins qu'elle soit montée au complexe se rendre compte de la situation.

En slalomant au milieu des ornières et de la poussière, Thumps apercevait au loin le château d'eau sur le promontoire. Il se demanda pour la énième fois comment des êtres doués de raison avaient pu suspendre des tonnes d'eau dans un énorme ballon métallique monté sur pilotis. Si on tient absolument à stocker de l'eau dans un réservoir en acier, pourquoi ne pas l'enfouir dans le sol ? L'eau, au moins, serait fraîche et invisible.

Thumps connaissait un photographe qui avait publié un livre composé uniquement de photos de châteaux d'eau. Cent cinquante pages alors que, pour autant qu'il puisse en juger, l'architecture de ces structures n'était pas très variée. Les châteaux d'eau dans l'ouvrage étaient invariablement ternes. Celui de la réserve l'était tout autant. On l'avait peint en bleu dans l'espoir de l'égayer ou de le faire disparaître dans le ciel. Dans un cas comme dans l'autre, c'était raté.

Installé à côté, le bureau de la tribu était presque aussi triste que le château d'eau. Dans sa première incarnation, il était formé d'une caravane double. Puis, à mesure que le besoin d'espace s'était fait sentir, on y avait ajouté des caravanes simples, amorçant un bref tour de l'alphabet. Le *I* était devenu un *L*. Puis un *C* aux formes carrées. Et enfin un *E*.

Le bureau était ouvert. Roxanne Heavy Runner l'attendait derrière sa table de travail. Sacrée surprise.

— Salut.

— Tu es en retard.

Roxanne était une femme imposante et féroce qui lui faisait penser à un film de guerre. Certains jours, elle montait à l'assaut des collines et tout sautait sur son passage ; certains autres, elle se cachait en embuscade et attendait les troupes ennemies. Ce jour-là, Roxanne laissait entendre des bruits d'artillerie lourde. Thumps sourit en s'efforçant de se faire tout petit et aussi peu belliqueux que possible.

— Comment ça, en retard ?

Maintenant qu'il était là, Thumps n'était plus certain d'avoir envie de voir Claire. Avec un cadavre qui s'était immiscé dans le plus ambitieux projet économique de la tribu, elle ne serait ni heureuse ni raisonnable.

Roxanne pinça les lèvres, baissa les paupières et fit semblant d'être un tank.

— Aide-la parce que sinon…

— Tu fréquentes toujours ce type de Browning ?

— Ne change pas de sujet, dit Roxanne en montrant d'un geste le bureau de Claire. Et n'envisage même pas de refuser.

Thumps passa près de sa table de travail sans se départir de son sourire. En ouvrant la porte, il entendit derrière lui un petit bruit métallique : Roxanne avait claqué la mâchoire sur un de ses plombages ou dégoupillé une grenade.

Le bureau de Claire était sombre et tapissé de faux lambris, le revêtement cartonné et texturé en vigueur dans toutes les caravanes. D'humeur généreuse, Thumps aurait qualifié la pièce de spartiate et non de déprimante.

Claire possédait toutes sortes de talents, mais la décoration intérieure ne figurait pas parmi eux. L'ameublement se composait d'une table de travail, d'un fauteuil, de six meubles à tiroirs, d'une table basse et d'un canapé bleu à motif floral. Les murs étaient nus. Pas de diplômes. Pas de prix. Même pas une affiche montrant un Indien célèbre.

Thumps avait offert à Claire un tirage en noir et blanc de Chief Mountain en Alberta et une photographie de la chaîne des Tétons qu'il avait prise après un orage. Deux de ses clichés favoris. Et il les avait fait encadrer. Il s'attendait à les voir apparaître sur les murs du bureau ou à tout le moins de la réception. Ou encore chez elle. Mais ils s'étaient simplement volatilisés. Thumps était sûr que les photos étaient saines et sauves, quelque part, et sûr aussi de ne pas vouloir poser de questions à ce sujet.

C'était surtout la bibliothèque de Claire qui dérangeait Thumps. Sur les étagères, celle-ci avait tout entassé, des documents d'orientation gouvernementaux aux romans en passant par des ouvrages sur l'agriculture, sans ordre particulier. Et chaque fois qu'il mettait les pieds dans le bureau, il était pris d'une envie presque irrésistible de tout sortir, d'organiser les piles par catégories, puis de ranger les brochures et les livres par ordre alphabétique.

Claire était au téléphone. Elle ne parlait pas. Thumps se dit que c'était sans doute le shérif Hockney qui rendait compte de l'étendue des dommages. Cette mort avait tous les attributs d'un désastre en matière de relations publiques. Mais rien de cette catastrophe annoncée ne se lisait sur le visage de Claire. Celui-ci restait aussi impassible que si elle écoutait le message d'un répondeur automatique.

Normalement, Claire laissait ses cheveux détachés, mais, ce jour-là, elle les avait écartés de son visage en les nouant en une tresse. Thumps se demanda si c'était pour se donner un air sévère et redoutable ou par simple commodité. Il pencha pour la seconde hypothèse puisque Claire n'était pas plus soignée que son bureau. Elle ne portait ni maquillage ni bijoux, même pas des boucles d'oreilles. Et elle n'enfilait une robe que les jours où elle avait rendez-vous avec des politiciens ou des banquiers. Ou encore si elle devait assister à des funérailles.

Claire était ferme et coriace ou agressive et déraisonnable, selon votre rapport personnel aux femmes fortes. Thumps se disait qu'il appréciait l'assurance. En même temps, il était partisan de la modération. Et du calme. Ce qui l'avait attiré chez Claire et continuait de l'intriguer, c'était, en fin de compte, l'intelligence tumultueuse qui couvait sous la surface.

Elle posa le combiné et regarda Thumps, planté devant sa table de travail. Pendant un instant, il crut voir son visage s'adoucir.

— Salut, Thumps.

— Salut, Claire.

— Excellente façon de commencer la semaine.

Ne sachant trop si elle voulait qu'il lui donne raison ou qu'il la contredise, Thumps préféra attendre un indice.

— Qu'as-tu pensé du complexe ?

— Spectaculaire.

Claire se tourna de profil dans son fauteuil. Les muscles de sa mâchoire et de son cou trahissaient son mécontentement.

— Tu sais combien de temps nous avons mis à le créer ?

Thumps était au courant. Six ans. Huit, si on comptait tous les détours que la tribu avait dû prendre pour faire approuver par le gouvernement fédéral un projet qu'elle aurait dû pouvoir mener à bien sans avoir eu à en référer à quiconque.

— C'est un meurtre ?

Duke lui avait sûrement dit que l'homme avait été assassiné. À ce sujet, aucun doute n'était permis.

— Tu sais de qui il s'agit ?

Question fourbe dans la mesure où Thumps était sûr que Claire savait.

Au sein des groupes autochtones, on jugeait poli de laisser quelques secondes s'écouler après que son interlocuteur eut fini de parler. Pour lui donner le temps de reprendre son souffle ou d'ajouter un élément oublié.

Claire, elle, ne perdit pas un instant.

— Daniel Takashi.

Le défunt avait désormais un nom. C'était un début. Thumps, cependant, n'était pas plus avancé.

— OK.

Voilà tout ce qu'il trouva à dire.

— Il a passé les trois dernières semaines au complexe à programmer et à tester le système informatique.

Un programmeur. Dans l'esprit de Thumps, les programmeurs informatiques ne faisaient pas partie de la même catégorie que les avocats, les banquiers et les politiciens – autant de professionnels qu'on envisagerait de traîner derrière sa voiture. Et bien qu'il n'ait pas rencontré beaucoup de programmeurs, il était raisonnablement certain qu'il s'agissait de personnes inoffensives. Comme les flocons de son d'avoine et le pudding à la vanille. Pourquoi en tuer un ? En particulier à Chinook ? Thumps avait connu sa large part de trous du cul, mais même un trou du cul d'envergure mondiale aurait dû déployer de gros efforts pour se faire un ennemi mortel en trois semaines. À moins, bien sûr, que le meurtre n'ait rien eu à voir avec la colère et la passion et tout à voir avec la politique. N'appréciant guère où ses réflexions l'entraînaient, il s'efforça de changer de cap.

— Le shérif veut dire un mot à Stanley.

— Stick ? fit Thumps en feignant de tomber des nues. C'est de la folie.

Se levant, Claire se dirigea vers la fenêtre. Contre la lumière éclatante des prairies, elle n'était plus qu'une silhouette sombre.

— Duke doit retourner toutes les pierres, c'est tout.

Il s'était efforcé d'adopter un ton rassurant, mais les mots étaient tombés à plat.

Claire ouvrit la porte coulissante et sortit sur la petite terrasse. Thumps comprit qu'il devait la suivre. Elle n'avait rien dit, mais le message était sans ambiguïté. Il serait déjà difficile de dire non à Claire depuis l'autre côté de la table de travail, à distance respectueuse. Debout près d'elle, avec seulement l'air extérieur entre eux, ce serait pratiquement impossible.

Coupant la poire en deux, Thumps s'arrêta près de la porte coulissante.

— Simple routine. Si je menais l'enquête, je voudrais parler à Stick, moi aussi.

— Il est parti à la pêche.

Thumps savait quand Claire était contente, et il n'ignorait rien de la tête qu'elle faisait quand elle était fâchée. La femme qui lui parlait en ce moment n'était ni l'une ni l'autre. Elle semblait sombre, calme. S'il l'avait moins bien connue, il aurait dit… aux abois.

— Où est-il allé ?

Thumps n'en savait rien, mais il aurait parié que l'autopsie établirait que Takashi avait perdu la vie samedi.

— Blackfoot Falls.

Blackfoot Falls, c'était l'arrière-pays. L'endroit rêvé pour la pêche à la mouche. L'endroit rêvé pour se perdre.

— Ça mord, par là.

Claire s'adossa à la rambarde et se détourna du vent. Thumps se disait toujours qu'elle se mettait en quatre pour cacher ses émotions. À lui. Aux autres.

— Stanley n'est pour rien dans cette histoire, dit-elle d'une voix basse et impassible. Mais je ne veux pas que ce soit Hockney qui le retrouve.

Thumps était parfaitement au courant de ce que de nombreux Autochtones pensaient de la police. Dans le meilleur des cas, ils éprouvaient envers elle une profonde méfiance née d'une longue tradition de difficultés. Claire avait plus de discernement, mais les vieilles craintes ont la vie dure. Une fois, Thumps s'était fait arrêter pour excès de vitesse dans le parc de Yellowstone, et il se souvenait d'être resté assis dans la voiture, tendu, les deux mains sur le volant, s'efforçant d'éviter tout geste brusque et toute remarque susceptible de contrarier le ranger.

— Quand est-il parti ?

— Hier, répondit Claire en s'enveloppant de ses bras.

Thumps expira lentement. Être l'amant de Claire n'était pas toujours de tout repos. Et il se révélerait peut-être impossible d'être son ami tout en venant en aide à son fils.

— Je vais voir ce que je peux faire.

À sa sortie du bureau, il trouva Roxanne qui l'attendait.

— Et alors ?

— Tout va bien.

— Les Indiens s'entraident.

C'était l'expression préférée de Roxanne. Ce n'était pas particulièrement vrai, bien sûr, mais Roxanne y croyait et vivait sa vie en conséquence. Et elle s'attendait à ce que tous l'imitent.

— Je vais donner un coup de main.

— Alors qu'est-ce que tu attends pour t'y mettre ?

La voiture était une étuve. Thumps baissa toutes les vitres et vit l'air chaud de l'extérieur chasser l'air chaud de l'intérieur. En attendant que l'habitacle devienne habitable, il essaya, sans succès, d'appréhender la situation de Stick sous un angle favorable. Les craintes de Claire étaient fondées. Duke s'intéressait à Stick à cause de son rôle au sein des Aigles rouges et des manifestations. Et lorsqu'il découvrirait que Stick avait disparu au moment où Takashi était retrouvé mort dans l'immeuble résidentiel, son intérêt serait décuplé.

Claire avait eu du mal à lui demander de l'aide. Thumps en était conscient. S'il n'était pas enchanté à l'idée de recommencer à jouer les policiers, il savait très bien qu'il n'allait pas dire non.

La bonne nouvelle, c'était que Thumps avait deux ou trois indices. Le nom de la victime. Sa profession. Et la raison de sa présence à Buffalo Mountain. Il pouvait en déduire d'autres informations. Al lui avait donné une piste. Si Floyd Small Elk avait été le chauffeur de Takashi, celui-ci logeait sans doute au Shadow Ranch. Une chambre et des effets personnels, donc.

En se glissant dans sa voiture, Thumps voyait au moins trois possibilités s'offrir à lui. S'aventurer dans les montagnes à la recherche de Stick. Ce n'était pas son premier choix. Si Stick était parti à la pêche, il pouvait être presque n'importe où sur la rivière. S'il était allé dans les montagnes dans l'intention de se cacher, personne ne le trouverait.

Deuxième possibilité : se rendre au Shadow Ranch et fouiner un peu. À condition de se dépêcher, Thumps avait même des chances d'accéder à la chambre de Takashi avant Duke. Mais ce n'était pas sans danger. Même si le shérif ne savait pas où habitait Takashi, il ne mettrait pas longtemps à le découvrir. Et si Duke trouvait Thumps dans la chambre d'un mort, Thumps ferait face à des questions pour le moins embêtantes.

Troisième possibilité : retourner à Buffalo Mountain. Le crime y avait été commis, après tout. Plusieurs raisons pouvaient expliquer la présence de l'homme à cet endroit, et presque toutes passaient par Cooley Small Elk, que le shérif avait sans doute déjà interrogé. Thumps n'était pas sûr de ce que

Cooley pensait des forces de l'ordre, mais s'il avait pour elles le même mépris que son frère, il accepterait peut-être de confier à Thumps des choses qu'il avait omis de dire à Hockney.

En quittant le village par la route défoncée, Thumps sentit ses paupières se fermer. Contrairement à ce qu'on peut voir dans les astucieuses séries télévisées, le meurtre est en général une affaire bordélique, mais simple. Jalousie, colère, cupidité. Des maris assassinent leur femme. Des ivrognes liquident leur meilleur ami. Des associés s'entretuent.

Thumps songea à tirer à pile ou face, mais il n'avait pas très envie d'errer dans les montagnes, et il n'entendait surtout pas jouer au chat et à la souris avec le shérif dans la chambre d'un mort. De plus, le complexe était plus proche.

Si le meurtre commis à Buffalo Mountain avait rendu bien des gens nerveux et irritables, Cooley Small Elk, lui, semblait prendre les choses du bon côté. En arrivant à la barrière principale, Thumps le trouva adossé à un arbre, se la coulant douce à l'ombre de la guérite. Quelqu'un qui voyait Cooley pour la première fois se serait sans doute posé des questions sur les sacs d'épicerie en papier kraft posés à ses pieds. Pour Thumps, qui avait déjà vu Cooley manger, il n'y avait pas de mystère. L'un contenait son déjeuner, l'autre ses déchets.

Comme Cooley ne semblait pas avoir l'intention de bouger, Thumps gara la voiture sur le bas-côté et en sortit.

— Salut, Thumps.

— Salut, Cooley.

— Tu as encore des photos à prendre ? demanda Cooley en prélevant une banane dans le sac. Tu as faim ?

Thumps leva les yeux sur la résidence. Le parking devant l'immeuble était désert.

— Il paraît qu'on a identifié le mort.

— Ouais, confirma Cooley. C'est surprenant. Pourquoi tuer un geek ?

— Aucune idée.

— Tu sais quoi ? demanda Cooley en polissant une pomme à l'aide de sa chemise. Ils essaient de me mettre ça sur le dos.

Thumps s'accroupit près de la guérite. Dans le sac d'épicerie, il nota quelques sandwichs dans des sacs à rabat et ce qui avait toutes les apparences d'un demi-melon.

— Ils disent que je ne faisais pas attention.

Thumps eut soin de masquer son intérêt.

— Samedi matin ?

— Ouais, répondit Cooley en laissant tomber le trognon de pomme dans le sac de déchets. Le type arrive un peu après dix heures. Puis il repart après le déjeuner. Pas de quoi fouetter un chat.

— Il venait ici tous les samedis matin ?

— Autre surprise, répondit Cooley. C'était la première fois.

Thumps se leva, s'étira.

— Floyd l'a conduit ici avec la limousine ?

— Non. Le type avait un camping-car. Et c'est la preuve que je dis la vérité, pas vrai ?

— Le camping-car n'était pas dans le parking.

— Trop vrai, dit Cooley en s'époussetant. S'il était rentré en douce dans l'immeuble, comme le prétend le shérif, et qu'il s'était fait tuer pendant que j'avais le dos tourné, le camping-car serait encore dans le parking.

— Alors comment Takashi a-t-il fini dans cet appartement ?

— C'est Duke qu'on paie pour poser ce genre de question, dit Cooley en glissant la main dans le sac. Tu veux un sandwich ?

— Je ne manquerai pas de le mentionner au shérif quand je le verrai.

— Pourquoi attendre ?

— Hockney est là ?

— Dans le centre informatique.

Soudain, le policier en Thumps était parfaitement réveillé.

— Je pensais qu'il était retourné au village.

— Il était en route quand la moitié de la ville de New York a débarqué, expliqua Cooley.

— Quoi ?

— En hélicoptère, s'il vous plaît, dit Cooley en gesticulant du côté du casino. Des cadres. Ce bon vieux Duke leur lèche probablement le cul en ce moment même.

— Tu sais qui c'est ?

— Non. Un riche Blanc, un riche Asiatique et une jolie femme.

Cooley agita une main devant son visage.

— D'après leur odeur, je dirais qu'ils viennent de France.

— Tu fais du super boulot.

Cooley fouilla dans le sac et en sortit un sandwich.

— Trop vrai.

L'héliport avait été aménagé sur une élévation à l'autre bout du casino et du parking. L'hélicoptère posé à cet endroit était un de ces petits appareils racés, lustrés, noir et argent. En Californie, Thumps avait volé à bord d'hélicoptères, mais c'étaient des versions plus grandes et plus poussives qui fendaient l'air lourdement, occupés à pourchasser les automobilistes qui, sur la route 101, faisaient des excès de vitesse en direction de la frontière de l'Oregon. Le modèle qu'il avait sous les yeux était conçu pour être rapide et agile. Depuis toujours, Thumps soupçonnait le monde de la grande entreprise de ne pas avoir d'assises morales très solides, mais s'il fallait aller en enfer, mieux valait sans doute voyager confortablement, à bord de son propre hélicoptère.

Thumps fut irrité par la présence de Duke au complexe. Dans ces conditions, il serait beaucoup plus difficile de fouiner à droite et à gauche. Le shérif ne faisait pas de courbettes devant n'importe qui. Les nouveaux arrivants étaient donc importants. Ou, à tout le moins, intéressants.

Étant donné la politique en vigueur dans l'ensemble du complexe, soit «au diable la dépense», l'intérieur du centre informatique était étonnamment spartiate. Peints d'un gris moyen, les murs donnaient à la salle l'aspect d'une journée nuageuse. Thumps aurait choisi des couleurs plus gaies, jaune pâle ou bleu faïence.

Au fond de la réception se dressait une rangée de vitres teintées, derrière lesquelles Thumps distinguait de minuscules lumières vacillantes et la lueur bleutée des écrans. La pièce semblait prête à accueillir le tournage d'un film de science-fiction. En principe, Stick était un crack de l'informatique. Thumps, lui, avait du mal à repérer le bouton de mise en marche d'un ordinateur.

Le centre informatique empestait la peinture. Debout près d'un des moniteurs, Duke regardait des données défiler sur l'écran. Un jeune homme d'origine asiatique était assis devant un clavier, alors qu'un autre, un Blanc aux cheveux blonds au ras du crâne et aux yeux bleu clair, se tenait debout derrière lui. Selon Thumps, les personnes à la peau pâle avaient toujours l'air maladives et fragiles. Or cet homme n'avait rien de frêle. Il était mince et anguleux. Son costume avait été taillé sur mesure pour son corps d'athlète.

Dans la pénombre, la femme était campée devant une rangée de boîtes en métal qui, supposa Thumps, faisaient partie du système informatique. Grande avec des cheveux auburn, elle portait un tailleur pantalon sombre, visiblement cher. Certains l'auraient peut-être prise pour une secrétaire ou la vice-présidente adjointe de ceci ou de cela, bref pour une spectatrice, mais Thumps, malgré le demi-jour, lut dans ses yeux une volonté de fer.

L'Asiatique fut le premier à apercevoir Thumps. S'interrompant, il lui demanda ce qu'il faisait là, comme s'il l'avait pris en flagrant délit. Ayant surpris le mouvement, Duke se retourna.

— Salut, Thumps, dit le shérif. C'est vrai ce qu'on dit, je suppose.

— Quoi ?

— Les Indiens s'approchent sournoisement, sans bruit.

— Tu as vu trop de films.

— *Danse avec les loups.* Sacré chef-d'œuvre !

Le blond s'avança avec une assurance que seules confèrent la race et la classe sociale dominantes.

— Je m'appelle Elliot Beaumont.

Thumps ne s'était pas trompé. Dans la poignée de main de l'homme, il détecta à la fois la force et la célérité. Duke remonta sa ceinture et fit les présentations.

— M. Beaumont est le vice-président de Genesis Data Systems.

Duke laissa le nom et le titre flotter dans l'air, comme s'il brandissait dans la lumière un verre d'un vin d'exception.

— Et voici son associé, George Chan.

Chan n'eut pas un regard pour Thumps. Après avoir jeté un bref coup d'œil à Beaumont, il retourna à son clavier.

— M. Beaumont est venu examiner son ordinateur.

— En fait, ce n'est pas à proprement parler mon ordinateur…

— Je m'appelle Virginia Traynor, dit la femme, dont la voix, transperçant Beaumont, lui ferma le clapet.

Elle sortit de l'ombre et Thumps comprit qu'il avait vu juste. Cette femme n'était pas là en spectatrice. En fait, le spectacle, c'était elle.

— Et vous êtes… la présidente de Genesis Data Systems ? dit Thumps en lui tendant la main.

Le sourire fut fugitif, mais Thumps comprit qu'il l'avait prise au dépourvu et que cette sensation lui avait déplu.

— Bien joué, monsieur…
— DreadfulWater.
La main de Virginia Traynor était fraîche et lisse. Thumps tenta de l'imaginer devant une cuisinière.
— Et vous êtes… commença Beaumont en penchant la tête de côté pour examiner Thumps de travers… adjoint ?
— C'est M. Takashi, dit le shérif en s'immisçant dans la conversation, qui a alerté l'entreprise. Le système informatique avait peut-être été saboté.
— Compromis, corrigea Beaumont.
— Deux ou trois jours avant de se faire tuer, précisa Hockney en baissant les yeux.
Thumps savait que Duke ne croyait pas plus que lui aux coïncidences. Et, en ce moment, les seules personnes que cette « compromission » semblait avantager étaient les Aigles rouges. Et la seule personne qui possédait les compétences nécessaires pour empêcher l'ordinateur de se connecter à Internet était Stanley Merchant.
— Takashi a dit que quelqu'un cherchait à saboter le système ? demanda Thumps.
Beaumont jeta un coup d'œil à Chan.
— Il s'est déclaré préoccupé.
— À quel propos ?
Chan se détourna du clavier.
— Un virus. Peut-être un ver informatique.
— Ne t'en fais pas, dit Duke en tapotant l'épaule de Thumps. Je ne comprends pas un traître mot, moi non plus.
— Désolé, dit Chan. Un virus est un programme qui… qui sème la pagaille. Il supprime du texte. Il

ajoute des messages à vos fichiers Word. C'est, en gros, un truc chiant. Vous vous rappelez le virus Michel-Ange ?

Duke hocha la tête.

— Oui. Celui-là, tout le monde s'en souvient.

— C'était un virus daté, conçu pour s'introduire dans un système et se déclencher à une date précise. Le jour de l'anniversaire de Michel-Ange, dans ce cas-là.

Thumps crut déceler l'ombre d'un sourire sur les lèvres de Chan. On aurait dit que parler des virus et des vers informatiques l'enchantait.

— Les vers sont plus problématiques. Ils sont conçus pour exploiter les capacités d'un ordinateur. Ils utilisent la mémoire de façon exponentielle et peuvent faire planter tout le système. De sales trucs, vraiment.

Duke s'agita.

— Si le système contenait un virus ou un ver, c'est que quelqu'un qui s'y connaît en informatique l'y a mis.

— Absolument, acquiesça Chan. Placer un virus efficace n'est pas à la portée du premier venu. Les vers sont encore plus compliqués.

Beaumont se pencha sur l'écran.

— Tu as trouvé quelque chose ?

— Pas encore, répondit Chan. Je risque d'en avoir pour un moment.

Duke se tourna vers Thumps.

— Combien de spécialistes en informatique connaissons-nous ?

— Le système est peut-être intact, dit Beaumont sur un ton docte que Thumps reconnut aussitôt.

Daniel a peut-être été tué parce qu'il se trouvait au mauvais endroit au mauvais moment.

Thumps n'aimait pas être traité de haut, et d'ailleurs cette expression lui avait toujours déplu. Le danger survenait plutôt quand on était au bon endroit au mauvais moment ou au mauvais endroit au bon moment. La raison, sinon la grammaire, veut que le fait d'être au mauvais endroit au mauvais moment devrait vous garder en sécurité, hors de danger.

— Ce que M. Beaumont veut dire, fit Duke en essayant de se montrer aussi condescendant que lui, mais avec moins de succès, c'est que Takashi est venu ici samedi et a surpris quelqu'un en train de trafiquer l'ordinateur. Takashi a voulu l'en empêcher. Ils en sont venus aux mains et Takashi a été abattu.

Duke était parti dans une des expéditions de pêche dont il avait le secret. Thumps l'avait déjà vu jouer à ce jeu. Il était assez doué.

Beaumont soupira et écarta les mains.

— Je ne suis qu'un simple cadre. Je vous laisse le soin de démêler les aspects les plus compliqués de l'affaire.

— Vous le connaissiez bien ? demanda Thumps.

— Takashi ?

— Tu parles, fit Duke. Takashi était leur as de l'informatique.

— En fait, c'est moi le meilleur, dit Chan en se détournant des moniteurs. Je suis l'informaticien numéro un de la société.

Thumps perçut le ton tranchant de Chan, et il aurait parié qu'il n'avait pas échappé à Duke non plus.

— Évidemment, fit Duke en se fendant d'un de ses grands sourires hypocrites. Mais ce Takashi s'y connaissait, non ?

— Il était très doué, confirma Virginia Traynor.

— Vous le connaissiez personnellement ?

Beaumont jeta un coup d'œil à Traynor.

— Vous vous demandez, je suppose, pourquoi nous ne sommes pas plus bouleversés par le meurtre d'un de nos employés.

Elle se glissa entre Thumps et Beaumont. Elle était si proche, désormais, que Thumps fit deux constats à son propos. Elle était peu maquillée et ne portait pas de parfum.

— Takashi est entré au service de Genesis il y a environ un an. C'était un programmeur brillant doublé d'un emmerdeur. Dans le monde de l'informatique, c'est une combinaison fréquente. Je ne le connaissais pas bien. Je suis navrée qu'il soit mort, mais j'ai une entreprise à gérer. Ça répond à votre question ?

Duke hocha la tête.

— Si je comprends bien, vous avez l'intention de vous attarder un moment ?

Virginia Traynor se tourna vers le shérif.

— Jusqu'à ce que l'ordinateur et le système de sécurité fonctionnent.

— N'hésitez pas à me faire signe si vous avez besoin de quelque chose, dit Hockney d'un air à la fois officiel et faussement candide. Tu m'accompagnes jusqu'à ma voiture, Thumps ?

Ce dernier balaya des yeux la salle d'informatique. Une odeur ne cadrait pas avec le décor. Ce n'était ni celle de la peinture fraîche ni celle de la richesse. Près de l'épaule de Chan, Beaumont suivait le défilement des lignes de texte sur l'écran. Ce n'était peut-être rien, après tout. Que l'imagination d'un ex-policier qui faisait des heures supplémentaires, et s'efforçait de résoudre la quadrature du cercle.

Duke ne dit rien avant d'avoir atteint son SUV.

— Tu peux me dire à quoi tu joues, au juste?

— Je ne comprends pas.

— C'est Claire qui t'envoie?

Thumps allait nier, mais Hockney l'arrêta d'un geste.

— Mettons deux ou trois choses au clair, d'accord? D'abord, tu es photographe, non?

— Oui.

— Alors pourquoi tu joues au policier?

— Je ne joue pas au policier.

— Et tu étais dans le coin, comme ça, par hasard? fit Duke en examinant ses ongles. Tu t'es dit que tu viendrais photographier deux ou trois paysages avant de dîner?

— Claire se fait du souci pour Stick, c'est tout.

— Elle a raison. C'est mon suspect numéro un.

— Stick n'a tué personne.

— Claire t'a dit où il est?

— À la pêche.

— Ouais, elle m'a raconté la même chose, dit Duke, qui sourit et hocha la tête. Tiens-toi loin de moi, Thumps, et tiens-toi loin de mon enquête. Si tu cochonnes tout pour impressionner Claire, je vais te manger tout cru.

— Tu as trouvé le camping-car?

Hockney s'efforça de cacher son irritation.

— Non.

— Cooley a donc dit la vérité.

— Peut-être, concéda Duke en tapotant le toit de la voiture de Thumps avant d'ouvrir la portière. Pourquoi tu ne me ferais pas voir certains de tes tours de passe-passe de policier de la grande ville ?

— Tu t'adresses au photographe ?

— Ne te paie pas ma tête, Thumps.

Thumps jeta un coup d'œil vers la barrière.

— Tout le monde a peut-être raison. Takashi a pu venir ici travailler sur l'ordinateur. Puis il est reparti, comme l'a dit Cooley.

— Parce que tu as aussi parlé à Cooley ? fit Duke en passant une de ses énormes mains dans ses cheveux. Tu commences à me faire chier, tu sais.

— OK. J'étais juste curieux.

Le shérif rectifia la position de son chapeau.

— Pourquoi le cadavre de Takashi s'est-il retrouvé dans un appartement ?

— C'est peut-être arrivé plus tard.

— Bien sûr que c'est arrivé plus tard. Il a été tué dans le centre informatique.

— La preuve scientifique ?

— Du sang sur le sol près du moniteur.

Duke brandit un sac en plastique. Il contenait deux mégots, des cigarettes effilées enrobées de papier brun foncé avec un filtre entouré de papier doré.

— Pas de vulgaires cigarettes, comme tu peux voir.

— Où étaient-elles ?

— Par terre, derrière le moniteur, avec un cendrier. Comme s'il avait été renversé pendant une bagarre.

— Elles étaient à Takashi ?

— Bien deviné, fit le shérif. Chan les a identifiées. C'est une marque fantaisie, Takashi les a achetées à New York. Le plus bizarre, c'est qu'on n'a pas trouvé de cigarettes sur lui.

— Le tueur était peut-être à court.

— C'est comme ça que tu m'aides ?

Hockney sortit un paquet de chewing-gum de sa poche et en déballa deux.

— Si Cooley dit vrai, Takashi est arrivé ici vers dix heures et il est reparti un peu après midi.

— Tu soupçonnes Cooley de mentir ?

— Selon Beth, Takashi est mort entre neuf heures du matin et une heure de l'après-midi.

— Elle est sûre de son coup ?

— Je vais lui répéter ta question.

Thumps sourit. Si Beth affirmait que le meurtre avait été commis entre neuf heures du matin et une heure de l'après-midi, c'était ainsi, voilà tout. Lorsque l'autopsie serait terminée, elle préciserait le moment de la mort, avec une marge d'erreur de plus ou moins une heure.

— Tu penses que Stick et Cooley sont de mèche ? demanda-t-il.

— Je ne pense rien du tout. Je préférerais encore coller le meurtre à ce trou du cul aux cheveux blonds, dit Duke en faisant signe à Thumps de monter dans sa voiture. Ce type est si arrogant qu'il pourrait trancher de la viande avec sa langue.

— C'est ce qu'on leur apprend dans les écoles de commerce, expliqua Thumps. Il n'y est pour rien.

— Grimpe dans ta voiture et fous le camp. Avant que je t'arrête. Et que je ne te voie pas parler à qui que ce soit en sortant.

Thumps voulait dire un mot à Cooley à propos de Takashi et de samedi matin, mais cette conversation devrait attendre. Inutile de contrarier le shérif plus que nécessaire.

La bonne nouvelle, c'est que Hockney en aurait sans doute pour un moment au complexe. Avec un peu de chance, Thumps le devancerait et aurait le temps d'examiner la chambre de Takashi au Shadow Ranch avant que Duke débarque et transforme l'endroit en scène de crime.

Mais avant, il devait faire un autre petit arrêt.

6

Ora Mae Foreman cherchait un euphémisme autre que «pour bricoleurs avertis» afin de décrire un bungalow du quartier sud en partie ravagé par un incendie quand Thumps fit son entrée dans les bureaux de Wild Rose Realty. Il est mignon, se dit Ora Mae en le voyant venir vers sa table de travail en se dandinant. Comme dans les westerns.

— C'est fermé, dit-elle en inscrivant «emplacement privilégié» sur un bout de papier qu'elle contempla un instant.

— Je pensais que les agences immobilières ne fermaient jamais.

Thumps prit un stylo dans le porte-crayons posé sur le bord de la table de travail d'Ora Mae. Les mots « Wild Rose Realty » y étaient inscrits en cursives d'or sur le côté.

— Ils sont gratuits ?

Ora Mae reprit le stylo.

— Tu vois quelqu'un, ici, à part moi ?

— Non.

— Parce que c'est dimanche. Jour du Seigneur. Jour de repos.

— Je suis passé au bureau de la tribu, dit Thumps en affectant l'insouciance. Claire t'envoie le bonjour.

Ora Mae remit le stylo à sa place.

— Ah bon ?

— Je te répète ce qu'elle a dit.

— Ce cadavre ne l'arrange pas, j'imagine.

— Non, dut admettre Thumps.

Ora Mae revint à sa liste. « Du potentiel à revendre » ne ferait pas l'affaire. « Diamant brut » non plus.

— Claire a requis tes services ou quelque chose du genre ?

— Pas exactement.

Ora Mae se cala dans son fauteuil et regarda Thumps se tortiller.

— Si Claire Merchant t'a engagé... Je ne vois qu'une seule raison possible.

Thumps haussa les épaules.

— C'est à propos de Stanley.

— Pas exactement.

— J'ai l'impression que tu te paies ma tête, dit Ora Mae, dont la voix évoquait les explosions sous-marines. Pourquoi cette impression, à ton avis ?

— Claire est préoccupée, c'est tout.
Ora Mae repoussa sa liste.
— Alors qu'est-ce que tu veux, au juste ?
Thumps changea de position.
— Genesis Data Systems, tu connais ?
— Qu'est-ce que tu proposes en échange de cette faveur ? Un déjeuner ou un dîner ?
— Que dirais-tu d'une photo gratuite ?
— Tu m'en dois déjà six.
— Bon, un déjeuner alors.
Ora Mae hocha la tête et se tourna vers son ordinateur.
— Genesis Data est le nom de la société qu'on a chargée de concevoir et d'installer le système informatique de Buffalo Mountain.
— Tu n'as même pas eu besoin de vérifier.
— Et alors ?
— Pour un déjeuner, tu aurais au moins pu faire semblant de chercher.
— OK.
Ora Mae tapa sur son clavier, attendit un moment et tourna l'ordinateur vers Thumps.
— Qu'est-ce que c'est ?
Elle secoua la tête.
— Le site Web de Genesis Data. Tu n'as jamais vu de site Web ?
— Si, bien sûr, mentit Thumps.
— Regarde bien parce que je te donne une seule chance. Qu'est-ce que tu veux savoir ?
— Il y a des images ?
— De quoi ?
— Je ne sais pas.
Ora Mae revint à son clavier.

— Nous avons des photos du siège social dans le New Jersey. Nous avons des photos du conseil d'administration. Nous avons des photos des laboratoires de recherche.

Thumps se pencha vers l'écran. L'immeuble principal était un carré en verre étincelant, lisse et moderne. La photo du conseil d'administration ne lui apprit pas grand-chose, sauf que la plupart de ses membres étaient jeunes, plus jeunes que Thumps l'aurait imaginé.

— On dirait des ados.

— Ordinateurs…

— Et les laboratoires ?

Il y avait six photos de laboratoires, tous exactement conformes à ce qu'on imagine : des travailleurs heureux brandissant des composantes de ce que Thumps supposa être un ordinateur. Seule la dernière faisait exception : on y voyait un jeune Asiatique flanqué de deux jeunes femmes. L'homme tenait à la main ce qui avait l'apparence d'un minuscule carré de plastique, que les deux femmes regardaient avec un émerveillement béat.

Ora Mae retourna l'écran vers elle pour mieux voir l'homme.

— Tiens, tiens.

— Daniel Takashi.

Ora Mae tritura la souris et l'image remonta.

— Merci de partager l'information.

— Je viens de l'apprendre.

Ora Mae appuya sur un bouton et les inscriptions immobilières remplirent de nouveau l'écran.

— Tu voulais autre chose ou je peux recommencer à vendre des maisons ?

— Une dernière question, dit Thumps en se penchant. À quelle fréquence les appartements de Buffalo Mountain sont-ils vérifiés ?

— Une fois par jour.

— Tous les jours ?

Ora Mae se tourna vers Thumps, comme s'il l'avait surprise.

— Oui, en principe.

— Mais ?

— Certains jours, c'est moi qui y jette un coup d'œil. D'autres jours, c'est Clarence.

— Clarence Fellows ? grogna Thumps. Le neveu de Sterling ?

— Ta mère ne t'a pas appris les bonnes manières ? fit Ora Mae en secouant la tête. Oui, le neveu de Sterling. C'est lui qui devait faire la tournée des appartements, samedi soir.

— Samedi soir ?

— C'est moins cher qu'une chambre de motel, si tu vois ce que je veux dire.

Thumps s'amusait beaucoup plus qu'il l'aurait cru.

— Clarence continue de s'envoyer en l'air avec Celia ?

Ora Mae le regarda en battant des paupières.

— Bonté divine ! C'est censé être un secret.

— Clarence et Celia étaient au complexe samedi soir ?

— Hélas non. Ils étaient dans un motel à Kalispell.

— Je devrais peut-être dire un mot à Clarence.

— Bien sûr, dit Ora Mae. Si le trajet jusqu'à Kalispell te fait envie.

— Il est encore là-bas ?
— Même qu'il n'est pas près de rentrer.
Thumps examina Ora Mae. Cette femme n'était pas juste un peu malfaisante. Elle était carrément diabolique.
— Apparemment, le petit secret de Clarence ne l'était pas autant qu'il l'aurait souhaité.
— Barbara ?
Ora Mae hocha la tête et se mit à rire.
— Barbara et Celia ont eu une petite conversation.
— Barbara est au courant ?
— Il paraît que Celia lui a téléphoné, dit Ora Mae, qui avait du mal à garder son sérieux. Du motel.
Thumps se rendit compte qu'il s'amusait moins qu'avant.
— Elles… Elles lui ont fait du mal ?
Ora Mae secoua la tête.
— Tu devrais savoir que la violence ne règle rien.
— Il est vivant ?
— Oh que oui, répondit-elle. Évidemment, il a l'air un peu bizarre.
Thumps se cala sur sa chaise et attendit. Ora Mae contempla le plafond, puis elle regarda par la fenêtre.
— Tu vas m'obliger à poser la question ?
— Elles l'ont peint.
— Clarence ?
— En rouge vif, dit Ora Mae, dont les yeux dansaient. Tout de suite après lui avoir rasé le crâne.
Ora Mae prenait trop de plaisir à son récit. Thumps sentit le besoin de la rappeler à l'ordre.
— Qui a les clés des appartements ?

— Il n'y a pas de clés, répondit Ora Mae. Mais tu le savais déjà, non ?

— Clavier numérique, hein ?

— Exactement. Il faut une carte magnétique ou un code d'accès.

— Tous les immeubles sont pareils ?

— Pas du tout, dit-elle. Ils sont tous différents. Nous avons des cartes pour les appartements seulement.

— Combien ?

— Deux ici, au bureau. Une pour les agents et une autre que Sterling conserve.

— Qui d'autre a une carte ?

— Claire, probablement.

— Takashi ?

— Sans doute, oui.

Thumps balaya le bureau des yeux.

— Il faut en conclure que c'est Sterling qui a abattu Takashi, je suppose.

Ora Mae n'eut pas le temps de ravaler ses rires.

— Si tu n'étais pas qu'un canasson paresseux, DreadfulWater, je te monterais peut-être.

— Je croyais que tu étais…

Thumps laissa la phrase mourir et dériver en suivant le bord de la table de travail.

— Vas-y, l'encouragea-t-elle. Lâche le morceau.

— Ce que je voulais dire…

— Ne crains rien. Ta queue ne risque pas de tomber.

Thumps voyait Ora Mae l'entraîner au bord de la falaise.

— Je n'ai pas peur de prononcer le mot… « lesbienne ».

— Dieu soit loué ! Encore un homme sensible !

— Et je ne suis pas paresseux.

— Mon chou, répliqua Ora Mae en se penchant, tu es l'homme le plus paresseux que je connaisse, blancs, noirs, jaunes et rouges confondus. Mais j'espère que tu vas trouver le salaud qui a fait ça avant que Claire subisse les contrecoups de cette affaire.

— Tu viens de me traiter de paresseux.

— Paresseux et compétent sont deux choses complètement différentes.

Au cours du trajet d'une demi-heure jusqu'au Shadow Ranch, Thumps eut le temps d'imaginer Clarence chauve et peint en rouge et de récapituler ce qu'il avait appris jusque-là.

Pas grand-chose, en l'occurrence.

Primo : le mort, Daniel Takashi, était un programmeur informatique au service de Genesis Data Systems, la société qui avait installé les ordinateurs et le système de sécurité du Buffalo Mountain Resort.

Secundo : Stanley Merchant, alias Stick, fils de l'administratrice de la tribu et leader du mouvement d'opposition au complexe, avait disparu en gros au moment où le meurtre avait été commis.

Tertio : on n'entrait dans le complexe qu'au moyen d'une carte magnétique ou d'un code d'accès.

Quarto : selon George Chan, quelqu'un avait introduit un ver informatique dans le système. Thumps avait beau se creuser les méninges, il ne connaissait qu'une personne capable de concevoir un ver et ayant une raison de le faire, et c'était le fils de Claire.

Le cadavre était particulièrement intrigant. Il avait été déplacé. C'était l'évidence même. Mais on ne l'avait pas déplacé dans l'intention de le cacher. Takashi avait été tué dans le centre informatique. Pourquoi avait-on transporté son corps jusqu'à l'appartement témoin afin de le déposer dans un fauteuil ? Si l'assassin tenait tant à bouger le cadavre, pourquoi ne pas l'avoir traîné quelque part dans les bois ? Trimballer un cadavre du centre informatique à l'immeuble résidentiel vous obligeait à traverser au moins quatre cents mètres de terrain à découvert. C'était trop risqué. Sauf si la situation était désespérée.

Non, décidément, quelque chose clochait. Thumps ne voyait pas encore quoi, mais quelque chose clochait horriblement.

Le Shadow Ranch était un country club huppé et tentaculaire astucieusement déguisé en plateau de cinéma pour le tournage d'un western. Le « Dortoir » était un hôtel quatre étoiles. Le « Troquet » une boîte de nuit façon Las Vegas. Le « Diable Vauvert » un dix-huit trous de classe mondiale. Le domaine comprenait un complexe aquatique avec une piscine et des toboggans, des courts de tennis, des écuries, une aire de ball-trap et un modeste parc à thème destiné aux familles.

Le Buffalo Mountain Resort était impressionnant, mais pour la taille et la diversité des activités offertes, le Shadow Ranch l'emportait haut la main. Sauf pour le jeu. C'était la différence. Et si, en ville, il n'y avait de place que pour une seule fine gâchette, Buffalo Mountain l'emporterait peut-être.

Le Shadow Ranch appartenait à Vernon Rockland. Il était de notoriété publique que Rockland ne voyait pas d'un bon œil l'arrivée du nouveau complexe et de la concurrence. En fait, il serait plus juste de dire qu'il était furieux. Avant même que le chantier de Buffalo Mountain se mette en branle, Rockland avait longuement et pesamment fait pression sur le pouvoir en place au nom de la nécessité d'établir des règles égales pour tous.

Le plus drôle, c'est que les « règles du jeu », ainsi que Rockland se plaisait à les appeler, n'avaient jamais été égales. La capacité de la tribu à offrir des jeux de hasard avait fait pencher la balance en sa faveur, juste un peu, et pour la première fois, les Vernon Rockland de ce monde, qui avaient toujours bénéficié d'un traitement de faveur, étaient fort mécontents à l'idée de devoir jouer sur un terrain où ils ne partaient pas gagnants.

Claire avait tenté de calmer les esprits en soulignant que Buffalo Mountain s'adressait à des résidents plus ou moins permanents, que sa clientèle se composerait de personnes âgées à la recherche d'un endroit où prendre leur retraite ou de familles en quête de loisirs. Le Shadow Ranch, faisait-elle valoir, était destiné à des personnes de passage, de riches touristes venus admirer les Rocheuses et les vestiges de la nature sauvage. En fin de compte, les affaires seraient bonnes pour les deux complexes, argua-t-elle. Justificatif que Thumps jugeait à la fois intéressé et raisonnable.

Il n'y croyait pas, remarquez. Pas plus, il en était sûr, que Vernon Rockland.

Thumps se gara devant l'hôtel et fonça vers le hall, où la climatisation l'accueillit à bras ouverts. La réceptionniste était très jeune, très séduisante, très blonde et très mince. À l'ère des voyages internationaux, où les employés des principaux centres de villégiature étaient choisis en fonction de leur diversité raciale et culturelle, Vernon Rockland faisait figure de dinosaure, de fossile de la vieille école du colonialisme paternaliste, laquelle faisait de la norme européenne et blanche l'étalon de mesure universel.

— Bonjour.

La femme avait épinglé à son blazer un insigne doré qui proclamait « Kimberly » et elle souriait d'une bouche pleine de dents blanches et parfaites. Thumps passa sa langue sur ses propres dents dans le but de leur assurer un polissage de dernière minute.

— Bonjour, dit-il en s'efforçant de sourire sans ouvrir la bouche. Où dois-je m'adresser pour obtenir des informations sur votre service de limousine ?

— Ici, répondit Kimberly, dont les dents scintillèrent dans la douce lumière du hall.

Thumps palpa le dépliant.

— Un de mes amis est descendu ici. M. Daniel Takashi.

Kimberly consulta son ordinateur.

— Oui, il est effectivement chez nous.

— Il m'a dit que son chauffeur offre un excellent service. Un Autochtone.

— Un Autochtone ? fit Kimberly, dont le sourire s'estompa légèrement.

— Un Indien.

— Ah, un Indien.

Le sourire était de retour. Kimberly prit une carte sous le comptoir.

— La réserve de la rivière Ironstone est un peu à l'ouest. Nous proposons une visite qui passe par la réserve avant de poursuivre jusqu'au parc national Glacier.

— Ce n'est pas ce que je cherche.

— C'est une de nos visites les plus appréciées.

Du coin de l'œil, Thumps vit une des limousines de l'hôtel s'arrêter devant la porte.

— Je peux laisser un message pour M. Takashi ?

— Vous pouvez téléphoner à sa chambre et en laisser un dans sa boîte vocale.

— J'aimerais mieux écrire.

— Mais bien sûr, dit Kimberly en poussant un bloc-notes devant lui.

Thumps gribouilla quelques mots sur la feuille et la tendit à la jeune femme.

— C'est important.

— Absolument, acquiesça Kimberly.

Elle jeta un coup d'œil à l'ordinateur et inscrivit un numéro au dos du message de Thumps.

— Si vous voulez, je demande qu'on lui remette tout de suite.

Thumps sourit, examina le dépliant un moment, puis il se frappa le front, comme s'il avait oublié quelque chose.

— À la réflexion, fit-il en mobilisant tout le charme dont il était capable, oubliez le message. Je crois que je vais le surprendre.

— Je suis sûre qu'il sera ravi, dit Kimberly. Moi, j'adore les surprises.

— Et je vais probablement la faire, cette visite guidée, dit Thumps. Je suis sûr que c'est passionnant.

Lorsqu'il sortit, la limousine s'engageait déjà dans l'allée. Comme il faisait trop chaud pour courir, il ralentit le pas et suivit la berline foncée qui contournait le bâtiment.

Les garages se trouvaient derrière l'hôtel. En passant de l'ombre à la lumière, Thumps vit Floyd Small Elk, le frère aîné de Cooley, qui lavait une des voitures. Cooley était le plus massif des deux, mais Floyd était plus rapide, plus fort et plus méchant. Thumps et Floyd avaient toujours entretenu de bons rapports, mais Thumps connaissait assez bien l'homme et son tempérament pour savoir que les choses pouvaient changer d'un instant à l'autre.

— Salut, Floyd.

Floyd se pétrifia, le tuyau d'arrosage à la main.

— C'est moi, Thumps.

— Salut, Thumps. Tu m'as fait sursauter.

— Désolé.

— Pourquoi t'es là?

— J'ai gagné à la loterie.

Floyd se mit à rire doucement et orienta le jet vers la voiture. Il frappa les bulles de savon de plein fouet et les sépara en deux masses.

— J'ai besoin d'informations.

— Le centre d'informations est au village.

— Ce n'est pas pour moi, en fait. C'est pour Claire.

Floyd avait contracté une énorme dette de reconnaissance envers Claire, et si le nom de cette dernière ne lui procurait pas les renseignements qu'il recherchait, Thumps savait qu'il n'avait plus qu'à rentrer faire une sieste.

— Claire, hein ?

— Exactement.

Floyd déposa l'éponge et le tuyau, puis il s'adossa à la voiture.

— Qu'est-ce que tu veux savoir ?

— Un Japonais du nom de Takashi.

— Quoi ?

— Tu étais son chauffeur.

— Il a des reproches à me faire ?

Thumps observait les yeux de Floyd.

— Il est mort.

— Mort ?

Floyd croisa les bras sur sa poitrine et Thumps nota les muscles de son cou et de ses épaules.

— Tu rigoles ?

— Non.

— Merde, fit Floyd en se tournant vers les garages. Tu joues les policiers pour Claire ?

Thumps secoua la tête.

— Parce que, à t'entendre, on jurerait un policier.

— L'habitude.

— C'est arrivé comment ?

— On lui a tiré dessus. (Thumps attendit de voir si c'était effectivement du nouveau pour Floyd.) À Buffalo Mountain.

Floyd resta appuyé à la voiture.

— Je dois beaucoup à Claire.

— C'est une femme généreuse.

— Et je paie toujours mes dettes, dit Floyd en décroisant les bras. Oui, j'étais son chauffeur attitré.

Je le déposais au complexe vers neuf heures et je passais le prendre vers cinq heures.

— Et le samedi ?

— Seulement les jours de semaine.

— Samedi dernier, il est arrivé au complexe vers dix heures et il est reparti peu après midi.

Floyd fronça les sourcils.

— Ça n'a pas de sens.

— Pourquoi ?

— Tous les week-ends, il louait un camping-car et partait visiter la région. En touriste. Il me demandait où aller.

— Tous les week-ends ?

— Ouais, répondit Floyd. Tu es sûr de ne pas jouer les policiers, en ce moment ?

— C'est fini, cette époque-là.

— Et ça va aider Claire ?

— Je l'espère.

Thumps se tourna vers l'ouest. Le Shadow Ranch ne se comparait pas au Buffalo Mountain Resort, mais la vue, des prairies aux montagnes, était spectaculaire, et Thumps s'imagina sans mal, assis sur une chaise de jardin au bord de la piscine, avaler une longue succession de repas.

— Deux autres sont arrivés.

Thumps feignit de ne rien savoir à ce sujet.

— En hélicoptère.

— Un homme de petite taille, légèrement dégarni ?

Floyd reprit le tuyau et laissa l'eau asperger la voiture.

— Dans le rôle du policier débile, tu fais pitié à voir. Un homme blond et une femme. Belle apparence. Des cadres. Du genre à ne pas trop se préoccuper de l'argent.

Il coupa brièvement l'eau et se tourna vers Thumps.

— C'est tout ?

Thumps haussa les épaules.

— Tu n'aurais pas vu Stick, par hasard ?

— N'oublie pas de mentionner à Claire que je t'ai aidé.

En redescendant, Thumps s'efforça de s'imaginer assez riche pour ne pas se faire de soucis à propos de l'argent. Voyages en première classe. Séjours dans les meilleurs hôtels. Repas dans les restaurants les plus fins. Voiture climatisée. Il y avait sûrement des avantages à être riche. Les riches, en tout cas, donnaient l'impression de s'accommoder de leur situation.

Thumps s'immobilisa dans l'ombre de l'hôtel. Kimberly avait inscrit « 24 » au verso du message. Le Shadow Ranch proposait seulement deux types d'hébergement : des chambres et des appartements. Les premières, chères, les seconds, carrément inabordables. Confortables et luxueux. Thumps ne savait rien des préférences de Takashi, mais il supposa qu'un programmeur de premier plan chargé d'un projet d'envergure séjournant dans un trou perdu pendant plus d'une semaine opterait pour le luxe.

Le 24 était un appartement. Vite, Thumps y entra et accrocha sur la poignée l'affichette « Ne pas déranger ». Rien à voir avec le Cascade de Buffalo Mountain, mais c'était quand même très chic. Il apprécia surtout la cheminée avec son manteau en bois sculpté. Le seul élément bon marché, en somme, c'était la serrure.

Thumps fit le tour des pièces. L'équipe de nettoyage n'était pas encore passée. Le lit était défait et des serviettes traînaient sur le sol de la salle de bains. Thumps jeta un coup d'œil dans les poubelles. Des journaux, un paquet de cigarettes froissé, l'emballage d'une tablette de chocolat. Il y avait des vêtements dans les tiroirs – des chaussettes, des sous-vêtements et quelques T-shirts ornés de logos sportifs –, un costume foncé et une paire de chaussures habillées dans la garde-robe. Chaque chose à sa place.

Sur la table de travail, il y avait une imprimante et un ordinateur portable ainsi que quelques magazines d'informatique. Après avoir débattu avec lui-même pendant un moment, Thumps alluma l'ordinateur. Il le vit exécuter sa petite danse de lettres et de chiffres sans queue ni tête. Il espérait que la stupide machine s'arrêterait sur un écran vert rempli d'icônes ; à la place, il eut droit à un écran noir avec un petit rectangle le sommant d'inscrire un mot de passe. Thumps était déjà allergique aux ordinateurs, et ce genre d'absurdité n'allait rien arranger.

Bon, il avait lu quelque part que les gens ont tendance à choisir des mots de passe qui ont un sens pour eux. Thumps essaya « Takashi » au cas où l'homme aurait eu un ego surdimensionné. Accès refusé. Ensuite, il essaya « Geek », au cas où il aurait eu le sens de l'humour. Accès refusé.

C'était rigolo. Coup sur coup, Thumps tapa « Genesis », « Data », « Systems », « Genesis Data

Systems» et «Buffalo» parce qu'il était à court d'idées. Avec, chaque fois, le même résultat.

Laissant l'ordinateur à sa turpitude, il jeta un coup d'œil sous le lit de même qu'entre le matelas et le sommier. Il aurait été sympathique de la part de Takashi de laisser un indice derrière un des tableaux accrochés au mur ou sous la coiffeuse de la salle de bains. Thumps était conscient de courir après des chimères, mais, une fois en train, il avait horreur d'abandonner les recherches. Le plus troublant, c'est qu'il s'amusait bien.

Rien.

Thumps se rassit devant l'ordinateur et le secoua légèrement. Il croyait se rappeler que la fente à l'avant de l'appareil était destinée à recevoir un de ces machins qu'on appelait «disques». Mais la fente était vide.

Thumps soupira et appuya sur la touche «escape». Rien. Ensuite, il appuya sur F1. Rien. Il avait beau savoir qu'il était inutile de se mettre en colère contre une machine, en particulier un ordinateur, une partie de lui avait envie d'énerver l'ordinateur pour lui rendre la monnaie de sa pièce. Il envisagea d'appuyer sur toutes les touches jusqu'à ce qu'il se passe quelque chose.

Il se cala plutôt dans le fauteuil en essayant de respirer à fond pour apaiser sa frustration. C'est alors qu'il aperçut les deux boutons sur le devant de l'appareil, à côté de la fente. Il appuya sur le premier et ce qui avait l'apparence d'une batterie sortit de l'appareil.

— Merveilleux.

Le second bouton ne se révéla pas plus utile. Thumps appuya dessus et un petit tiroir s'ouvrit.

Pendant un moment, Thumps crut avoir découvert quelque chose. Le tiroir, cependant, était vide.

Il le referma et fit un dernier tour de la pièce. Assez, c'est assez, se dit-il en sortant. Il essaierait de trouver Stick. Claire et le shérif se chargeraient du reste.

7

Beth Mooney occupait un immeuble en briques d'un étage qui avait autrefois abrité le bureau d'enregistrement des titres fonciers. Beth vivait au premier et exerçait la médecine au rez-de-chaussée. Elle louait au comté le sous-sol à usage de morgue. Thumps n'y était jamais descendu et ne s'en plaignait pas, bien au contraire.

Il entra dans le vestibule et appuya sur le bouton de l'interphone.

— Oui ?

— Beth ? C'est moi.

— Thumps ?

— Je peux monter ?

— Je suis en bas.

— Au rez-de-chaussée ?

— Non, au sous-sol.

Thumps se demanda s'il n'avait pas quelque course importante à faire.

— Tu remontes bientôt ?

— Tu veux me voir ? Alors descends.

Thumps se mit à compter les carreaux sur le sol. À trente-quatre, il appuya de nouveau, à contrecœur, sur le bouton.

— OK, dit-il en toute insincérité.

L'escalier qui conduisait au sous-sol était sombre et sentait le renfermé. Plus que le renfermé, en fait, mais Thumps préféra en rester là. Il ne tenait pas particulièrement à savoir quelles étaient ces odeurs, non plus qu'à connaître leur origine. Parvenu au bas des marches, il respirait par la bouche.

Beth, ceinte d'un tablier gris sur lequel s'observaient d'autres couleurs, était debout devant une table en acier. Elle brandissait un scalpel à l'aspect menaçant. Daniel Takashi était allongé sur la table.

— Que me vaut l'honneur de ta visite dans ma cuisine ?

Thumps sentit son estomac se retourner.

— Ça va ?

— Très bien.

— Approche, j'ai quelque chose qui va t'intéresser.

— Je ne crois pas.

— Ne fais pas le bébé. C'est un cadavre, pas un serpent.

Thumps ne voyait pas très bien le rapport entre un cadavre et un serpent, mais, tout bien considéré, il aurait eu un léger penchant pour le reptile.

— Je viens de terminer l'estomac. Tu veux voir ?

— Non.

— Il ne va pas te mordre.

— Les Navajos n'aiment pas les cadavres.

— Tu n'es pas navajo.

— Non, mais j'ai une sensibilité de Navajo.

— Tu es cherokee, dit Beth. Si ma mémoire est exacte, les Cherokees aiment créer des alphabets et soumettre à la Cour suprême des affaires relatives à la souveraineté.

— C'était un syllabaire, pas un alphabet.

— Tiens, dit Beth en tendant à Thumps une planche à pince en métal. Si tu as l'intention de rester dans mes jambes, autant te rendre utile.

Le formulaire posé sur la planche était une feuille de travail pour le certificat de décès. La case prévue pour le nom du défunt était en blanc.

— Daniel Takashi, dit Thumps, presque pour lui-même.

— Takashi ? C'est son nom ?

Beth laissa tomber le scalpel dans un récipient.

— Il était programmeur informatique, ajouta Thumps.

Il sortit son mouchoir de sa poche et fit semblant de s'essuyer le nez. Beth s'empara d'un outil semblable à une scie circulaire miniature.

— Sans blague.

Elle appuya sur un bouton et l'outil se mit en marche.

Thumps évitait de regarder la scie, dont la plainte aiguë lui rappelait les cris d'un animal blessé.

— À quoi ça sert ?

Beth imprima à la scie un mouvement lui aussi circulaire.

— Je m'apprête à extraire le cerveau de M. Takashi.

Thumps sentit tout son corps ramollir.

— Tu es sûr que ça va ? insista Beth.

Elle déposa la scie et retira ses gants en caoutchouc.

Thumps trouva un tabouret juste avant de tomber dans les pommes.

— Très bien, répondit-il.

Les mots, cependant, avaient plutôt pris la forme d'un gémissement.

— Quelle bande de bébés vous faites, les mecs.

— Donne-moi une minute.

Beth sourit.

— Tu as mangé ?

Thumps jeta un coup d'œil au cadavre.

— Tu as faim ? demanda-t-il en ayant soin de ne pas desserrer les dents.

— Je suis affamée, répondit Beth. Je ne connais pas de meilleur endroit où me mettre en appétit.

Le Golden Harvest était un de ces restaurants spécialisés dans la médiocrité et les bas prix, où on pouvait se servir sur une longue table chauffante ou commander à partir du menu en ayant l'assurance de manger les mêmes plats.

Beth se montra bonne joueuse.

— J'ai abandonné un cadavre pour ça ?

— Le bar à salade est divin.

Thumps se servit des spaghettis en se disant que la seule façon de gâcher des pâtes consistait à trop les cuire, alors que Beth choisissait quelques morceaux de poulet frit.

— Tu sais faire tourner la tête d'une fille, toi.

Thumps hésitait entre le Jell-O rouge et le Jell-O vert quand il vit Archie jaillir d'un box et s'avancer vers lui en souriant, d'humeur radieuse, et en écartant tout le monde sur son passage.

— Salut, gros bonnet ! s'écria-t-il. Qu'est-ce que tu deviens ?

Archimedes Kousoulas était l'une de ces personnes dont nous avons tous besoin. Que cela nous plaise ou non. Archimedes, ou Archie, ainsi que tout le monde l'appelait, exploitait la seule librairie de Chinook. Grec originaire de l'île d'Eubée, il était un amalgame de passions distinctes et disparates qui allaient des livres rares aux trésors enfouis.

C'était en fouillant dans les greniers, en écumant les ventes de succession et en surfant sur Internet à la recherche de premières éditions ou de livres introuvables qu'il était au comble du bonheur. Quelques mois plus tôt, Archie avait téléphoné à Thumps pour lui dire qu'il avait déniché une première édition rare de *La Voie de l'ennemi* de Tony Hillerman et une première édition de *Son of the Morning Star* d'Evan Connell avec la jaquette d'origine – pour l'unique raison que les deux livres traitaient des Indiens.

— Tu manges seulement des pâtes ? demanda Archie en suivant Thumps le long de la table chauffante.

— Elles sont sans danger.

— Et trop cuites.

L'autre véritable passion d'Archie était les chasses aux trésors. Pas ceux de *L'Île au trésor* ni « des galions aux cales remplies d'or qui sillonnent les récifs de corail ». Archie, lui, n'en avait que pour les trésors du Far West. Le registre des salaires de l'armée. Le butin d'un vol de diligence. La fortune qu'un reclus avait cachée sous les planches de sa cabane. Chaque fois qu'il partait à la recherche d'un livre, il examinait des lettres et des cartes, étudiait des légendes du Far West, certain que, à condition de regarder assez longtemps, il parviendrait à repérer une mine d'or perdue et deviendrait riche et célèbre du même coup.

— Salut, Archie.

Le plateau de Beth ployait sous le poids de toute la nourriture qu'elle avait entassée sur les assiettes.

— Ça va, les livres ?

Thumps aimait bien Archie, mais rester trop longtemps dans le sillage de son énergie l'épuisait. Il avait participé à une de ses « expéditions », en partie par amitié et en partie par curiosité, et cette pénible équipée dans la cambrousse lui avait largement suffi.

— Je dois rentrer à la boutique, déclara Archie. Mais, pour vous, je peux bien être en retard.

Il les guida vers un box, comme il l'aurait fait avec un troupeau.

— Bon, dit-il à Thumps. Pourquoi tu n'es pas passé me voir ? J'ai reçu de nouvelles cartes postales.

— J'ai eu beaucoup de travail.

— Du travail ? s'écria Archie. Prendre des photos, ce n'est pas du travail. Je suis ton seul acheteur.

Il sourit à Beth.

— Tu sais ce qu'il fait pour gagner sa vie, toi ?

— Gagner sa vie ? Il ne faudrait tout de même pas exagérer. Comment ça va, Archie ?

— Bien. Toujours bien, répondit Archie en passant un bras autour des épaules de Thumps. Tu sais ce que fait cette femme pour gagner sa vie ?

— Ne me le rappelle surtout pas.

— Le manuel d'anatomie dont tu m'as parlé ? dit Archie à Beth au moment où elle entreprenait l'excavation d'une montagne de purée de pommes de terre. Je pense en avoir trouvé un.

— Cher ?

Archie haussa les épaules.

— On verra ça. Mange d'abord, on en parlera ensuite, dit-il en se levant. Je reviens tout de suite. C'est une surprise, alors ne posez pas de question.

Thumps regarda Archie sortir, heureux de pouvoir manger sans avoir à écouter son dernier récit de chasse au trésor.

Beth se pencha sur sa tasse de café et prit une profonde inspiration.

— Alors ? Tu n'es pas venu seulement pour m'apprendre le nom de la victime.

— Pourquoi allais-tu…

Il s'interrompit, consterné par les paroles qu'il allait prononcer.

Beth attendit de voir s'il irait jusqu'au bout de sa phrase.

— Tu te demandes pourquoi j'allais lui ouvrir le crâne ?

Thumps sentit la nausée monter par vagues des profondeurs de son estomac et déferler vers le rivage.

— Ouais, parvint-il à articuler.

— Dans les affaires de meurtre, on procède en général à une autopsie complète.

— Mais il a été tué par balles. Des coups de feu à la poitrine.

— À première vue. Mais je ne serai sûre de rien avant d'avoir… fit-elle en décrivant un mouvement circulaire avec son doigt. Tu sais.

Thumps s'interrogea sur les odeurs au milieu desquelles Beth travaillait. Se dissipaient-elles rapidement ou persistaient-elles au contraire, comme la fumée de cigarette, qui se tapit dans vos cheveux et vous colle aux doigts, à la façon d'une marée noire ?

— Le shérif sait que tu fouines à droite et à gauche ?

— Je ne fouine pas.

— Ah bon ? J'aurais cru le contraire, affirma Beth en portant la tasse à son visage, où elle la fit tourner sur sa joue. Qu'est-ce que tu fabriques ici, alors ?

— Je voulais juste savoir si tu avais observé quelque chose d'inhabituel. Simple curiosité.

— Tu m'expliques la différence ?

— Laquelle ?

— Entre fouiner et être curieux.

Derrière Beth, la fenêtre étincelait. La lumière s'emmêlait à ses cheveux, et Thumps songea à de la barbe à papa. Le soleil de fin d'après-midi lui rappela aussi qu'il avait sauté sa sieste. Il sentait ses paupières s'alourdir.

— Je ne suis quand même pas si assommante que ça.

— Je me suis levé de bonne heure.

Beth se tortilla et appuya sa tête contre le mur.

— OK. Alors voici ce que je sais. L'homme était asiatique, il avait un peu moins de trente ans, et il a été tué samedi matin, vers onze heures, à une demi-heure près.

— C'est tout ?

— Son dernier repas ? Un donut et une tasse de café.

— C'est Hockney qui va être content.

— Il est bon, le Jell-O ?

Thumps jeta un coup d'œil à sa fourchette. Une des dents était tordue. Qu'on puisse manger avec une fourchette aux dents tordues dépassait son entendement. Déposant l'ustensile, il opta pour une cuillère.

— Le revoici, fit Beth.

Thumps leva les yeux juste à temps pour voir arriver Archie.

— Devine quoi ? fit Archie en se glissant à côté de Beth sur la banquette.

Elle se tourna vers Thumps.

— Ne compte pas sur lui, dit Archie. Il ne sait rien.

Quand Archie demandait « Devine quoi ? », il faisait en général référence à un de ses trésors. Quand il n'était pas dans sa boutique, il explorait les collines, à la recherche de grottes, de sentiers secrets et de sites suspects. Archie connaissait les montagnes aussi bien que la plupart des habitants de la réserve, même si, après des années d'exploration, il n'avait toujours rien trouvé.

Il ne s'arrêtait pas pour autant, évidemment. La philosophie d'Archie tenait en peu de mots : s'il n'avait pas encore trouvé le trésor, c'est qu'il était encore là quelque part. Thumps devait l'admettre : le raisonnement se tenait. Jusqu'à un certain point.

— Je sais où se trouve le trésor des Aztèques.

Dans cette région du monde, le trésor des Aztèques était le principal objet de convoitise. Après la destruction de l'empire des Aztèques par Cortés, un petit groupe d'Espagnols entreprenants, commandé par un certain Antonio García de la Vega, aurait quitté le Mexique avec une petite fortune en or volé. Selon la légende, ces hommes se seraient rendus jusqu'aux montagnes des environs de Chinook avant de tomber sur les Blackfoot et de trouver refuge dans une grotte. Avec leur or.

Thumps était d'avis que tous les récits portant sur des trésors perdus avaient une dimension vaguement fantastique. Celui-ci ne faisait pas exception. La suite variait selon l'identité du conteur. Première version : les Espagnols furent tués et les Blackfoot s'emparèrent de leur or. Deuxième version : les Espagnols s'enfuirent en laissant leur or derrière eux. Troisième version : les Espagnols cachèrent l'or dans une grotte avant d'être éliminés jusqu'au dernier.

Archie les aimait toutes les trois.

— Vous connaissez l'endroit où la rivière Ironstone se jette dans les Blackfoot Falls ?

— Tu n'as pas exploré ce coin, l'année dernière ?

— Tu pourrais demander à ton petit ami de se la fermer ?

— Avec plaisir. Ferme-la, dit Beth en se tournant vers Thumps.

— Donc, je fouille du côté des Blackfoot Falls et devinez qui je vois ?

— Quoi donc ?

— Pas une chose. Une personne.

Parfois, ces conversations tournaient court, mais, dans ce cas, constata Thumps, Archie ne faisait que s'échauffer.

— Un Aztèque ?

— Demande encore à ton petit ami de se la fermer.

— Ce n'est pas mon petit ami, précisa Beth.

— Preuve de ton intelligence supérieure.

— OK, Archie, fit Thumps. Qui c'était ?

— Stick Merchant.

Thumps se redressa.

— Ah ! s'écria Archie. Maintenant, j'ai droit à l'attention de Monsieur-je-vous-interromps-à-tout-bout-de-champ.

— Tu as vu Stick aux chutes ?

— Près des bassins sous les chutes. Et tu sais ce que ça veut dire, non ?

Thumps cessa d'écouter et se mit à assembler les pièces du puzzle. Du point de départ du sentier, au nord-ouest de la réserve, jusqu'aux Blackfoot Falls, il y avait environ trois heures de marche. C'est le chemin qu'emprunterait quiconque voudrait pêcher dans les bassins sous les chutes.

— Quand ?

— Quoi ?

— Quand as-tu vu Stick ?

— Hier, répondit Archie en gratifiant Thumps d'un clin d'œil. Il se dirigeait vers le trésor des Aztèques.

Le sentier des chutes passait derrière le Buffalo Mountain Resort. À condition de savoir où il fallait quitter le sentier et de posséder un sens de l'orientation raisonnable, on pouvait rallier le complexe en une heure.

— Vers quelle heure ?

— Quelle importance ? répliqua Archie, impatient de poursuivre son récit. Tu sais qui a tué les Espagnols, n'est-ce pas ?

— Les Blackfoot, fit Thumps pour couper court à sa narration. Quand as-tu vu Stick, au juste ?

Archie haussa les épaules.

— En fin d'après-midi. Mais qu'est-ce que ça change ? L'essentiel, c'est que je sais où trouver le trésor des Aztèques.

Beth se pencha vers l'avant.

— Comment ?

— Je n'aurai qu'à suivre Stick la prochaine fois qu'il ira dans les montagnes.

— Qu'est-ce qu'il faisait ? demanda Thumps en poussant la jambe de Beth avec son pied. Il était à la pêche ?

— À la pêche ? fit Archie en se tournant vers Beth pour la prendre à témoin. L'écoute n'est pas le point fort de ton petit ami, hein ?

Beth darda sur Thumps un regard chargé de reproche et déplaça sa jambe.

— Tu l'as suivi ?

— J'étais trop loin, dit Archie en laissant entendre un bruit de dégoût. Quand je suis arrivé aux bassins, il était parti.

Thumps sortit sa pince à billets.

— On doit y aller.

— Déjà ? fit Archie en fronçant les sourcils. Tu manges. Tu cours. Tu vas avoir des crampes.

— Il faut que je retourne au bureau, dit Beth. Un type m'attend.

— Un homme ? Tu as un homme chez toi ?

Haussant les sourcils, Archie sembla oublier Thumps pendant un moment.

— Ne pose pas de questions.

Le cerveau de Thumps, qui n'en demandait pas tant, projeta une image de Daniel Takashi allongé sur la table métallique dans le sous-sol de Beth.

— Il t'a vu ? demanda-t-il.

— Qui ?

— Stick.

— Bien sûr que non, répondit Archie en prenant une bouchée du Jell-O de Thumps. Que comptes-tu faire avec ta part de l'or des Aztèques ?

— Thumps va en recevoir une part ? s'étonna Beth.

— Évidemment, répondit Archie. C'est mon associé.

— Ton associé ? fit Thumps, en proie à un malaise. Tu n'as pas besoin d'un associé.

— Tu ne veux pas être mon associé ?

— Ça n'a rien à voir, répondit Thumps.

Il comprit aussitôt qu'il n'avait peut-être pas dit ce qu'il fallait.

— Tant mieux, dit Archie. La première chose que tu dois faire, c'est parler du trésor à Stanley.

— Moi ?

— C'est ce que veut dire « associé », il me semble, fit Beth.

— Tu es indien, raisonna Archie, et Stick est indien. Où est le problème ?

— Archie…

— On partagera le magot en trois, même si tu ne mérites probablement pas une part complète.

— Je ne veux rien du tout.

— Comme tu veux. On le partagera en deux alors, dit Archie en repoussant sa chaise. Bon, je retourne travailler. Je compte sur toi.

— Je me suis bien amusée, dit Beth en pliant sa serviette avant de la poser à côté de son assiette. Mais je ne dois pas faire attendre « mon homme ».

— Il est mort.

— Tu es drôlement perspicace, dit-elle. Pour un photographe.

Du regard, Thumps, toujours à table, suivit Beth par la fenêtre. Dehors, la lumière commençait à fléchir et à s'aplanir sur les murs. Il était trop tard pour accomplir quoi que ce soit. Il allait rentrer à la maison. Peut-être Stick allait-il revenir avec des poissons au bout d'une corde et un alibi en béton. Peut-être Duke attraperait-il le tueur. Peut-être un riche collectionneur débarquerait-il de Los Angeles pour acheter à Thumps un tas de photos.

Peut-être y aurait-il quelque chose d'intéressant à la télévision.

8

Freeway attendait Thumps et elle n'était pas de bonne humeur. Elle ne l'était jamais vraiment, sauf peut-être pendant les huit à dix heures par jour qu'elle passait sur le dos, en plein soleil.

— Tu as faim ?

Freeway ferma les yeux et fit de son mieux pour l'ignorer. Thumps se dirigea vers le réfrigérateur. Freeway rouvrit les yeux, bâilla, s'étira et se leva.

La boîte de pâtée était sur la tablette du haut, loin de tout le reste. Elle avait beau être scellée dans deux sacs en plastique refermables, son odeur avait la faculté d'imprégner les tomates, le jambon en tranches, le fromage frais et surtout les fruits, pourtant rangés tout en bas dans un compartiment séparé.

Freeway se faufilait entre les pieds de Thumps comme l'eau au milieu des rochers.

— On est réconciliés ?

La nourriture pour chats sent le vomi, constata Thumps en grimaçant. Il s'efforça de respirer par la bouche en déposant dans le bol des mottes pleines de gros morceaux.

— Ne mange pas comme une cochonne.

À l'heure des repas, Freeway n'avait rien d'une princesse. Elle enfonçait le nez dans sa pâtée et l'avalait à la façon d'un aspirateur. Que sa chatte soit une sagouine ne préoccupait pas particulièrement Thumps, mais il savait que, en mangeant trop vite, elle risquait de régurgiter sur la moquette.

— Joli chat.

Thumps se retourna en tendant la main vers son arme avant de se rappeler qu'il n'en portait plus.

— Un peu réservé, peut-être, rajouta Floyd Small Elk, assis sur le canapé. Je ne t'ai pas fait peur, au moins ?

— Je n'attendais personne.

Floyd hocha la tête.

— Ouais, on dirait.

Thumps tendit la main vers l'interrupteur.

— N'allume pas.

Contrairement à Kimberly, du Shadow Ranch, Thumps n'aimait pas les surprises. Trouver Floyd Small Elk installé dans son salon en était une.

— Comment es-tu entré ?

— La porte était ouverte. Mais tu n'étais pas là, répondit Floyd en rectifiant sa position sur le canapé. Je me suis dit que tu ne m'en voudrais pas de t'attendre.

— Je te sers un thé ou autre chose?

Floyd secoua la tête.

— Je ne reste pas. Un ami m'a demandé de passer te voir.

Thumps posa la bouilloire sur la cuisinière.

— Et te voilà.

Floyd sourit et hocha la tête.

— Mon ami se demandait s'il y avait une... récompense.

— Une récompense?

— Tu sais bien. Pour le mort.

— Takashi?

— Ouais.

— Tu sais qui a tué Takashi?

— Mon ami le sait peut-être, lui.

Floyd n'avait pas d'ami. Du moins à la connaissance de Thumps. Il était de ces hommes que les autres hommes laissaient tranquilles, un de ces hommes qui portaient en permanence sur eux la puanteur du danger et de la douleur.

— La tribu roule sur l'or, dit Floyd. Combien vaut une information comme celle-là, à ton avis?

— Floyd...

— Cinq mille?

Floyd ne connaissait qu'une seule personne susceptible de savoir quelque chose sur la mort de Takashi.

— Dix? (Floyd se tut dans l'attente d'une réaction.) Une publicité comme celle-là... C'est sûrement mauvais pour les affaires.

Thumps décida de partir à la pêche.

— Écoute, Floyd. Si Cooley sait quelque chose à propos du meurtre…

— Bien essayé, admit Floyd en souriant, la tête inclinée. Mais Cooley ne sait rien du tout.

— Contrairement à ton ami ?

— Peut-être.

Floyd se pencha vers l'avant et se leva.

— J'ai entendu dire que Hockney avait le projet de désigner Stick comme coupable.

— Stick n'a rien fait.

— Tu joues encore aux devinettes, cousin, dit Floyd en ouvrant la porte pour laisser entrer l'air chaud du soir. Discutes-en avec Claire. Dis-lui que je lui parlerai d'abord à elle. Mais il faut qu'elle se décide vite.

La bouilloire se mit à siffler. Thumps la retira du feu et se tourna vers Floyd dans l'intention de le prévenir qu'il jouait à un jeu dangereux.

— Écoute, Floyd…

Personne. Thumps attendit, à moitié certain que l'homme allait réapparaître, passer la tête dans l'entrebâillement de la porte pour ajouter un détail oublié, comme ce détective à l'imperméable fripé qu'on voyait à la télévision. Mais Floyd s'était éclipsé.

Thumps versa de l'eau sur le sachet de thé. Que se passait-il, au juste ? Lorsque Thumps lui avait parlé plus tôt dans la journée, Floyd ne savait strictement rien sur Takashi. Thumps en était certain. Et voilà qu'il agissait comme s'il avait toutes les réponses. Thumps croyait Floyd capable de monter une arnaque. Mais, dans ce cas-ci, il ne s'agissait peut-être pas d'une escroquerie.

Que Floyd sache ou non qui avait tué Takashi, il avait raison sur un point. Claire tiendrait à ce que ce dossier se règle le plus vite possible. Quelles que soient ses autres qualités, c'était d'abord et avant tout une femme d'affaires avisée. Or si dans la presse on présentait le complexe comme un endroit dangereux, ce serait mauvais pour les affaires. Peut-être Claire serait-elle prête à payer Floyd pour éviter que le complexe fasse les manchettes des grands médias nationaux et des tabloïds. Mais peut-être pas.

Thumps contempla le sachet de thé qui flottait dans la tasse. Il était fatigué et l'heure était tardive.

— Allez, viens, dit-il à la chatte, même s'il savait qu'elle ne le suivrait que quand elle le voudrait bien.

Assez pour la journée. Demain, il serait encore assez tôt pour recommencer.

Quand le téléphone sonna, le lendemain matin, Thumps ouvrit l'œil gauche, juste assez pour consulter le réveille-matin sur la table de chevet. Six heures. Thumps ferma l'œil et fit de son mieux pour ne pas compter les sonneries. Quelqu'un tenait absolument à le réveiller. Les démarcheurs ne téléphonaient pas à une heure pareille. Quiconque l'appelait se considérait donc comme un ami. Thumps n'en avait pas des tonnes et, dans l'immédiat, il n'avait envie de parler à aucun d'eux. Claire y comprise.

À la treizième sonnerie, il décrocha furieusement.

— J'espère que ça vaut le coup.

— Tu dors ?

Duke semblait d'humeur beaucoup trop joyeuse pour que les nouvelles soient bonnes.

— Je te dérange ?

— Je dors.

— Mais non.

Thumps soupira et enfouit sa tête dans l'oreiller.

— Au revoir, shérif.

— J'ai pensé te demander si tu avais des nouvelles de Stick.

— Et tu t'es dit que six heures du matin était le meilleur moment pour m'appeler.

— Tu étais le premier sur ma liste.

— Génial.

Thumps s'était trompé à propos du ton de Duke. Il n'était pas joyeux. Il était euphorique. Presque passionné.

— C'est ce que je me suis dit, lança Duke. Il vaut mieux s'occuper de ces choses-là avant que la situation dégénère.

— Quelles choses ?

— On doit parler à Stick.

Le shérif marqua une pause et attendit, comme s'il cherchait ses mots.

— Nous devons lui parler tout de suite.

— Nous avons fait une découverte ? répliqua Thumps en s'efforçant de contenir son sarcasme.

— Désolé de t'avoir réveillé, lança Duke gaiement, d'une voix musicale et particulièrement irritante. Bonne journée.

Avant même d'avoir raccroché, Thumps comprit que l'affaire avait pris un tournant décisif. Et, pour Stick, les nouvelles étaient mauvaises. En passant un coup de fil à Thumps, Duke avait voulu le prévenir que la situation était grave, désormais, et que, dans l'avis de recherche, on indiquerait sans doute que Stick était armé et dangereux.

Le chauffe-eau était en proie à une longue dépression. Depuis au moins six mois, il ne produisait qu'une eau tiède qui devenait froide aussitôt que Thumps avait du shampooing plein les cheveux. Routine pénible. Au sortir de la douche, cependant, il était bien réveillé. Et affamé. Le réfrigérateur était vide et il n'avait pas le temps de s'arrêter chez Al's pour petit-déjeuner tranquillement. Thumps dut se satisfaire d'un sandwich froid au fromage et aux tranches de banane. Protéines, gras, glucides et fruit – tout en un.

En route vers la ville, Thumps consulta fréquemment son rétroviseur, au cas où le shérif serait plus retors qu'il l'imaginait. Rien. Par précaution, il prit le chemin le plus long et s'arrêta en haut de la ravine de Benson afin de voir la route en contrebas. Rien. Lorsqu'il quitta la route principale, il était raisonnablement sûr de ne pas avoir été suivi.

Plusieurs véhicules étaient garés dans le parking, au point de départ du sentier des Blackfoot Falls. Trois voitures de location – sans doute des touristes venus dans l'Ouest découvrir la nature sauvage. Un pick-up immatriculé en Colombie-Britannique. Et la Mustang de Stick. Thumps posa la main sur le capot. Froid comme la mort. Archie avait donc raison : il avait aperçu Stick.

De cet endroit, à condition d'être initié, on pouvait grimper jusqu'au col du Cheval foncé puis, à travers champs, gagner l'arrière du complexe.

Sinon, poursuivre l'ascension et rejoindre la rivière Ironstone à l'endroit où elle jaillissait d'un canyon à pic, au-dessus des Blackfoot Falls, et formait une série de bassins où la pêche était exceptionnelle.

La présence de la Mustang était de bon augure. Peut-être Stick avait-il dit la vérité ; peut-être était-il effectivement parti à la pêche. La voiture était verrouillée, mais Thumps ne mit qu'une minute à ouvrir une portière. Des cassettes sur la banquette avant, une chemise et un pantalon sur la banquette arrière. Le coffre résista un peu plus longtemps. Thumps y découvrit des cuissardes vert foncé et une canne pour la pêche à la mouche.

Assis à l'ombre, Thumps enfila ses bottes de randonnée. Si Stick était venu là dans l'intention de pêcher, pourquoi avait-il laissé sa canne dans le coffre ? Et s'il s'était garé là pour aller tuer Takashi au complexe, pourquoi n'avait-il pas pris la canne ? Elle lui aurait servi d'alibi.

Thumps se leva et regarda autour de lui. Dans un premier temps, c'était la rase campagne. De sa position, il pouvait voir l'endroit où le sentier s'élevait sur les contreforts avant de s'enfoncer dans la vallée étroite, derrière la première chaîne de collines. La randonnée lui sembla nettement plus longue que dans ses souvenirs et, pendant un moment, il songea à poser son sac à dos sur le sol, à faire une sieste à l'ombre et à attendre que Stick redescende.

Encore convaincu de la validité de cette idée, il quitta le parking pour entreprendre la montée.

Dans son for intérieur, il était persuadé d'être en bien meilleure forme qu'il en avait l'air. Arrivé au sommet de la crête, d'où la vallée s'offrit à sa vue, il compris qu'il se trompait. Il avait mal aux jambes, mal au dos, mal à la tête, mal aux bras. Et la peau de ses talons commençait à se détacher. Se reposer n'arrangeait rien. Chaque fois qu'il s'arrêtait, il sentait ses muscles se raidir et les insectes qui le pourchassaient le rattraper.

Sur l'Ironstone, il y avait une douzaine d'endroits possibles, mais les pêcheurs avertis – comme Stick – privilégiaient les bassins sous les chutes. C'était un endroit peu accessible, où la pêche était difficile, mais les truites brunes tapies dans l'ombre auraient eu raison d'un wapiti. Si Stick était parti pêcher, il serait là-bas.

Thumps consulta le ciel, à la recherche de traces de fumée. Cette solution de facilité lui fut refusée. Il avait des chances de trouver la trace de Stick, mais seulement si celui-ci l'avait marquée à l'aide d'un ruban réfléchissant. Le cliché de l'Indien qui glisse dans la forêt, sensible aux caprices des pierres retournées, des branches cassées et des odeurs portées par le vent, n'existait que dans les films et les émissions de télévision. Thumps aurait pu suivre le sentier marqué par le coupe-feu. Il aurait même pu négocier un sentier emprunté par le gibier, à condition qu'il soit très fréquenté. Mais plus il songeait à ce qu'il faisait, plus il prenait conscience de la folie de l'entreprise. La nature avait beau être moins sauvage qu'autrefois, quiconque ne la prenait pas au sérieux risquait d'y laisser sa peau.

Il amorça la descente dans la vallée. Avec un peu de chance, il sentirait encore ses pieds en arrivant aux bassins. Et il suffirait d'un petit miracle de rien du tout pour que Stick soit en train de l'attendre là-bas.

Thumps n'espérait pas vraiment de miracle et il ne s'en produisit pas. Les bassins sous les chutes étaient déserts. Les seuls mouvements qu'il perçut étaient ceux des truites qui montaient à la surface de l'eau pour gober des insectes. Thumps se réfugia à l'ombre des rochers, où il faisait plus frais. Un bon endroit où se reposer et réfléchir à la suite. À côté d'un des plus gros rochers, quelqu'un avait formé un cercle de pierres approximatif au centre duquel les restes d'un feu portaient l'inimitable signature des touristes. L'odeur et l'aspect du brasero éteint laissaient croire qu'un sombre idiot avait trimballé jusque-là un sac de briquettes de charbon à allumage rapide. En fouillant dans les cendres, Thumps était sûr de trouver des résidus de guimauve fondue et les restes calcinés d'un ou deux bouchons de liège. De toute évidence, ce n'était pas l'œuvre de Stick.

Où Stick allait-il donc quand Archie l'avait aperçu ? La bonne nouvelle, c'est que les possibilités étaient limitées. Au sud, le complexe. Au nord, les montagnes. Plus à l'ouest, à condition de marcher assez longtemps, on finissait par tomber sur un des nombreux petits centres de villégiature dotés de sources thermales, de terrains de golf et de lits de motel qui vibrent. En allant vers l'est, on revenait à Chinook.

Thumps ferma les yeux. La perspective d'une sieste le tentait au plus haut point, si ce n'était qu'il risquait de dormir longtemps. Les grands espaces étaient sympathiques, mais il n'avait aucune envie de passer la nuit en pleine nature à contempler les étoiles et à écouter les loups. Mieux valait qu'il s'en abstienne, car Freeway n'était pas le genre de chatte qui aime avoir la maison à elle toute seule. La dernière fois que Thumps avait découché, elle avait déroulé le papier hygiénique, puis promené dans toute la maison la boîte de céréales qu'elle avait fait tomber du comptoir.

Thumps regardait l'eau dévaler les chutes en débattant avec son corps de l'à-propos de ce petit roupillon lorsqu'un souvenir lui revint brusquement en mémoire. Sikayopa. Stick lui en avait parlé, un jour qu'ils étaient venus pêcher dans les bassins, à l'époque où Claire et Thumps se courtisaient assidûment. Sikayopa. Un lieu ancien, du côté est des montagnes, d'où on pouvait voir le soleil se lever. Un lieu fréquenté depuis des générations par des personnes en quête de visions. Une saillie de pierre noire, plus sombre que le reste de la montagne. En forme d'ours accroupi.

Voilà sans doute vers où Stick se dirigeait. C'était la seule possibilité logique. Que lui avait-il raconté, déjà ? À partir des bassins, une heure d'ascension au maximum. Juste au-dessus d'un vaste éboulis.

Se levant, Thumps, d'un coup de botte, éparpilla les cendres et les pierres du brasero. Briquettes de charbon et guimauves. Pourquoi pas des steaks et un barbecue portatif, tant qu'à faire ? Mais qui dit que ces gens n'en avaient pas apporté, au fond ?

À partir des bassins, la montée jusqu'à la première crête était relativement facile. Dans l'étroit vallon, Thumps jeta un coup d'œil au versant est des montagnes et comprit qu'il aurait plus de mal à trouver Sikayopa qu'il l'avait espéré. Il y avait au moins quatre éboulis et, dans les ombres profondes, tout le roc était sombre.

Il mit presque une heure à dénicher l'endroit. À flanc de montagne. Une longue et épaisse plaque de granit noir. Et, juste en dessous, l'ours dans le roc. Thumps longea la base de l'éboulis, à la recherche d'un sentier, d'une façon de grimper. Mais il n'y avait pas d'accès facile à la saillie. Une erreur et il dégringolerait le long de la montagne dans une mini-avalanche. Un faux pas et il se casserait une jambe.

Thumps s'assit et passa au plan B.

— Stick !

Il entendit sa voix dévaler la montagne et se répercuter dans l'air raréfié. Largement assez forte.

— Tu es là-haut, Stick ?

Sur sa droite, Thumps entendit un lointain fracas de pierres.

— Stick ? C'est moi, Thumps !

Thumps attendit que sa voix se change en silence. Ce serait bien, réfléchit-il, si les choses difficiles pouvaient se faire facilement, de temps en temps.

L'ascension fut périlleuse. Tandis qu'il rampait sur les pierres et les rochers instables, sa respiration se changeant en halètements désespérés, Thumps s'imagina Stick qui l'attendait avec un verre de limonade glacée et un bol de salade de fruits accompagnée de fromage frais. Un effet de l'air raréfié sans aucun doute. Mais lorsqu'il se hissa enfin sur la saillie, la chemise imbibée de sueur, les poumons en feu, les jambes douloureuses, les chevilles meurtries, les mains et les bras coupés et éraflés, il fut un rien déçu de la trouver déserte.

La saillie proprement dite était une étroite plate-forme qui se prolongeait jusqu'à une grotte peu profonde. Quelqu'un avait allumé un petit feu au fond de la grotte et y était resté assez longtemps pour déjeuner. Ou dîner. Ou les deux. Et avait laissé deux trognons de pomme et une peau de banane près du brasero.

Thumps sourit en se demandant s'il s'agissait d'évadés du plateau de fruits d'Ora Mae.

Évidemment, rien de tout cela ne prouvait que Stick soit passé par là. Les fruits pouvaient provenir de n'importe où. Le feu avait pu être allumé par une personne qui avait senti le besoin de passer un moment en marge de la civilisation. Thumps ne savait pas grand-chose des quêtes de vision, mais il croyait se rappeler qu'elles duraient en général plus d'une journée. Pour autant qu'il puisse en juger, un seul feu avait été allumé. Une nuit à la belle étoile, peut-être. Ou un court passage dans la journée.

Thumps arpenta toute la saillie à la recherche d'indices. Si Stick avait allumé ce feu, qu'est-ce donc qui l'avait poussé à monter jusque-là ? S'il avait tué Takashi, il était peut-être allé jusqu'aux bassins pour se créer un alibi, mais pourquoi la grotte ? Thumps refit le même trajet, lentement cette fois. Toujours rien.

C'était une cuvette peu profonde découpée dans le roc, à peine suffisante pour vous mettre à l'abri des intempéries. Le plafond s'inclinait rapidement, cependant, et il fallait ramper pour s'asseoir au fond.

Trop, c'est trop. Assez marché. Assez grimpé. Assez rampé. Stick avait largement l'âge de se débrouiller tout seul. Rien n'obligeait Thumps à escalader des collines dans le but d'impressionner Claire. D'ailleurs, si ses souvenirs étaient fidèles, il avait rarement réussi à impressionner Claire. La lumière commençait à décliner. S'il espérait regagner le parking à la clarté du jour, il devrait se mettre en route sans tarder. Il jeta un dernier coup d'œil dans la grotte.

— Bon sang !

Se mettant à quatre pattes, il se glissa à l'intérieur. Depuis l'entrée, le plafond donnait l'impression de s'incliner jusqu'à toucher le sol, mais, parvenu au fond, il constata que celui-ci, brusquement et inexplicablement, formait en s'évasant un petit dôme, une bulle de roc dans laquelle il put s'asseoir.

Thumps s'adossa confortablement à la pierre et dut convenir que c'était un espace agréable, pour une grotte. Il saisit un des trognons de pomme. Il était frais. La peau de banane aussi. Il allait s'emparer du deuxième trognon lorsqu'il aperçut le bison. C'est du moins ce qu'il crut deviner. Un bison primitif était gravé sur le plafond de la caverne. Et il y avait un autre dessin, celui-ci représentant un homme armé d'une lance. Ses yeux s'adaptant à la pénombre, Thumps constata que le plafond était couvert de dessins d'animaux et de personnages. De symboles aussi. La pluie, les nuages, une rivière, la foudre. Certains dessins semblaient éclatants et récents. D'autres plus anciens. Quelques-uns donnaient l'impression d'être aussi vieux que le roc lui-même. Sur un côté, quelqu'un avait gravé « Dalton aime Celeste ». Plus haut sur le plafond, un autre artiste avait exécuté une reproduction passable de Mickey Mouse.

Thumps passa la main dans le brasero, frotta entre ses doigts les cendres douces, les renifla. Pas d'erreur possible. De la sauge. Il avait souvent humé ce parfum à l'occasion de pow-wow et de cérémonies. Quelqu'un était venu là pour prier. Et faire une offrande.

Il était si proche que Thumps faillit le manquer. Un bout de ficelle. Au-dessus de sa tête, accroché à une plaque de pierre. En tendant la main, il se rendit compte qu'il s'agissait peut-être d'une queue. Avec sa chance, il risquait de mettre la main dans un nid. Celui d'un petit animal qui mordait et n'aimait pas les doigts. Ou pire. Thumps s'efforça de chasser ces pensées en fredonnant un air de ronde. Sa main trouva la plaque. Avec précaution, au rythme de la musique, il laissa un doigt glisser sur le roc. Il trouva l'objet à son deuxième passage et fut soulagé de constater qu'il n'avait rien d'une queue. Lentement, il tira sur la ficelle jusqu'à ce qu'elle se bloque.

OK.

Thumps tira un peu plus fort, augmenta la pression jusqu'à ce qu'une chose se dégage des pierres et le frappe en pleine poitrine.

— Merde !

L'objet reposait sur ses genoux et, pendant un bref instant, il eut toutes les apparences d'un petit rongeur. Thumps roula sur le côté et le repoussa avant que l'animal ait des idées diaboliques.

— Merde! répéta-t-il.

Vu de près, l'objet avait moins l'air d'un rongeur. On aurait plutôt dit un sachet. Une pochette en cuir fermée par un cordon en cuir brut. De la peau d'orignal, à première vue, et non de celles qu'on trouve dans le commerce. Thumps porta le sachet à son nez. Ce cuir avait été fumé et salé, puis travaillé à la main. Thumps était relativement sûr de savoir de quoi il s'agissait. Un sac médecine. Un truc avec lequel on ne plaisantait pas. La personne qui l'avait laissé là ne l'avait pas fait sans raison.

Thumps retourna l'objet dans ses mains. Il n'était pas dans la grotte depuis longtemps. La preuve, il n'était pas rongé par les éléments et les animaux. Les souris, qui adoraient ce genre de peau, l'auraient déjà réduit en lambeaux si elles en avaient eu l'occasion. Thumps devait-il l'ouvrir? Il avait horreur des questions philosophiques de ce genre. Jamais un Indien traditionnel n'ouvrirait le sac médecine d'un autre. Thumps ne se considérait pas comme un Indien traditionnel, mais il répugnait à l'idée d'être un Indien assimilé. Que ferait un photographe? Aucune aide de ce côté. Et un agent de police? Là, c'était facile. Un agent de police ouvrirait le sac. Aucun doute possible. Au diable la culture. Au diable la tradition. Établir les faits. Attraper l'escroc.

Thumps s'assit dans la grotte et palpa le sac pour essayer de deviner ce qu'il renfermait. Il n'aurait pas juré que c'était permis. Si encore l'initiative s'était révélée concluante… Le contenu était informe et spongieux. Hormis quatre petites bosses.

Il soupira. À quoi bon passer la nuit dans cette grotte à chercher un moyen d'ouvrir le sac sans froisser sa propre sensibilité ? Seules deux solutions s'offraient à lui. Laisser le sac là où il l'avait trouvé et se dire qu'il n'avait rien à voir avec Stick ou Takashi. Ou le prendre et déterminer plus tard la conduite à suivre. Devant la logique qu'il s'apprêtait à adopter, Thumps secoua la tête. Il était mal d'ouvrir le sac, mais acceptable de l'emporter. Génial. Impressionnant. Très moderne.

Il glissa le sac dans sa poche. Il serait de retour près des bassins avant la tombée de la nuit. De là, avec un peu de chance, il réussirait à suivre le sentier jusqu'au parking. Peut-être la lune l'aiderait-elle.

Thumps s'arrêta un moment, brusquement heureux à l'idée de marcher dans les bois. Vivre en ville, même dans une ville de la taille de Chinook, avait transformé sa vie de façon presque imperceptible. En descendant le versant de la montagne, il s'aperçut qu'il ne se souvenait pas de la dernière fois qu'il avait vu les étoiles. Ou regardé la lune se lever dans le ciel nocturne.

9

L'idée d'une promenade romantique dans les bois à la lueur de la lune, sous un océan d'étoiles, se dissipa. Peu après que Thumps eut quitté les bassins, de lourds nuages s'amoncelèrent, transformant le sentier de montagne en chute lente dans un puits profond. Il se prit les pieds dans les rochers, heurta des branches de plein fouet, trébucha sur des racines. En débouchant dans le parking, il était meurtri et d'humeur massacrante.

Les sacs médecine étaient censés prémunir contre les sortilèges de toute nature. Visiblement, la protection ne s'appliquait pas aux décisions douteuses, comme marcher en montagne dans l'obscurité la plus totale.

Hormis la Volvo, le lieu était désert. Les voitures de location avaient disparu. Le pick-up immatriculé en Colombie-Britannique avait disparu. La Mustang de Stick aussi. Thumps épousseta ses vêtements, en proie à une violente envie de hurler. S'il avait attendu dans le parking, il aurait trouvé Stick et se serait épargné cette randonnée. Comme prix de ses efforts, il n'avait que des lacérations, un pantalon troué et le sac médecine d'on ne sait qui.

Thumps essaya de ne pas penser au sac. Maintenant qu'il l'avait en sa possession et qu'il avait quitté la montagne, il n'était plus du tout certain de s'y être bien pris. Peut-être aurait-il dû laisser le sac tranquille. Peut-être aurait-il dû l'ouvrir sur place. S'il n'y avait rien d'intéressant à l'intérieur, il n'aurait eu qu'à le refermer et à le remettre là où il l'avait trouvé, ni vu ni connu. Il s'était sérieusement compliqué la vie.

Thumps était allé chez Moses Blood à deux ou trois reprises, mais c'était durant la journée, quand il voyait où il allait. La nuit, les distances s'allongeaient et les directions étaient mouvantes. Thumps passa donc deux fois devant l'embranchement avant de repérer enfin l'endroit. Moses appelait « allée » la piste qui conduisait jusqu'à sa maison, mais uniquement parce qu'il possédait un sens de l'humour tordu. Rien ne permettait d'associer les profondes ornières creusées dans le sol des prairies à quelque chose d'aussi raffiné qu'une allée. Dans la lueur des phares, Thumps descendit jusqu'à la rivière au jugé.

Moses vivait sur une plaine alluviale de vingt hectares surplombant la rivière. Il y avait un poulailler, une grange et une quarantaine de caravanes parvenues à divers stades de décrépitude. Au fil des ans, pour des raisons que Thumps s'expliquait difficilement, des habitants de la réserve avaient chargé Moses de veiller sur leurs vieilles caravanes usées. Et au fil des ans, il les avait disposées de manière à constituer des motifs tarabiscotés. L'ensemble faisait désormais penser à un labyrinthe géant ou à un énorme patchwork. Même Ora Mae aurait eu du mal à le décrire.

Il y avait de la lumière. Thumps se gara et attendit près de la voiture. Contrairement au ciel des montagnes, celui des prairies était clair, et la lune montait, pleine et jaune vif. Ne vous gênez pas, songea Thumps en regardant les étoiles briller au-dessus de lui, payez-vous ma tête.

Moses mit un certain temps à sortir. Quand il apparut enfin, il avait deux tasses dans les mains.

— Je t'attendais, dit-il.

Dix ou douze ans plus tôt, un ethnographe d'une grande université de Californie avait passé quelques semaines à recueillir les vieilles histoires de Moses.

Chaque fois que l'ethnographe se pointait, Moses l'accueillait par ces mots :

— Je t'attendais.

Peu importe l'heure à laquelle l'homme arrivait, Moses disait :

— Je t'attendais.

Vers la fin de son séjour, l'ethnographe parla à Moses du rôle que jouent les visions dans les cultures primitives et de la faculté qu'ont certaines personnes de voir l'avenir.

— Toi, par exemple, dit l'ethnographe. Tu sais que j'arrive avant que je sois là.

— En effet, acquiesça Moses.

— Tu es donc peut-être capable de voir l'avenir.

— Ça m'arrive tout le temps.

Ravi, l'ethnographe rentra en Californie, des récits de mysticisme indien, de pouvoirs psychiques et de spiritualité plein ses bagages.

— Pour un Blanc, confia Moses à sa petite-nièce après le départ de l'homme, il n'était pas trop futé.

— Tu lui as dit que tu pouvais voir l'avenir ?

— Eh oui. Regarde par la fenêtre. Qu'est-ce que tu vois ?

— La route principale.

— Dès que l'avenir quitte la route principale, je le vois.

Thumps accepta la tasse de thé et laissa les volutes de vapeur envelopper son visage.

— Ça va, Moses ?

— Je t'attendais.

Thumps sourit et prit une gorgée de thé. Chaud et sucré.

— Je me suis dit que j'allais passer te saluer.

Moses contempla la nuit.

— C'est un gros ou un petit problème?

Thumps entendait un coyote traverser les ravines, au loin.

— Ce n'est pas vraiment un problème.

Moses hocha la tête.

— Emmène-le à l'intérieur, dit-il. On ne sait jamais : un hibou nous écoute peut-être.

Par rapport aux angles et aux complications du parc de caravanes, l'intérieur de la demeure de Moses était étonnamment simple. Il se composait d'une seule pièce avec la cuisine à un bout et un téléviseur à écran géant à l'autre. Entre eux, une table en formica, des chaises, un lit escamotable violet et un fauteuil inclinable en vinyle blanc. Pour autant que Thumps puisse en juger, Moses dormait dans la cuisine, car la maison ne comportait pas d'autre pièce, hormis la salle de bains.

Moses apporta la bouilloire directement à la table.

— J'essaie une nouvelle recette.

— Traditionnelle?

— Pas que je sache, mais, de nos jours, comment savoir? J'ai vu ça dans *News from Indian Country.* La docteure Marie Micak, une jolie Autochtone, dit que ce thé fait maigrir.

— Un thé de régime?

— Qui sait? déclara Moses en mettant deux cuillerées de sucre dans sa tasse. Une demi-tasse de cresson séché, une demi-tasse de varech séché et un quart de tasse de fleurs de camomille.

— C'est plutôt bon.

— C'est meilleur avec du sucre, dit Moses.

Thumps sortit le sac de sa poche et le posa sur la table. Il savait que Moses n'allait pas le regarder tout de suite. Il y avait d'autres questions à régler d'abord.

— Tu te fais rare.

— J'ai vu Claire dernièrement.

— Il se passe beaucoup de choses en ce moment, dit Moses en s'octroyant une autre cuillerée de sucre. Certaines banales, d'autres assez bizarres.

Thumps se demandait si Moses était au courant pour le cadavre découvert à Buffalo Mountain, le vieil homme n'avait pas le téléphone. Thumps y avait toujours vu une forme d'anomalie. Un téléviseur par satellite, mais pas de téléphone.

— On a annulé *North of 60.* Une série télévisée.

— Il y a un moment déjà.

— Ce n'était pas mal, dit Moses en se tortillant sur sa chaise. Mais les habitants de Lynx River n'avaient pas beaucoup le sens de l'humour.

— C'était une émission sérieuse.

— Rire et pleurer, c'est bon pour la santé, dit Moses. Mais avoir tout le temps la mine sombre, ça rend triste.

— Qu'est-ce que tu regardes, en ce moment ?

— Des reprises de *Magnum.* Il est rusé, ce gars-là. Une fois, on l'a accusé de meurtre. Ça se corsait, pour lui.

Moses s'interrompit, comme s'il cherchait à se rappeler la suite de l'intrigue.

— Des fois, je regarde *Bienvenue en Alaska.*

— Il y a des Indiens dans cette série.

— Et comment ! Des acolytes.

Thumps avait déjà eu ce genre de conversations avec Moses, des conversations qui débutaient du bon pied, mais dérapaient quand Thumps ne faisait pas attention. Et il finissait tout seul au milieu d'un champ.

— Des acolytes ?

— Exactement, dit Moses. Les Indiens font les meilleurs acolytes. Tu as entendu parler d'un certain Tonto ?

Il servit à Thumps une autre tasse de thé, puis il posa la main sur le petit sac.

Thumps se cala sur sa chaise.

— Il n'est pas à moi.

— Quelqu'un l'a perdu ?

— Pas exactement.

— Si tu l'as volé, je ne suis pas certain de pouvoir t'aider.

— Je l'ai emprunté.

— Ah, dit Moses. Là, ça va.

Thumps se pencha vers l'avant et contempla son thé. De petits grains jaunes flottaient dans le liquide brun. C'étaient, espérait-il, des vestiges de fleurs de camomille.

— Je l'ai trouvé sur la saillie. Celle où des gens vont pour avoir des visions.

Moses se resservit du thé et laissa le sucre tomber lentement de la cuillère, comme le sable d'un sablier. Thumps saisit sa tasse et attendit. Il aurait pu mentir et dire à Moses qu'il avait trouvé le sac au départ du sentier ou dans le parking, mais le vieil homme pouvait voir aussi clair en vous que le commun des mortels à travers une fenêtre.

— Tu veux regarder un film ? proposa Moses en se levant.

Il revint avec une télécommande.

— Qu'est-ce qui passe ?

— Tout. Tu as déjà vu *Piège de cristal* ?

— Bien sûr.

— Beaucoup de gens se font descendre.

— C'est Hollywood.

— La plus grande trouvaille des Blancs.

Moses appuya sur un bouton et le téléviseur prit vie.

— Ils réalisent de bons films.

Sur l'écran, un grand nombre de femmes et d'hommes séduisants vêtus de combinaisons spatiales affrontaient un aussi grand nombre de bestioles géantes.

— Ho, fit Moses, je l'ai déjà vu, celui-là. Les bestioles ne gagnent pas, mais il s'en faut de peu.

Moses baissa le son.

— Comme les Indiens.

Moses frotta le sac avec son pouce.

— Tu veux que je l'ouvre.

— Oui.

— Tu avais peur qu'il soit sacré ou quelque chose du genre.

— Je ne savais pas quoi penser.

— Il est toujours préférable de vérifier.

Moses changea de chaîne. Jodie Foster discutait avec Anthony Hopkins, assis dans une cellule.

— Ce type-là est un cannibale, dit-il avant de changer de chaîne de nouveau. Les trucs qu'on montre à la télévision.

— Tu peux l'ouvrir ?

Moses posa la télécommande sur la table et s'empara du sac.

— Tu n'as pas besoin de moi pour ça, dit-il en dénouant le cordon et en vidant le contenu du sac sur la table. Ce n'est pas un sac médecine.

Thumps examina la petite motte de tabac. Génial. Quelqu'un avait laissé une offrande et Thumps était parti avec.

— C'est ce que tu cherchais ?

— Non.

— Et ça ?

Moses secoua une fois de plus le sac et quatre tubes dorés s'en échappèrent. Thumps ne reconnut pas tout de suite ces objets. C'est seulement après en avoir pris un entre ses doigts qu'il comprit.

— On dirait des filtres, dit Moses. Laisser du tabac quand on va dans les montagnes, c'est toujours une bonne idée. Mais les filtres, ce n'est pas nécessaire.

Aucun doute possible. Les filtres sur la table étaient identiques à ceux que le shérif lui avait montrés à Buffalo Mountain.

— C'est un secret ? demanda Moses.

— Peut-être, répondit Thumps.

— Pas de problème, dit Moses. Je ne dirai rien à personne. Je vais être ton acolyte.

Et le vieil homme commença à rire tout seul.

— Tu veux voir un film ?

— Il se fait tard.

— C'est ce qu'il y a de bien avec la télévision.

— Quoi donc ?

— Elle est là vingt-quatre heures sur vingt-quatre.

Moses raccompagna Thumps à sa voiture. La lune avait disparu, mais les étoiles scintillaient.

— Ça, c'est un écran géant, dit Moses.

— Si tu veux, je passe te prendre, un de ces quatre, dit Thumps. On dîne en ville et on va au cinéma.

Moses leva les yeux sur le ciel nordique.

— Ils ont des étoiles comme celles-là, au cinéma ?

— Non.

— Dans ce cas-là, je reste chez moi.

Moses allait rentrer chez lui, mais il se ravisa.

— Ce n'est pas lui qui a fait le coup, tu sais.

— Stick ?

— Non. Magnum. L'assassin était un tueur à gages de Chicago, en fin de compte.

Thumps jeta un coup d'œil aux filtres dans sa main.

— Pareil pour Stanley, dit Moses.

— Quoi donc ?

— Il n'a tué personne, lui non plus.

— Comment se fait-il que tu sois au courant ?

— C'était à la télévision, dit Moses.

Il tourna la télécommande vers le ciel et cliqua à plusieurs reprises.

— Bonne nouvelle, dit-il. Ça ne marche pas à l'extérieur.

— Tu ne saurais pas qui a tué l'homme du complexe, par hasard ?

— Si on était à la télévision, ce serait un tueur à gages de Chicago.

L'allée de Moses se révéla plus difficile à négocier au retour. Thumps était distrait et c'est son carter d'huile qui en fit les frais. Les filtres reposaient sur le siège, à côté de lui. À la lueur des étoiles, le papier doré brillait.

Il aurait dû dire non. Quand Claire lui avait demandé de trouver Stick, il aurait dû dire un non retentissant. C'était au shérif, et non à lui, qu'il revenait de résoudre les crimes. Mais il était lancé et avait conscience d'être trop avancé pour faire demi-tour.

10

La décision la plus difficile que Thumps devait prendre chaque matin, c'était à quel moment se lever. Neuf heures, c'était trop tôt. Dix heures, ça allait. Onze heures, c'était mieux : il pouvait sauter le petit déjeuner et passer directement au déjeuner. Certains voyaient dans ces habitudes une preuve de paresse ; pour Thumps, faire la grasse matinée était plutôt un rappel du fait qu'il n'avait de comptes à rendre qu'à lui-même. À l'époque où il travaillait comme policier en Californie, se lever tard était exclu. Maintenant qu'il était artiste, photographe d'art, rien de moins, et non soumis à l'horaire de quelqu'un d'autre, il pouvait, la plupart du temps, agir à sa guise.

Ce jour-là était une exception. La course effrénée des derniers jours avait chamboulé son rythme intérieur. Lorsque le soleil amorça l'ascension du versant est des montagnes, Thumps était réveillé. Se lever à l'aube trois jours de suite, c'était carrément obscène. Sous le jet de la douche, il songea qu'un travailleur indépendant devrait avoir au minimum le luxe de déterminer son emploi du temps. Thumps n'était pas à proprement parler un travailleur indépendant. Bien sûr, l'État de Californie lui versait une petite pension. Mais s'il calculait le nombre de photos qu'il avait vendues au cours des quatre derniers mois, « chômeur indépendant » serait une définition plus juste.

Dès que Thumps fut sorti de la baignoire, Freeway y sauta pour laper la petite flaque qui y stagnait en permanence. Il avait envisagé de déboucher le tuyau d'évacuation en y versant quelque liquide délétère, mais il craignait que Freeway tombe raide morte. Évidemment, il avait par moments envie d'étrangler la chatte. Et il n'aurait pas juré qu'elle lui manquerait. Depuis Eureka, cependant, il n'avait pas la force de supporter de nouvelles pertes. Même mineures.

Debout devant le miroir de la salle de bains, Thumps se demanda s'il avait besoin de se raser ou non et tenta de décider à quoi occuper sa journée. Il s'était déjà rendu deux fois à Buffalo Mountain. Il avait parlé à Cooley. Il avait cherché Stick dans les montagnes et n'avait aucune intention de recommencer. Il était allé au Shadow Ranch voir Floyd, qui lui avait rendu la politesse. Il s'était même introduit par effraction dans la chambre de Takashi et l'avait fouillée à fond. Le shérif serait ravi. Et il était allé voir Claire. Selon sa propre estimation, il n'avait rien oublié. Et pourtant, il n'avait rien découvert, sauf les cigarettes. Takashi restait mort. Stick restait introuvable. Et Thumps n'avait aucune idée des motifs du crime, hormis la possibilité, au fond assez vague, qu'il puisse s'agir d'un dérapage de la part d'un mouvement d'opposition politique.

Thumps plia son jean et enfila un pantalon en coton. La plupart de ses chemises étaient sales. Les autres n'avaient pas encore été repassées. En fin de compte, il mit un polo vert sur lequel les mots « Paradise Canyon Golf and Country Club » étaient brodés avec goût. Thumps posa ses chaussures de sport sur l'étagère dans sa garde-robe et chercha ses vieilles Rockport. Il les trouva sur une boîte à chaussures.

Merde.

Thumps ne se souvenait pas d'avoir laissé la boîte à cet endroit. Il ne se rappelait pas où il l'avait rangée, mais il pensait l'avoir mise là où il ne risquait pas de la voir. À présent, il était trop tard.

La boîte ne contenait qu'un sac destiné à recueillir des pièces à conviction et une petite pile de photos. C'était tout ce qui restait des années qu'il avait consacrées aux forces de l'ordre. Et aussi tout ce qui restait d'Anna et de Callie. Thumps s'assit par terre et sortit les photos de la boîte. C'était une erreur qu'il avait déjà commise plusieurs fois. C'était une erreur, et il le savait, tout comme il savait l'effet qu'elle aurait sur lui et dans quel état elle le laisserait, il savait que, par le passé, elle l'avait conduit au bord du précipice. Les souvenirs, une fois libérés, ne pouvaient pas être remis dans la boîte.

Pas avant d'avoir causé un maximum de dommages.

La matinée tirait à sa fin lorsque Thumps entreprit le long trajet qui, sur le dos plat des prairies, le conduirait jusqu'au Shadow Ranch. Il baissa toutes les vitres pour chasser la chaleur et la déprime. Puis, ayant inséré une cassette dans le lecteur, il mêla sa voix à celle, métallique et nasillarde, d'un émule de Hank Snow. Rien à faire. Bercé par d'interminables couplets plaintifs où il était question de femmes infidèles, d'hommes têtus et de chiens perdus, entremêlés de refrains célébrant l'ivresse, la pauvreté et l'errance, il se sentit glisser vers l'abîme. Thumps appréciait la musique country, mais il l'aurait sans doute aimée davantage si, dans les chansons, on avait fait l'économie des paroles.

Dans toute cette affaire, Floyd était le joker. Il avait été le chauffeur de Takashi. Ils étaient peut-être devenus amis ; peut-être Takashi lui avait-il confié des secrets.

Peut-être, peut-être, peut-être. C'est ce que Thumps aimait dans le crime et dans la vie en général. La liste des peut-être était sans fin. Après avoir parlé de nouveau avec Floyd, il s'arrêterait peut-être dire un mot à Vernon Rockland. Peut-être Rockland inviterait-il Thumps à présenter ses photos au Shadow Ranch dans le cadre d'une exposition solo.

Peut-être, peut-être, peut-être.

Après tout, le Shadow Ranch avait sa galerie d'art. Outre les incontournables – les paysagistes, les sculpteurs sur bois et les céramistes –, Rockland avait déjà ouvert ses portes à quelques photographes.

La première avait été une femme de San Francisco qui réalisait des scènes marines, en noir et blanc, de rochers hérissés et de vagues à contre-jour. Grand amoureux de l'océan, Thumps avait été impressionné par les photos, merveilles techniques d'exposition, de masquage et de jeux sur les tons, mais l'effet de toutes ces photographies réunies dans une seule et même salle était d'un romantisme qui lui avait soulevé le cœur.

La seconde exposition de photos avait été consacrée à de grands tirages couleur de clowns.

La voiture de patrouille de Hockney était garée devant le bâtiment principal. Thumps se rangea derrière elle. Le shérif s'était donc enfin décidé à fouiller la chambre de Takashi. Il en avait mis, du temps. Maintenant que Duke était en mouvement, Thumps savait qu'il devrait se tenir loin. Loin de l'appartement de Takashi. Loin de Floyd. Un homme futé aurait trouvé refuge dans l'hôtel où, grâce à la climatisation, il faisait frais. Un homme futé aurait trouvé Rockland et aurait tranquillement pris le café avec lui en parlant photographie. Sauf que le coup de fil de Duke le rongeait et que la curiosité est une impitoyable maîtresse. Il finit donc par traîner ses pieds sur le gravier rouge jusqu'aux appartements.

Effectivement, celui de Takashi était tapissé de ruban jaune de police. Duke se tenait devant la porte.

— Salut, shérif.

— Encore une coïncidence ?

— J'ai vu ta voiture.

— Parce que je ne crois pas aux coïncidences. Et toi ?

— Je suis venu voir Rockland. Pour parler photographie.

Par-dessus l'épaule du shérif, Thumps pouvait voir l'intérieur de l'appartement. À première vue, rien n'avait changé.

— Qu'est-ce qui se passe ?

— À ton avis ?

Thumps haussa les épaules.

— C'est une scène de crime ?

Andy Hooper sortit avec une grosse boîte.

— Il n'est pas là, Duke.

— Tu as bien regardé partout ? demanda le shérif, visiblement mécontent.

— Il n'y a pas des millions d'endroits où cacher un ordinateur portable.

Andy, la boîte dans les bras, attendait la décision du shérif.

— Je continue de chercher ?

— Non. Ferme à clé.

Thumps s'efforça de ne pas sembler trop intéressé.

— Vous avez perdu un ordinateur ?

— C'est ici qu'habitait le mort, répondit le shérif. Mais tu avais deviné, je suppose.

— Takashi ?

Thumps espéra avoir feint la surprise de façon convaincante.

Andy était de retour.

— J'ai mis la boîte dans le coffre de ta voiture. Tu es sûr que le Jap avait un ordinateur ?

— Japonais, corrigea Hockney.

— C'est ce que j'ai dit, fit Andy.

Oh, pour avoir un ordinateur, Takashi avait un ordinateur, songea Thumps. Lui-même l'avait vu sur sa table de travail.

— Tu sais à quoi ressemble un ordinateur portable, hein, Andy ?

— Oui, Duke. Mon neveu en a un.

Andy gratifia Thumps d'un large sourire.

— Qu'est-ce que tu en penses ? demanda-t-il, sa bouche formant une ligne courte et malveillante, aussi mince qu'une lame de rasoir. C'est comme ça qu'ils font, les policiers de la grande ville ?

D'un regard, Duke intima à Andy de se taire.

— Retourne voir la femme de chambre.

Thumps vit l'adjoint s'engager sur la pelouse.

— Content de voir à quoi servent mes impôts.

— C'est un bon policier, dit Hockney.

— Faux, répliqua Thumps.

Duke sourit, mais pas de façon particulièrement amicale.

— Tu veux savoir pourquoi je t'ai téléphoné hier, je suppose ?

— Parce que ce n'était pas un simple réveil gratuit ?

— On a trouvé une empreinte, dit le shérif en remontant son pantalon.

Il attendit.

— Au centre informatique ?

Hockney hocha la tête.

— Félicitations, dit Thumps.

— Tu ne veux pas savoir à qui elle appartient ?

— On a déjà la réponse ?

— On l'a, en effet, confirma Duke en se rengorgeant. À Stanley Merchant.

Thumps laissa le shérif se pavaner.

— Où l'as-tu trouvée, cette empreinte ?

— Sur la souris posée près du moniteur principal. Du côté gauche. Elle est super nette, par-dessus le marché.

Duke hocha la tête et entra dans l'appartement.

— Viens. Tu vas pouvoir nous donner un coup de main, après tout.

Thumps suivit le shérif à l'intérieur. Les lieux semblaient encore plus vides que la dernière fois.

— On fait le ménage tous les deux jours, dit Hockney, au milieu du salon, les mains sur les hanches. Il était prévu pour aujourd'hui.

— Je me demande combien coûte un appartement comme ça.

— Tous les matins, on laisse un journal devant la porte.

— Je gage que c'est au-dessus de nos moyens.

— La femme de la boutique de souvenirs a dit que Takashi avait acheté un magazine de golf et deux ou trois magazines d'informatique.

Thumps balaya la pièce des yeux. Il savait déjà où Duke voulait en venir.

— Selon la femme qui a fait le ménage avant-hier, il y avait un ordinateur portable et une imprimante sur la table de travail.

Hockney s'assit sur le canapé et ferma les yeux.

— Et tu te demandes où ils sont passés ?

Le shérif garda les yeux fermés, mais il sourit, comme s'il songeait à une bonne plaisanterie.

— Merde, c'est la question que je me pose à propos de tout, dit-il en se levant. Où sont les journaux ? Où sont les magazines ? Où sont l'ordinateur et l'imprimante ?

— Les poubelles ?

— Rien.

— La femme de ménage est venue de bonne heure ?

— Non.

— Tu penses que quelqu'un est passé avant toi ?

— Pas mal pour un photographe.

— À mon avis, ce n'est pas Stick qui a fait le coup.

— Je me fous de ton opinion. Et je veux lui parler. Tu comprends ?

— Si je savais où il est, je te le dirais.

Duke sortit en gloussant.

— C'est ça, oui.

Le passage de la pénombre à la lumière fut douloureux. Le soleil était aveuglant, et Thumps dut baisser les paupières et se détourner. Autour de la piscine, des touristes soucieux de ne rien perdre du spectacle formaient un petit attroupement. Quelques-uns, armés d'une caméra, filmaient un drame ennuyeux : des policiers entrant dans un appartement et en ressortant. À ce stade, tous savaient qu'un meurtre avait été commis. Même si la victime avait été tuée à des kilomètres de là, la proximité du défunt était sans doute la chose la plus excitante qui leur soit arrivée en vacances.

Thumps mit sa main en visière.

— Un de ces jours, tu vas devoir faire quelque chose à propos d'Andy.

— D'ici demain, pas mal de gens vont se mettre à chercher Stanley, dit Hockney en baissant son chapeau sur ses yeux avant de jeter un coup d'œil à l'essaim de voitures de police. Ça risque de mal tourner. Tu me suis ?

Thumps ne dit rien, mais il avait bien saisi la mise en garde. Il avait déjà participé à des chasses à l'homme, et il savait que ceux à qui on permet de pourchasser un de leurs semblables pèchent parfois par excès d'enthousiasme. Qu'on soit policier ou un type du coin armé d'un fusil pour l'occasion, c'était du pareil au même : courir avec une meute a quelque chose d'exaltant.

Le hall du Shadow Ranch était spacieux, paré de lambris clair et de verre biseauté. Thumps débuta par là.

— M. Rockland est au café, dit le réceptionniste en raccrochant le téléphone et en indiquant la direction à Thumps. Il vous invite à le rejoindre.

— Merci.

— Vous vous appelez vraiment DreadfulWater ?

— Oui.

— Un ou deux mots ?

— Un seul, avec le W en majuscule.

— D'où ça vient ?

— C'est un nom cherokee.

— Sans blague.

Rockland prenait un café avec Elliot Beaumont et George Chan. Et Virginia Traynor.

— Thumps, dit Rockland, tout sourire. Assieds-toi. Je te pré…

Beaumont l'interrompit.

— Nous avons déjà fait connaissance. Au centre informatique.

Rockland inclina la tête et dévisagea Thumps d'un air interrogateur.

— Je prenais des photos pour le shérif, expliqua ce dernier.

— Ah! fit Rockland. Bien sûr. Mais Thumps est aussi photographe d'art. Je me proposais justement de t'appeler pour une exposition.

— Vous ne photographiez pas que des cadavres? Beaumont voulait plaisanter, mais son débit et son intonation étaient tombés à plat.

— Je fais des paysages et des portraits.

— M. Chan est aussi photographe à ses heures, dit Traynor.

— Photographie numérique, précisa Chan en mettant de la crème dans son café jusqu'à ce qu'il prenne une teinte beige.

— Vous êtes doué, monsieur DreadfulWater? demanda Virginia Traynor d'une voix égale et policée.

— Ouais, répondit Thumps. Je suis doué.

— Elliot me dit que vous aidez le shérif à enquêter sur le meurtre de Daniel Takashi?

— Non. Je prends seulement des photos.

— Vous n'avez pas l'air d'une personne qui se contente de prendre des photos.

— Thumps a été policier, expliqua Rockland. Non?

— En Californie, si je ne m'abuse, ajouta Traynor.

Ce fut au tour de Thumps d'être impressionné.

— N'avez-vous pas été mêlé aux… Meurtres de lave? demanda-t-elle en regardant Thumps au-dessus de sa tasse de café. N'est-ce pas comme ça qu'on les a surnommés dans la presse?

— Obsidienne, dit Thumps, qui n'aimait pas le tour que prenait la conversation. La presse les appelait les Meurtres d'obsidienne.

— La police a résolu l'affaire ?

Le responsable de la sécurité de Genesis Data Systems, qui qu'il soit, connaissait son affaire. Traynor avait déjà la réponse aux questions qu'elle posait, et elle tenait à ce que Thumps le sache.

— Non.

— Si mes souvenirs sont bons, dit Rockland, sans doute sensible à la tension qui régnait dans la pièce, vous avez un départ dans quelques minutes.

— Peut-être que M. DreadfulWater accepterait de jouer avec nous ? fit Traynor d'une voix dénotant cette fois un peu de chaleur.

— Je ne crois pas que Thumps joue au golf, dit Rockland.

— Paradise Canyon Golf and Country Club, lut Traynor. Vous avez acheté ce polo sans savoir jouer ?

Une femme d'affaires dotée du sens de l'humour. Thumps fut séduit.

— Ce serait avec plaisir, dit-il.

— Mais ?

— Je n'ai pas mes clubs. Ni mes chaussures.

— Aucun problème.

Traynor ne se donna même pas la peine de se tourner vers Beaumont.

— Va dire à la boutique du pro que M. DreadfulWater va jouer avec nous. On se retrouve au départ dans une demi-heure.

Thumps la regarda quitter la pièce, Beaumont et Chan sur ses talons, tels des chiens en laisse.

— Frigide, cette salope, dit Rockland doucement, presque pour lui-même.

Thumps s'extirpa de son fauteuil.

— Mieux vaut que je me prépare.

— Et alors, qu'est-ce que tu en dis ?

— À quel propos ?

— Une exposition de tes photos.

— Bien sûr. Quand tu veux, répondit Thumps en affectant l'insouciance.

— Arrange-toi juste pour ne pas demander trop cher. Les touristes aiment avoir l'impression de faire une bonne affaire.

Thumps laissa Rockland à son café et se dirigea vers la réception.

— Monsieur DreadfulWater, dit l'homme en souriant. Avec un W majuscule.

— Le seul et unique.

— Que puis-je faire pour vous ?

Thumps n'était pas sûr d'aimer ce type. Mais c'était sans importance.

— Une de mes amies est descendue ici. Je devais la retrouver, mais j'ai oublié son numéro de chambre.

— S'agirait-il de Mme Traynor, par hasard ?

Thumps aurait dû être surpris, mais il ne le fut pas.

— Oui.

— Elle a dit que vous ne vous en souviendriez sans doute pas, mais que je pouvais vous le donner, dit l'homme en le notant sur un bout de papier. Bonne journée.

Thumps glissa l'information dans sa poche et se dirigea vers la boutique du pro. Il ne savait pas si la journée serait bonne, mais il ne regrettait pas de s'être extirpé du lit.

11

La boutique du pro du Shadow Ranch se composait d'une pièce en longueur. Les clubs étaient exposés dans des vitrines murales, les vêtements accrochés à des portants chromés. Le choix d'articles pour golfeurs n'était pas aussi vaste que dans les grands magasins spécialisés, mais, au Shadow Ranch, tout était cher.

Le visage radieux, le jeune homme derrière le comptoir semblait déborder de joie.

— Bonjour. Vous devez être monsieur Dreadful.

— DreadfulWater.

— Mme Traynor nous a demandé de bien nous occuper de vous.

Il s'interrompit et toisa Thumps, comme s'il cherchait à établir quelle taille il lui fallait.

— Selon elle, vous auriez un handicap de sept.

Simple estimation de la part de Traynor, mais elle était douée.

— La dernière fois que j'ai vérifié, il était de huit.

— Vous avez une préférence pour les clubs ?

— Ce que vous avez en location. Ce sera parfait.

— En location ?

Le jeune homme prit un air affligé. Par « s'occuper de lui », Traynor entendait, semble-t-il, l'achat d'un équipement complet.

— Par quoi commence-t-on ?

Le soleil entrait à flots dans la boutique. Tout autour de Thumps, les clubs scintillaient dans leurs vitrines en bois poli, les shafts brillants, telles des épées tirées de leurs fourreaux.

— Des clubs en location.

— Vous avez vu les nouveaux Callaway ?

On dit que l'argent corrompt, et c'est la plus stricte vérité. Malgré de vaillants efforts, Thumps sortit de la boutique avec une paire de chaussures FootJoy bicolores flambant neuves, un polo à motif floral Tommy Bahama auquel il n'avait pas su résister, une casquette Titleist et quelques paquets de balles hors de prix, spécialement conçues pour aller plus loin et plus droit, satisfait ou remboursé. En se dirigeant vers le départ, il s'imagina dans la peau d'un riche banquier d'affaires venu de la grande ville passer l'après-midi sur un parcours de golf et non dans celle d'un photographe raté, loué pour la journée.

Virginia Traynor, Elliot Beaumont et George Chan l'attendaient. Traynor jeta un coup d'œil aux clubs et hocha la tête.

— Je constate que nous avons devant nous un homme de principes.

Thumps arrima le sac à l'arrière de la voiturette.

— Je ne joue plus beaucoup.

— Jouons en équipe. Elliot a dix de handicap. George, douze, fit Traynor en se tournant vers les deux hommes. Les cow-boys et les Indiens. Je prends l'Indien. Tout le monde est d'accord ?

La question était purement rhétorique et les trois hommes l'entendirent ainsi.

— Cent dollars par trou ?

La partie devenait désagréable, et ils n'avaient pas encore frappé une seule balle. Thumps jeta un coup d'œil aux autres hommes, question de voir s'ils auraient des objections. Il n'avait aucune raison de le penser. Ils lui donnèrent raison.

— C'est trop pour moi, dit-il.

— Dans ce cas, nous avons intérêt à gagner, lança Traynor en s'emparant de son driver pour se diriger vers le tee. Pour que ce soit plus juste, je vais jouer les bleus.

Sans raison particulière, Thumps avait vu Traynor comme une femme d'affaires avisée, une battante. Dès le premier green, il prit la mesure de son erreur. Pour certains hommes avec qui Thumps avait déjà joué, le golf était une forme de loisir. D'autres avaient une approche beaucoup plus compétitive. Pour Traynor, c'était un sport sanguinaire.

Son coup de départ parcourut une distance de deux cent trente mètres et atterrit en plein centre du fairway. D'une précision chirurgicale, son deuxième coup, frappé avec un bois de parcours, atteignit le repère des cent mètres. Après le troisième, sa balle se retrouva à environ un mètre du trou. Le swing de départ de Beaumont fut beaucoup plus long, mais la balle, après le deuxième, aboutit dans un bunker. Chan exécuta un coup en slice qui finit dans les arbres. Il avait tendance à frapper trop fort et la précision de ses coups s'en ressentait.

Thumps ne brilla pas spécialement. Après toutes ces années, tenir des clubs lui faisait une drôle d'impression. Ses swings étaient gauches et brusqués. Traynor signa un birdie. Beaumont joua un solide par. Tant bien que mal, Chan réalisa un bogey.

Thumps joua de chance et obtint un par grâce à un coup roulé de près de cinq mètres.

— Vous voyez ? fit Traynor pendant qu'ils montaient dans la voiturette. Ce n'est pas sorcier.

Rapidement, la partie prit un tour prévisible. Beaumont et Chan remportaient les trous où la distance représentait un enjeu, Traynor et Thumps ceux où la précision était récompensée. Thumps s'attendait à ce que Traynor se montre bavarde, mais, jusqu'à la mi-parcours, ils s'étaient tous réfugiés dans le silence ou n'avaient échangé que des banalités.

Le dixième trou était encombré.

— Vous avez faim ?

Traynor envoya Beaumont et Chan chercher des collations au pavillon et se cala sur le banc.

— Je ne vous ai pas demandé de rester seulement pour jouer au golf. Je suis sûre que vous le saviez.

Thumps hocha la tête.

— Et j'espère que vous ne m'en voulez pas d'avoir vérifié vos antécédents.

— Il n'y a pas grand-chose à vérifier.

— Au contraire, dit Traynor. J'ai été impressionnée. Tellement que j'aimerais retenir vos services.

— Comme photographe ?

Thumps avait posé la question pour la forme.

— Genesis Data Systems est une petite entreprise, fit Traynor en retrouvant sa voix professionnelle. Nous nous spécialisons dans la sécurité et les systèmes informatiques destinés aux casinos.

— Les affaires sont bonnes ?

— Je ne peux pas me plaindre, dit-elle. Mais la concurrence est féroce. Et il est difficile de percer les grands marchés.

— Vegas et Atlantic City?

— Évidemment. Mais le jeu en ligne et les casinos indiens représentent les marchés de croissance. Vous savez combien de tribus ont des projets de casino aux États-Unis?

— Plusieurs?

— D'ici cinq ans, le nombre de casinos indiens aura triplé.

— Le casino de Mashantucket Pequot?

— Un parmi d'autres.

Thumps voyait où elle voulait en venir.

— Buffalo Mountain ne sera jamais une mine d'or.

— Buffalo Mountain est notre porte d'entrée. Nous proposons aux casinos des systèmes informatiques à des années-lumière de ceux de nos concurrents. Le reste de l'industrie mettra environ neuf mois à nous rattraper. Un an au maximum. Si le système de Buffalo Mountain est installé et fonctionne aussi bien que nous le pensons, nous allons pouvoir le vendre à tous les nouveaux casinos.

— Il est si efficace que ça, votre système?

— Vous n'avez pas idée. Mais si le projet venait à échouer à cause du meurtre de Daniel…

— Fini le golf?

Les yeux de Traynor brillèrent, mais Thumps se rendit compte qu'elle n'était pas contente.

— Il se peut que quelqu'un cherche à saboter l'entreprise. Je ne sais pas pourquoi. Et je ne sais pas qui.

— Je ne suis plus policier.

— Le shérif me dit qu'il est à la recherche d'un jeune homme, d'un Indien.

— Stanley Merchant.

Virginia Traynor hocha la tête.

— Si Daniel a été tué par une personne ayant pour but de détruire mon entreprise, je dois le savoir et je dois le savoir tout de suite. Mais si Daniel a été tué par des personnes qui s'opposent aux casinos indiens…

— C'est moins grave.

Elle ne tomba pas dans le piège.

— Le projet va survivre.

— Takashi n'en sera pas moins mort.

— Je n'y peux rien.

Thumps vit Beaumont et Chan sortir du pavillon avec les collations. Beaumont marchait son téléphone collé à l'oreille.

— Je suis photographe.

— Vous avez déjà été un bon policier.

— J'ai déjà été un bon golfeur.

Thumps avait un faible pour les femmes qui savent ce qu'elles veulent, mais, avec le temps, il s'était rendu compte qu'il les aimait davantage en théorie qu'en pratique. Comme beaucoup d'hommes, du reste.

— Je me fous de l'identité du tueur de Daniel. Mais j'ai besoin de savoir pourquoi il a été tué. (Traynor laissa son regard dériver vers le fairway.) Vous savez pourquoi je joue au golf ?

Thumps appréciait les questions auxquelles il était possible de bien répondre.

— Le jeu vous plaît ?

— J'ai horreur de ça. C'est cher. C'est ennuyeux. Les country clubs sont des dépotoirs de testostérone.

Elle marqua une pause.

— Je dois vous paraître grincheuse et irascible.

— Nan.

— Où puis-je voir vos photos ?

— Venez chez moi, la prochaine fois que vous serez en ville.

— Je n'y manquerai pas.

Beaumont brandit son téléphone.

Traynor déballa un sandwich, le renifla et le tendit à Thumps.

— On peut manger d'abord ?

Beaumont hocha la tête.

— Ça peut attendre.

Le reste de la partie fut relativement agréable. Traynor et les autres parlèrent de la pluie et du beau temps. De retour au pavillon, Thumps savait où Traynor avait étudié, comment elle s'était intéressée aux systèmes informatiques des casinos et pourquoi elle n'aimait pas les noix dans les pâtisseries.

— J'aimerais vraiment voir vos photos.

— Quand vous voulez.

Traynor se tourna vers Beaumont et Chan.

— Je dépose M. DreadfulWater à sa voiture. Réservez-nous un départ pour demain.

Beaumont hocha la tête.

— En matinée ou en après-midi ?

— En après-midi. Demain matin, je veux faire un saut à Buffalo Mountain.

Le parking du terrain de golf était rempli de voitures de luxe. Thumps ne les avait pas remarquées plus tôt. Pendant que la voiturette longeait des rangées de Mercedes, de Porsche et de Lincoln rutilantes, il espéra que sa Volvo aurait l'air moins miteuse que dans ses souvenirs.

— Merci pour le polo et les chaussures.

Traynor secoua la tête.

— Considérez-les comme un paiement.

Thumps ne sut quoi répondre.

— Pour votre temps d'aujourd'hui.

Il déverrouilla la Volvo et ouvrit les portières.

— Le shérif a de bonnes chances de trouver le meurtrier de Takashi.

Virginia Traynor se fendit d'un large sourire. Thumps n'aurait su dire s'il était de glace ou de feu.

— Je n'aime pas être à la merci de la chance.

Faisant demi-tour, elle mit le cap sur le pavillon.

Non, songea Thumps qui, devant sa voiture, attendait que la chaleur se dissipe. Je parie que non.

En passant par-derrière, Thumps retourna à l'hôtel et enfouit la Volvo entre un camping-car éléphantesque et un GMC King Cab équipé de marchepieds chromés et de roues à rayons. Il ne cherchait pas vraiment à cacher sa voiture, mais il ne tenait pas non plus à claironner sur tous les toits qu'il traînait encore par là. Sauf erreur, l'assassin était encore dans les parages. L'appartement de Takashi avait été fouillé et expurgé : la mort de l'homme n'avait rien de simple. Si Stick et les Aigles rouges avaient tué Takashi, les choses en seraient restées là. Pourquoi tuer un homme pour empêcher un projet de casino et prendre ensuite le temps de fouiller son appartement ? Non, c'était autre chose. Et, aussi improbable cela puisse-t-il paraître, Floyd était peut-être tombé sur le coupable. Seulement, le meurtre est un jeu dangereux. Floyd savait-il dans quoi il s'embarquait ? Plus exactement, s'en souciait-il ?

Le garage des limousines était désert. Thumps n'était jamais monté dans un de ces véhicules, et l'expérience ne venait pas en tête de sa liste de priorités. L'idée ne le séduisait pas. Une Porsche ou une Jaguar ? C'était une autre paire de manches. On conduisait soi-même sa voiture de sport. Un véhicule qu'on peut pousser dans les virages et lâcher dans les lignes droites. Un véhicule bas et racé, muni d'une transmission manuelle. Ça, c'était conduire.

Voyager sur la banquette arrière d'un autobus d'homme riche, non.

Thumps se demanda si Traynor avait une limousine en plus d'un hélicoptère. Elle semblait plutôt du genre à rouler en voiture de sport, mais, avec les femmes, on ne savait jamais. Si elles choisissaient leurs voitures comme leurs hommes, tout était possible. Et rien n'était logique.

— Je peux vous aider ?

Thumps, qui n'avait pas vu l'homme venir, fut contraint d'improviser.

— Salut.

Le type était jeune, massif et en bonne condition physique. Il ne portait pas d'insigne sur le revers de son blazer bleu, mais Thumps se dit qu'il faisait partie du personnel de l'hôtel.

— Vous cherchez quelque chose ?

La vérité, c'est que Thumps fouinait, mais il était conscient d'avoir besoin d'une meilleure explication. Par chance, il connaissait quelques trucs pour se donner le temps de construire une histoire crédible. Poser des questions était l'un des plus efficaces.

— C'est le garage des limousines ?

— Il y a un problème ?

L'homme s'avança, son poids réparti également sur ses jambes, les mains sorties de ses poches, et s'arrêta juste assez loin pour pouvoir réagir à une agression surprise.

Sécurité.

Thumps fut heureux de s'être permis le polo. Le type, espéra-t-il, connaissait les marques griffées.

— Je cherche un des chauffeurs.

Thumps avait posé sa voix de manière à laisser entendre qu'il était le propriétaire des lieux.

— Vous logez à l'hôtel ?

Thumps aurait préféré qu'il ne pose pas la question.

— Je pense avoir laissé mes lunettes dans la voiture.

L'homme mit la main dans son veston, comme pour prendre une arme.

— Aigle Un à la base.

L'homme tenait son talkie-walkie de côté, contre sa bouche, comme dans les films policiers.

— J'ai ici un client qui dit avoir oublié ses lunettes dans une limousine.

— Je pense les y avoir laissées, nuança Thumps.

Il y eut une pause, puis une voix indistincte lança une réponse au milieu de la friture. Thumps n'entendit pas ce que la base avait à dire à propos des clients qui rôdent près des garages à la recherche de lunettes égarées, mais il supposa qu'il existait un manuel de procédures et qu'on le feuilletait fébrilement en ce moment même.

— OK, répondit Aigle Un avant de remettre l'appareil dans son veston.

De trois choses l'une, songea Thumps. Soit Aigle Un allait lui demander de s'identifier, noter son nom et son numéro de téléphone et lui promettre de faire suivre le message au service de sécurité de l'hôtel, qui le préviendrait au besoin. Soit Aigle Un inviterait Thumps à le suivre jusqu'à la sécurité, où l'on chercherait les lunettes inexistantes dans le sac des objets perdus. Soit, enfin, Aigle Un vérifierait avec la réception et l'on découvrirait que Thumps était non pas un client de l'hôtel, mais bien un photographe local astucieusement déguisé en riche golfeur.

— J'ai déjà posé la question à la réception, dit Thumps en feignant l'impatience et l'exaspération.

C'est ainsi que se comportent les riches quand ils n'obtiennent pas ce qu'ils veulent.

— On m'a suggéré de venir ici et de m'adresser au chauffeur.

Aigle Un cligna des yeux.

Bien. L'arrogance, il comprenait.

— Comment s'appelle le chauffeur ?

— Floyd. Floyd quelque chose, il me semble. Franchement, je me serais attendu à ce qu'un hôtel de cette catégorie dispose d'un meilleur système de traitement des objets égarés.

— Nous avons un service des objets perdus.

— Excellent, fit Thumps en soignant sa diction. Vous pourriez communiquer avec lui par radio ?

— Vos lunettes ne sont pas là.

— C'est peut-être le chauffeur qui les a.

— Il n'est pas là, aujourd'hui.

Normalement, Thumps en serait resté là, mais, après le golf, il se sentait encore imbu de son importance.

— Vous êtes sûr ? Il me semble l'avoir aperçu.

— Il est malade.

— Ah, fit Thumps en enfonçant les mains dans ses poches, la mine boudeuse. Dans ce cas, il ne me reste plus qu'à aller déjeuner.

Il tourna les talons, puis, se ravisant, pivota de nouveau.

— Au fait, comment vous appelez-vous ?

Excellent subterfuge. Il se félicita d'y avoir pensé.

— Ah… Steve. Steve Webster.

— Très bien, Steve. Merci pour votre aide.

Puis Thumps s'éloigna des garages comme s'il n'avait nulle part où aller et tout le temps du monde pour s'y rendre. Et il ne se retourna pas. Même pas lorsqu'il fut devant les portes de l'hôtel.

Le bar était presque désert. Thumps se glissa dans un box, au fond, et jeta un coup d'œil à la carte. Le café coûtait deux dollars cinquante. Une part de tarte, six dollars. Un cheeseburger, douze dollars. Sans les frites. Pas étonnant qu'il n'y ait personne.

— Bonjour. Vous avez eu le temps de consulter nos spécialités ?

À en croire l'insigne doré épinglé à sa blouse, la jeune serveuse s'appelait Ruth. Fraîche émoulue de l'école secondaire. Débordante d'enthousiasme et d'énergie. Une bulle de joie. Thumps se demanda si c'était un job d'été avant des études universitaires ou le début d'une enrichissante carrière consistant à servir des assiettes aux touristes.

— Il est bien, le chili western ?

— Excellent.

— Et le cheeseburger ?

— Excellent aussi.

— La soupe ?

— Tous nos plats sont excellents.

— Excellent, dit Thumps. Vous, qu'est-ce que vous prenez ?

La fille continua de sourire, mais Thumps détecta un peu de désarroi et de gêne aux coins de sa bouche.

— On ne nous laisse pas manger ici.

— Je parie que la cuisine n'est pas géniale.

Ruth jeta un coup d'œil du côté de la caisse. La bulle crevée, elle se fendit d'un large sourire complice.

— Vous avez bien raison.

— Le chili ?

— Fade.

— La soupe ?

— En sachet. On n'y ajoute que de l'eau.

— Le cheeseburger est frais ?

— On reçoit les steaks congelés, dit Ruth, qui s'amusait ferme. Ils contiennent vingt-cinq pour cent de gras.

Thumps était raisonnablement sûr que Ruth ne savait pas qui avait tué Takashi ; en revanche, il savait de façon certaine qu'elle n'avait pas choisi le Shadow Ranch pour faire avancer sa carrière.

— Votre recommandation ?

— Al's, en ville.

Celle-là était promise aux études universitaires, aucun doute possible.

— Un café et une part de tarte aux cerises.

Thumps se cala sur la banquette et sortit un stylo. Sur une serviette en papier, il fit deux colonnes. Il inscrivit « Stick » en haut de la première et traça un « X » en haut de la seconde.

Sous « Stick », il écrivit « occasion » et « mobile ». Thumps soupira et biffa les mots. L'occasion était purement circonstancielle. Personne n'avait vu Stick au complexe. Ni en compagnie du mort. Pour ce qu'en savait Thumps, Stick n'avait menacé ni Takashi ni Genesis Data Systems. Et même s'il avait eu l'occasion de commettre le crime, le mobile était faible. Thumps avait beau examiner le crime sous toutes les coutures, tuer Takashi n'avait pas de sens pour lui. Si l'objectif était d'empêcher l'ouverture du complexe, en tout cas. Pourquoi donc Takashi avait-il été tué ? Le problème de Traynor semblait une explication beaucoup plus plausible que l'opposition au projet. Si quelqu'un avait pour but de saboter son entreprise, comme elle le croyait, l'assassinat de Takashi s'expliquait mieux. Il était un des principaux atouts de Genesis. Sa mort allait peut-être ralentir le projet et permettre à une société rivale de s'imposer. L'espionnage industriel était une activité lucrative. On dit que l'homme est un loup pour l'homme. Peut-être n'était-ce plus une simple figure de style. De nos jours, peut-être les loups étaient-ils armés.

Lorsque Ruth revint avec le café et la tarte, les déductions de Thumps s'étaient détériorées, avaient pris la forme de cercles, de gribouillis, de vagues. Les colonnes bien nettes étaient ensevelies sous des tornades de bandes dessinées et des têtes burlesques.

La tarte ne valait pas mieux que ses déductions. Des cerises en conserve dérivant sur une mer de pâte à modeler rouge vif, sucrée à souhait. La croûte, purement cosmétique, avait le goût et la texture du carton mouillé.

— Comment est la tarte ?

— Excellente.

— Je vous sers autre chose ?

Thumps eut une intuition soudaine.

— Vos donuts, ils sont à combien ?

Ruth secoua la tête.

— Désolée. Nous n'en avons pas.

— OK. Seulement l'addition, s'il vous plaît.

— Je facture votre chambre ?

Que voilà une délicieuse idée. Malhonnête, assurément. Non, pas malhonnête. Astucieuse. Peut-être même satirique. Une fine plaisanterie entre amis.

— Chambre 243, dit Thumps. Je peux ajouter le pourboire ?

— Absolument.

Thumps quitta le café du Shadow Ranch et, d'humeur exubérante, s'engagea dans la vive lumière de l'après-midi. La journée avait mal commencé, mais, depuis, les choses progressaient joliment. De nouvelles chaussures de golf. Un nouveau polo de golf. Dix-huit trous sur un parcours au-dessus de ses moyens. Et un effroyable déjeuner. Offert par une grande entreprise américaine. Bien sûr, il restait un cadavre à expliquer, le fils prodigue de Claire à retrouver et à laver de tout soupçon, une discussion à avoir avec Floyd afin d'établir ce qu'il savait. Mais, pour l'heure, Thumps se sentait fiévreux et assoupi. Une sieste serait la bienvenue. C'était probablement ce que faisait Freeway en ce moment même. Étirée sur le lit, dans un carré de lumière, sa tête inclinée à un angle improbable pour attirer un maximum de chauds rayons sous son menton. Sacrée paresseuse, va.

Oui, se dit Thumps en grommelant, une sieste serait la bienvenue.

12

Sur le chemin du retour, Thumps, sans trop savoir comment, se rendit compte qu'il cherchait désormais deux hommes. Et s'il présumait que ni Stick ni Floyd n'étaient mêlés au meurtre de Takashi, en pratique – et tout a priori sexiste mis à part –, Thumps en cherchait même trois.

Devant ce dilemme logique, il se dit qu'il devait trouver Floyd et lui parler. Le tueur ne voulait pas qu'on le découvre et, de toute évidence, Stick non plus. L'expérience avait appris à Thumps que les personnes décidées à s'éclipser peuvent rester cachées très longtemps. Parfois, elles disparaissaient carrément. Sans laisser de traces.

Stick finirait par refaire surface. Les Indiens s'éloignaient rarement de chez eux, et ceux qui le faisaient avaient tendance à y revenir. Si Thumps voyait juste, le tueur de Takashi n'avait pas un tel attachement. Chaque jour, il devenait de plus en plus probable qu'on ne le retrouverait jamais.

Thumps était de retour à Chinook lorsqu'il s'aperçut qu'il ne savait pas où habitait Floyd. Cooley vivait encore avec sa mère dans la réserve. Thumps n'imaginait pas Floyd sous le même toit qu'eux.

Selon la jauge à essence, la Volvo était au bord de la panne sèche. Mise en garde dérisoire dans la mesure où la jauge avait cessé de fonctionner deux ans plus tôt. Par mesure de précaution, Thumps s'arrêta à la station-service Esso, fit le plein et consulta l'annuaire. Pas de chance. Il pourrait interroger des gens, mais ce serait fastidieux, et Floyd risquait d'apprendre que Thumps le cherchait. Floyd avait trouvé Thumps, mais il ne s'ensuivait pas nécessairement qu'il voulait que Thumps le trouve. Sa vie antérieure de policier avait appris à Thumps que les gens ont parfois de telles lubies. Et Floyd ne donnait pas l'impression de posséder un sens de l'humour particulièrement prononcé.

Assise à sa table de travail, Ora Mae étudiait de nouvelles annonces lorsque Thumps franchit la porte. Elle leva les yeux et secoua la tête.

— Quelle élégance.

— J'ai joué au golf.

— Tu m'en diras tant. Moi qui pensais que c'était un sport pour les Blancs fortunés.

— C'en est un.

— T'es pas un Blanc fortuné, mon chou. Et à moins que les vêtements griffés aient baissé de prix sans que je m'en rende compte, t'as pas non plus les moyens de t'offrir ces habits de Blanc fortuné.

— C'était pour affaires.

Ora Mae secoua la tête avant de revenir à ses annonces.

— J'ai besoin d'informations.

— J'ai l'air d'un centre d'information, peut-être ?

— C'est pour Claire, dit Thumps. Il me faut l'adresse de Floyd Small Elk.

— Floyd ? Ce salaud bête et méchant ?

— Il n'est pas dans l'annuaire.

— Évidemment. La plupart des habitants de la ville ne lui loueraient même pas un banc.

Thumps joua la carte du charme.

— Mais toi, tu sais où il habite, non ?

— Tu es sûr que c'est pour Claire ?

Thumps le jura solennellement.

— OK. Ce coup-ci, c'est gratuit.

Ora Mae écrivit une adresse sur un bout de papier et le lui tendit.

— Qu'est-ce que tu vas faire ? L'arrêter ou juste le prendre en photo ?

Sur le mur, une affiche faisait la promotion du Buffalo Mountain Resort. Ora Mae surprit son regard.

— Ne va pas croire que le rêve est à ta portée juste parce que tu es bien habillé.

— Pourquoi Takashi s'est-il retrouvé dans un appartement, à ton avis ?

— Comment, tu veux dire ?

— Non. C'est un programmeur. Chaque jour, il fait le trajet entre le Shadow Ranch et le centre informatique de Buffalo Mountain. Chaque soir, il fait le trajet en sens inverse.

— C'est ce qu'on appelle la routine.

Thumps s'approcha de l'affiche et mit le doigt sur le centre informatique.

— S'il est à Buffalo Mountain, il devrait être ici, dit-il avant de déplacer son index. Mais il aboutit là. Pourquoi ?

Il attendit de voir si Ora Mae était disposée à lui donner un coup de main.

— C'est une question philosophique ou tu veux que je te parle du système de sécurité ?

— Il y a un système de sécurité ?

Ora Mae jeta un coup d'œil du côté du bureau de Sterling. La porte était fermée.

— Dis-moi, DreadfulWater. Tu as déjà eu du succès auprès d'une seule femme avec ce genre de réplique merdique ?

Thumps cligna des yeux et s'assit sur la chaise à côté de la table de travail d'Ora Mae.

— Si tu veux que je te parle du système de sécurité de Buffalo Mountain, vas-y sans détour. Évite de me mener en bateau en me racontant comment Monsieur le Défunt avait coutume d'aller du point A au point B.

— Il est comment, le système de sécurité ?

— Là, c'est mieux.

Ora Mae se mit à trier les annonces sur son écran.

— Tu m'en parles ou pas ?

— Mon chou, on utilise le mot « sécurité » parce que le fonctionnement du système est secret.

Et dire que Thumps ne voulait même pas de cette mission. Après avoir joué les golfeurs à louer pour Genesis Data Systems, voici qu'il servait de punching-ball à Ora Mae, et il commençait à en avoir plein le dos.

— C'est un système de sécurité commandé par ordinateur, dit Ora Mae en se penchant sur la table. Les portes extérieures des immeubles résidentiels s'ouvrent au moyen d'une carte magnétique.

— Et le centre informatique ?

— Cartes magnétiques.

— Les mêmes ?

— Tu rigoles ? Chaque immeuble a ses propres cartes.

— On peut entrer par effraction ?

— Bien sûr, à condition d'avoir le bon équipement et assez de temps.

— Des caméras de surveillance ?

— Dans l'entrée de chacun des immeubles, dans les couloirs et dans les cages d'escalier. Il y a des caméras de balayage pour le parking et les environs immédiats.

— Et ?

— Elles ne sont pas encore fonctionnelles, répondit Ora Mae en saisissant un stylo pour griffonner quelques mots. D'autres questions ?

Thumps examina l'affiche. La tribu avait bien travaillé. Lui, il n'avait plus qu'à empêcher le complexe de sombrer.

— Une seule. Comment t'y prendrais-tu pour transporter un cadavre du centre informatique à l'immeuble résidentiel sans qu'on te voie ?

— Je pensais que tu t'intéressais au « pourquoi » et non au « comment ».

— Pour me faire plaisir.

Ora Mae se tourna vers l'affiche.

— Je passerais probablement par les tunnels d'entretien.

Thumps nota l'hésitation dans la voix d'Ora Mae.

— Mais ?

— Il faudrait une carte d'accès passe-partout.

Voilà donc la réponse, se dit Thumps. Depuis la guérite, Cooley pouvait voir l'entrée de l'immeuble résidentiel. Le tueur aurait pu déplacer le corps en espérant que Cooley ne le verrait pas, mais pourquoi aurait-il couru un tel risque alors qu'une meilleure solution s'offrait à lui ?

— Takashi avait-il un passe-partout ?

— Je ne vois pas pourquoi il n'en aurait pas eu. Il en avait besoin pour vérifier tous les systèmes.

Ora Mae baissa les yeux et la voix.

— Il paraît que tu fais la cour à ma copine.

— Je l'ai juste invitée à dîner.

— Purement platonique ?

Thumps remonta son pantalon.

— Absolument.

Ora Mae sortit un stylo de son tiroir et le poussa de l'autre côté de la table.

— Ne change rien.

Au départ, Bridge Street était une rue à deux voies qui passait derrière le secteur industriel de Chinook. Après Lincoln, elle se changeait en une ruelle étroite et envahie par la végétation qui se terminait au parc de mobile homes Songbird. Selon Ora Mae, c'est là que vivait Floyd.

Au numéro 57, Thumps découvrit une caravane délabrée, pourvue d'un auvent bleu et blanc et d'un porche affaissé d'un côté. Comment expliquer l'histoire d'amour entre les Indiens et les mobile homes ? Le prix, sans doute. À force d'être repoussés d'un bout du pays à l'autre, peut-être aussi les Autochtones se sont-ils habitués à l'idée d'avoir des roues sous leurs maisons.

Thumps se gara en face.

— Qu'est-ce que tu viens faire ici ?

En se retournant, Thumps vit un homme imposant vêtu d'un T-shirt et d'un short. Au creux de son bras, un fusil à pompe.

— T'es un touriste égaré ?

— Je cherche Floyd Small Elk. Il habite bien au 57 ?

— Police ?

— Non.

— Tu t'appelles comment ?

— DreadfulWater. Thumps DreadfulWater.

— Bert, fit l'homme. Tu t'es garé dans mon entrée.

Thumps ne distinguait rien qui, de près ou de loin, s'apparente à une entrée. En fait, il n'y avait pas de place pour une entrée, à moins que Bert déplace sa caravane.

— Tu sais s'il est chez lui ?

— Pose-lui toi-même la question.

Bert et son fusil rentrèrent.

— Je te donne trois minutes pour bouger ton auto.

Au 57, c'était le calme plat. La porte moustiquaire était fermée, mais pas la porte intérieure. Floyd n'était pas forcément chez lui pour autant. Chinook était une ville où les gens laissaient leur porte ouverte sans crainte.

Thumps frappa. Il ne voulait surtout pas prendre Floyd par surprise.

— Hé, Floyd ! C'est moi, Thumps !

L'air qui filtrait par la porte moustiquaire était frais, signe que Floyd avait la climatisation. Thumps cogna de nouveau et jeta un coup d'œil à l'intérieur.

— Ho ! Floyd !

Floyd n'était pas au Shadow Ranch et il n'était pas non plus chez lui, mais il y avait au moins une demi-douzaine d'explications possibles. Il était peut-être vraiment malade et alité. Sinon, il était allé chez le médecin. À l'épicerie. Il voyait quelqu'un. Peut-être aussi Thumps n'était-il pas le seul à qui Floyd avait parlé.

Les « peut-être » étaient de retour.

Thumps passait en revue toutes les possibilités lorsqu'il entendit le premier son, le grincement irritant d'une porte qui s'ouvrait, quelque part à l'intérieur. Puis le silence.

— Floyd ? fit Thumps en secouant la porte moustiquaire. Il faut qu'on se parle.

Bref et métallique, le deuxième bruit résonna fort, et Thumps eut juste le temps de s'écarter de la porte avant que deux projectiles traversent le revêtement en aluminium à l'endroit où, une fraction de seconde plus tôt, sa tête se trouvait. Il n'attendit pas de voir où aboutirait le prochain. D'un mouvement fluide, il s'éjecta du perron, au moment précis où Bert sortait de chez lui en coup de vent.

— Baisse-toi ! cria Thumps en glissant sur le capot de sa voiture pour trouver refuge du côté opposé.

Deux autres coups de feu retentirent. Thumps entendit la première balle frapper la Volvo. La seconde traversa le chemin et ricocha sur le barbecue en fonte de Bert.

— Merde !

Pour un homme de sa corpulence, Bert était étonnamment rapide. Tandis que Thumps s'accroupissait derrière sa voiture, Bert actionna la pompe de son fusil et, abaissant son arme dans la foulée, fit quatre grands trous dans le flanc de la caravane de Floyd.

— Floyd, t'es qu'un stupide enculé.

Il est possible de se trouver au mauvais endroit au mauvais moment : Thumps en était la preuve vivante. Au milieu d'un échange de coups de feu, sans issue. Si le tireur de la caravane ne l'abattait pas, Bert s'en chargerait. Tout ce que Thumps pouvait faire, c'était rester prostré contre le pneu arrière en attendant que Bert et le tireur sans visage retranché dans la caravane aient fini de se tirer dessus.

La fusillade cessa, aussi subitement qu'elle avait débuté. Pas de cris. Pas de détonations. Pas de chants d'oiseaux. Que la fumée qui s'échappait du fusil de Bert et l'odeur désagréable de la poudre. Doucement, Thumps leva la tête au-dessus du capot de sa voiture, mais pas avant de s'être assuré qu'il n'était pas dans la ligne de tir de Bert.

— C'est un barbecue flambant neuf, stupide enculé !

Et Bert tira deux fois de plus dans la caravane. Thumps, lui, trouva de nouveau refuge derrière son pneu.

— Trente pour cent de rabais au Kmart !

— Ne tire plus ! cria Thumps.

Désormais, la caravane semblait complètement paisible. Derrière Thumps, Bert insérait de nouvelles cartouches dans son fusil.

— Tu as une arme ?
— Non.
— À l'intérieur, j'ai un pistolet. Je te le prête, si tu veux.
Du temps où il était policier, Thumps s'était baladé avec toutes sortes d'armes, des revolvers aux carabines, et il n'avait pas aimé l'expérience. L'affirmation de la National Rifle Association, selon laquelle ce sont les gens et non les armes qui tuent, traduisait au mieux une grande hypocrisie. En réalité, c'était de la foutaise. Les armes à feu sont dangereuses. En elles-mêmes. Les gens les rendent seulement encore plus dangereuses. Une arme à feu à la main, on se sent invulnérable. Immunisé. Sûr de ses moyens. Par-dessus tout, quiconque possède une arme se croit autorisé, par Dieu Lui-même, à s'en servir. Dès qu'on s'est donné le mal de la charger et de l'armer, on a en quelque sorte l'obligation de faire feu.
— Bert, fit Thumps en se forçant à ralentir son débit pour être sûr que l'homme comprendrait chacun des mots. Appelle la police.
— Pauvre de toi, fit Bert. Tu penses vraiment que les flics ont raté notre petite célébration ?
— Appelle-la quand même.
Bert resta un moment immobile, à la fois mécontent et peiné.
— Ouais, bon. Oublie quand même pas que je t'ai sauvé la vie.

Sombre et frais, l'intérieur de la caravane de Floyd semblait intact – à condition de faire fi de la lumière éclatante qui pénétrait par les trous de projectiles laissés dans les murs. Une des balles de Bert avait atteint la cuisinière et fracassé la vitre du four. Une autre avait creusé un trou dans un placard, et un épais liquide brun se déversait sur le comptoir. On aurait dit du sirop, mais, dans l'immédiat, Thumps ne se donna pas la peine de confirmer son hypothèse.

— Floyd ?

La cuisine et le salon étaient déserts.

— C'est Thumps, Floyd. Je n'ai pas d'arme, dit-il en ouvrant avec précaution la porte de la salle de bains. C'est Bert qui tirait.

S'il avait été dans la caravane quand Bert s'était mis à tirer, Thumps se serait dirigé vers la baignoire. En fin de compte, l'idée n'aurait pas été géniale. On avait affaire non pas à une baignoire en céramique, mais à un de ces machins en plastique, à peine capables de contenir de l'eau.

Il s'engagea dans l'étroit couloir. Floyd était dans la chambre principale. Par terre. Thumps n'eut pas besoin de prendre son pouls pour déterminer s'il était mort ou vivant.

— C'est moi qui ai fait ça ?

Bert était dans l'entrebâillement de la porte, le fusil à la main, prêt à faire feu.

— Non.

— Mais j'aurais pu.

— Tu as appelé la police ?

— Pas encore. Qu'est-ce que je leur raconte ?

— Qu'il y a eu une fusillade.

— Tu es sûr que ce n'est pas moi ?

Thumps soupira et prit l'arme des mains de Bert avec un enthousiasme un brin excessif. Il actionna la pompe jusqu'à ce que la dernière cartouche soit éjectée.

— Tu vois des trous de projectiles dans les murs ?

Bert parcourut la pièce des yeux.

— Non.

D'un geste, Thumps désigna le cadavre de Floyd.

— C'est une blessure de fusil, à ton avis ?

Bert inclina la tête.

— Jamais de la vie. Petit calibre.

— Exactement, dit Thumps en lui rendant son arme. Maintenant, va appeler la police.

— Je ne l'ai pas tué, donc.

Thumps sentait la mauvaise humeur le gagner.

— Tu auras plus de chance la prochaine fois.

— Ouais, fit Bert.

D'un pas lourd, il se dirigea vers la porte.

Thumps le suivit dans la cuisine. La porte de derrière, voisine du réfrigérateur, était ouverte.

La cour se composait uniquement de terre durcie et d'herbes calcinées. Le tireur était sans doute sorti par là. Du haut des marches, Thumps regarda autour de lui. Au-delà, le terrain descendait en pente douce jusqu'à la rivière. Un homme pouvait s'éclipser rapidement au milieu des osiers denses.

Thumps songea à pister le tireur. Il est si difficile de marcher au milieu des osiers sans laisser de traces que même Thumps aurait pu les suivre. Seulement, l'homme était armé, et Thumps risquerait sa vie en tentant de le rattraper.

Peut-être Thumps devrait-il lancer Bert à ses trousses. Des hommes armés. L'idée n'était pas dénuée d'une certaine tension poétique. Le combat, cependant, serait inégal. Si le tueur était caché parmi les arbustes, Bert ferait une cible facile. D'ailleurs,

Bert n'avait pas le tempérament d'un tueur. Malgré ses grands airs, il n'était sans doute rien de plus qu'un maniaque des armes à feu un tantinet irresponsable.

Sorti de la caravane, Thumps trouva Bert en train de se détendre sur son perron. Le fusil avait disparu.

— Une bière ? proposa-t-il en brandissant un pack de six.

— Non, merci.

— Tu veux savoir qui a tué Floyd ?

Bert rota une fois, avec pondération, presque avec délicatesse.

— Tu sais qui a fait le coup ?

Bert hocha la tête.

— Certains s'imaginent que je suis stupide parce que je suis gros. Mais tu connais la chanson.

Thumps rentra le ventre.

— Parce que tu es indien. Les gens voient un Indien et ils se disent qu'il va leur voler quelque chose.

Très juste, se dit Thumps, honteux d'avoir été percé à jour par Bert.

— J'ai eu deux ou trois amis indiens. Ils avaient l'habitude de dire qu'ils étaient italiens. Mais indien et gros, italien et gros ou blanc et gros, c'est du pareil au même. Tu me suis ?

Thumps le suivait parfaitement.

— C'est donc avec regret que je te le dis : ton ami Floyd a été descendu par un Indien.

— Un Indien.

— Il était pas italien, en tout cas.

Thumps poursuivit à contrecœur :

— De quoi il avait l'air ?

Bert décapsula une canette et prit une longue gorgée.

— Beau garçon. Mince. Pas de cul. Vingt ans environ. Cheveux longs. Queue de cheval.

Cette description s'appliquait à au moins une vingtaine de jeunes hommes de la réserve, et en particulier à Stanley Merchant.

— Tu lui as parlé ?

— Il m'a demandé où Floyd vivait.

— Sa voiture ?

— Une Mustang verte, dit Bert en se tournant vers la caravane de Floyd. Il s'est pas stationné devant mon entrée, lui.

Stick était donc venu voir Floyd. Mauvaise nouvelle. Quand Bert répéterait son histoire au shérif Hockney, Duke verrait dans le meurtre de Floyd une tentative de camouflage de celui de Takashi. À ses yeux, la culpabilité de Stick ne ferait plus de doute.

— Tu as entendu quelque chose ?

— Je les ai entendus crier.

— Un coup de feu ?

— Je regardais *Les Simpson.*

— Quand est-il reparti ?

— Aucune idée, répondit Bert. Avant ton arrivée. C'est un ami ?

Thumps se tourna vers Lincoln Street, au-delà du portail du parc. Bientôt, la Ford blanche du shérif arriverait en trombe, et Thumps devrait expliquer ce qu'il fabriquait chez Floyd et pourquoi la caravane de celui-ci était criblée de trous de projectiles. La version que lui servirait Thumps, quelle qu'elle soit, aurait peu de chances de le convaincre.

— T'es pas obligé d'attendre, dit Bert. Le shérif va avoir beaucoup de questions.

— Qu'est-ce que tu vas lui dire ?

— Je vais pas lui mentir, répondit Bert. Il va m'interroger sur Floyd et je vais lui raconter ce que je sais. À propos des trous dans la caravane de Floyd, je vais lui dire que je me suis fait tirer dessus.

Bert posa sur son barbecue un regard empreint de mélancolie.

— Je l'ai depuis deux jours seulement.

— Il va te demander si quelqu'un est venu rendre visite à Floyd.

— Possible. Je vais devoir lui parler du petit jeune à la Mustang.

— Et s'il te demande si d'autres personnes sont venues ?

Bert sourit, et Thumps vit qu'il s'était trompé. Le type avait le sens de l'humour, après tout.

— Va savoir. C'est quand même pas à moi de faire son travail.

Bert montra l'entrée du parc en gesticulant.

— Mais s'il te trouve ici, j'aurai pas à lui raconter quoi que ce soit.

— Merci.

— Merde, fit Bert. C'est pas toi qui as tiré sur mon barbecue.

Le temps que sa respiration redevienne normale et que son cœur cesse de cogner violemment dans sa poitrine, Thumps avait déjà quitté la ville. On était en plein dérapage. Takashi était mort. Floyd était mort. Le shérif n'était pas d'un naturel spécialement jovial. Après deux meurtres en une semaine, il serait carrément désagréable.

13

Thumps évita la réserve et les bureaux de la tribu. Claire était sans doute coincée dans une succession de réunions sans fin, et la dernière chose dont il avait envie, c'était d'échanger des tirs d'artillerie avec Roxanne. Au sommet de la ravine du Vieil Homme, il obliqua vers l'ouest. Dans la réserve, la terre n'appartenait à personne, mais diverses familles occupaient des lots depuis si longtemps que personne ne contestait leurs droits d'occupation. Depuis toujours, la crête haute et rude au pied des montagnes et la plaine alluviale de forme circulaire créée par la rivière Ironstone dans sa descente en méandres vers le sud appartenaient à la famille Merchant. L'arrière-arrière-grand-père de Claire y passait ses étés. Son arrière-grand-père y avait bâti une cabane. Son grand-père y avait ajouté une grange.

Son père avait abandonné la terre et établi sa famille en ville avant de partir à Los Angeles trouver du travail. Pendant son absence, la grange avait brûlé et la cabane s'était affaissée, victime des assauts du vent et des intempéries. Mais, lorsqu'il était rentré, des années plus tard, la terre était encore là. Sans rien y construire, il prit l'habitude d'y installer sa famille tous les étés. À la mort de son père, Claire imita son arrière-grand-père à elle et érigea une maison.

Celle-ci occupait un promontoire surplombant la rivière. C'était une maison préfabriquée, vestige d'une des nombreuses entreprises qu'on avait encouragé la tribu à lancer. Dans la plupart des cas, il s'agissait d'idées géniales issues du cerveau de quelque fervent bureaucrate établi à Washington, initiatives généralement mal ficelées, toujours sous-financées et jamais soutenues au-delà des élections suivantes.

La maison était un long rectangle recouvert d'aluminium bleu et blanc. Elle lui rappelait la caravane de Floyd, sauf qu'elle était plus grande et dépourvue de roues. C'était une maison plutôt laide, aux antipodes de celles qu'on voit dans les magazines de décoration. Au chapitre de l'aménagement paysager, Claire s'était contentée de faire poser quatre grandes dalles de béton devant le porche. Sinon, la cour était constituée de terre et de hautes herbes. Pour Thumps, les maisons des prairies avaient toujours un air hésitant, elles ne semblaient pas tout à fait à leur place, comme si elles prenaient un moment de repos avant de poursuivre leur route.

Il rangea sa voiture du côté ouest de la maison, d'où on ne pourrait pas la voir de la route. Normalement, il l'aurait laissée bien en vue afin que Claire ne soit pas surprise de le trouver chez elle. Seulement, Stick allait peut-être rentrer, en fin de compte, et s'il voyait la Volvo, il risquait de se sauver.

Pendant qu'il attendait dans la voiture, Thumps entendit son ventre gronder, et il se rendit compte qu'il n'avait pas déjeuné. La tarte aux cerises et le café étaient de l'histoire ancienne, puis la fusillade à la caravane de Floyd avait différé le dîner. Et voilà qu'il était coincé au milieu de nulle part, sans rien à manger. Peut-être Claire lui préparerait-elle quelque chose en rentrant.

Thumps sortit de la voiture et marcha jusqu'au bord de la crête. En contrebas, l'Ironstone, noire et argentée dans la lumière déclinante, serpentait au milieu des prairies. La température baissait, mais la nuit resterait trop chaude. Thumps s'installa à l'ombre d'un affleurement de basalte et admira la rivière.

Il avait deux morts sur les bras, à présent. Le meurtre de Takashi demeurait un mystère, mais celui de Floyd s'expliquait simplement. Il avait été tué à cause de ce qu'il savait ou croyait savoir. Avait-il tenté d'extorquer de l'argent au tueur ? Pourquoi Stick était-il allé voir Floyd ? Un adolescent épris de justice et un ex-détenu aux tendances criminelles n'avaient pas grand-chose en commun. Mais la description fournie par Bert indiquait clairement que Stick était passé à la caravane.

En fin de compte, Thumps en revenait toujours à Stick.

Lorsque Claire rentra, le soleil avait depuis longtemps disparu derrière les montagnes. Dès qu'il vit la voiture s'approcher, Thumps s'avança pour s'assurer qu'elle l'apercevrait.

— Salut.

Bien que très jolie dans sa robe, Claire ne semblait pas plus heureuse que la dernière fois. Pendant qu'elle sortait de sa voiture, Thumps songea que sa présence risquait de faire naître en elle de fausses espérances. Il s'efforça donc de prendre une mine d'enterrement.

— Jolie robe.

— Ne fais pas ça.

— Quoi?

— Ta tête de porteur de mauvaises nouvelles.

— Les nouvelles ne sont pas toutes mauvaises.

— Tu as trouvé Stanley?

Claire, cependant, avait lu la réponse sur son visage, et Thumps en était conscient.

Dans l'air du soir, les montagnes avaient pris une teinte bleutée, et les nuages sombres étaient auréolés de lumière. Thumps ne voulait rien dire à Claire au sujet de Floyd. Pas tout de suite. Pas devant un tel panorama. Pas l'estomac vide.

— Tu as mangé?

— Pourquoi? demanda Claire. Tu m'invites?

En l'occurrence, le repas se composa de hot-dogs et de fèves au lard en conserve. Et d'une salade. Un festin. Par chance, il y avait du ketchup. Claire se montra taciturne. Elle parla un peu boutique. Quelques mots sur le conseil et sur Roxanne, qui était arrivée au bureau de la tribu avec un nouveau petit ami.

— D'où sort-il?

— Pourquoi faudrait-il qu'il vienne d'ailleurs?

Question purement rhétorique. Depuis longtemps, Roxanne avait épuisé la liste de tous les candidats, célibataires ou non, des environs immédiats.

— C'est sérieux?

— Oui, selon Roxanne.

— C'est pour ça, la robe?

Claire laissa son assiette tomber dans l'évier.

— Un rendez-vous à la banque. Et une visite du FBI.

— Takashi ?

— Un cadavre découvert dans une réserve revient de droit au FBI, dit Claire, debout devant l'évier à regarder par la fenêtre. Comme tu n'es pas sans le savoir.

Exactement ce dont Claire avait besoin. Le FBI, le shérif et Genesis Data Systems qui rôdaient sur la réserve, retournant les moindres pierres, soulevant la poussière et semant la pagaille.

— La bonne nouvelle, c'est que les agents ont deux braquages de banque sur les bras. Ils ne débarqueront pas avant la semaine prochaine.

Claire trouva de la crème glacée au fond du congélateur et écrasa dessus quelques Oreo.

— Bon, fit-elle pendant que Thumps finissait les dernières miettes de biscuit. Je t'ai nourri.

Thumps posa son bol et chercha un moyen de raconter à quoi Bert et lui avaient occupé leur après-midi.

— Floyd Small Elk est mort.

— Floyd ? répéta Claire, plus intriguée que choquée. Comment ?

— Tué par balle.

— Accidentellement ?

— Non.

Claire hocha la tête distraitement.

— Du café ?

— Volontiers.

Il préférait ne pas être celui qui expliquerait à Claire que Stick était avec Floyd peu de temps avant sa mort. Que le shérif s'en occupe. Thumps avait déjà vu pas mal de messagers se faire tirer dessus.

Claire revint vers la table, une tasse dans chaque main.

— Floyd était le chauffeur de Takashi.

Thumps prit une gorgée de café en affectant un air détendu.

— Très bon, ton café.

— C'est pour me dire ça que tu es venu jusqu'ici ?

— J'avais envie de te voir.

— De coucher avec moi, tu veux dire ?

Claire était intransigeante. Parfois, cette attitude plaisait à Thumps, mais pas toujours. Le visage de Claire durcissait, à la façon du béton.

— Je ne suis pas contre.

Thumps sourit pour montrer à Claire qu'il plaisantait. Vaine tentative.

— Quel est le rapport entre Floyd et Stanley ?

— Probablement aucun.

— Va te faire foutre, DreadfulWater.

Thumps se rendit compte qu'il était acculé au pied du mur.

— On a vu Stick chez Floyd peu avant sa mort.

— Il n'a pas tué Floyd.

— Personne ne dit le contraire.

Thumps tendit la main vers sa tasse, mais le regard de Claire le coupa dans son élan.

— Le shérif est au courant ?

— Non, mais il va l'être.

Claire se pencha sur la table. Thumps sentait presque l'air s'échapper d'elle. Pourvu qu'elle ne se mette pas à pleurer, se dit-il. Il n'avait jamais su comment réagir devant les larmes féminines. Toutes les solutions étaient mauvaises. Peut-être fallait-il les laisser pleurer tout leur soûl, cela ne leur ferait pas de mal. Le problème, c'est que, face à une femme qui pleure, Thumps se sentait toujours coupable, comme si tout était de sa faute. Ce n'était pas toujours le cas. Si Claire éclatait en sanglots, Thumps se sentirait coupable de ne pas avoir réussi à trouver Stick. Ou de l'avoir laissée tomber, elle. Puis il se sentirait coupable de l'orientation prise par sa vie, des événements d'Eureka, de ses échecs personnels et de ce qu'ils lui avaient coûté.

Claire restait tête baissée, mais ses yeux étaient secs.

— Ne crains rien, dit-elle. Je ne vais pas pleurer.

— Du café ?

— J'en ai déjà un, dit-elle en levant les yeux sur lui. Ce que j'aimerais, c'est que tu… me prennes dans tes bras.

— D'accord.

— Je ne te propose pas de me baiser.

— D'accord, dit Thumps en regardant autour de lui. Ici, à table, ou ailleurs ?

D'un pas raide, Claire se dirigea vers le canapé.

— Je suis sûr que Stick n'a tué personne, dit Thumps en s'installant à côté d'elle. Mais il va devoir se rendre.

Claire se blottit contre Thumps comme si elle se préparait à dormir. Il se demandait quelle contenance adopter. Il laissa son bras glisser sur le canapé. Il atterrit sur l'épaule de Claire avec plus de force qu'il ne l'aurait voulu, mais elle ne sursauta pas et ne fit pas mine de s'écarter.

— Je vais le trouver.

Claire posa sa main sur la poitrine de Thumps.

— À quoi tu penses ?

Pourquoi les femmes posaient-elles toujours cette question ? Thumps soupçonnait l'existence d'une seule et unique réponse appropriée, que lui-même n'avait jamais trouvée. C'était d'ailleurs l'un des grands bonheurs du sexe. Nul besoin de soutenir une conversation intelligente. Et on ne risquait pas d'être accusé de ne pas écouter. Le sexe avait aussi ses inconvénients, bien sûr. Que faire après, par exemple ? Parler, se coller, s'excuser, se justifier, complimenter, réconforter, rassurer. Sombrer dans le sommeil.

Thumps sentait sa jambe droite s'ankyloser.

— Je ne sais pas, dit-il en appuyant ses orteils sur le sol. Je me disais juste qu'on est bien, comme ça.

Claire se serra plus fort contre lui. Sa main glissa sur la poitrine de Thumps, se posa sur la boucle de sa ceinture.

— C'est très relaxant.

Non, pas vraiment, songea Thumps. Loin de là, même. Et il aurait parié que Claire sentait sa tension.

— Tu es détendu ? demanda-t-elle.

Il y avait des avantages à être avec la même femme depuis un moment. Si Thumps et Claire n'étaient pas à proprement parler des amants assidus, il connaissait un certain nombre de ses signaux.

— Les lumières ne sont pas vraiment relaxantes.

— Alors éteins-les.

Deuxième signal. Thumps se détacha, fit deux enjambées géantes, appuya sur le commutateur et se coula de nouveau dans les bras de Claire.

Embrasser Claire était l'une des activités préférées de Thumps. Elle prenait son temps, et il n'y voyait pas d'inconvénient. Elle préférait les baisers longs, les doux effleurements, à ceux dont la force vous écrase. Et elle aimait être touchée. Lentement, patiemment. Elle aimait tout particulièrement qu'on lui caresse les côtés des seins. Quand Thumps glissa une main sous son bras, elle modifia la position de ses cuisses et remonta sa main sur sa cuisse à lui.

— Tu n'as pas l'air détendu.

Pendant un moment, Thumps s'affaira à déboutonner la robe de Claire, qui comptait une longue rangée de boutons, tandis qu'elle défaisait sa ceinture à lui et descendait sa fermeture éclair. Pour Thumps, la tâche se révélait un peu plus ardue. Un bouton se coinça dans un fil enroulé, et il eut du mal à décider de quel côté aller. Claire dut lui donner un coup de main.

— Doucement.

Le soutien-gorge posa un autre problème. Tant et aussi longtemps que Claire porterait la robe, Thumps ne réussirait qu'à remonter ce fichu machin autour de son cou. Ce n'était pas particulièrement érotique. Chaque fois que Thumps voulait lui caresser les seins – les mamelons de Claire comptaient aussi au nombre des choses que Thumps préférait –, le soutien-gorge retombait et il devait le relever avec son nez.

— Le soutien-gorge te dérange ?

— Non.

Par chance, Claire portait une robe. Les robes étaient beaucoup plus sexy que les jeans. Enlever un jean, c'était un peu comme éplucher un épi de maïs. Une robe se remontait lentement sur les cuisses, et on pouvait s'arrêter en chemin pour toucher et caresser.

— Enlève-moi ma culotte.

Thumps enfouit son visage dans la poitrine de Claire.

— Tu veux aller dans la chambre ?

— Non, répondit Claire en baissant le caleçon de Thumps.

Doucement, elle l'obligea à descendre du canapé.

Le lit de Claire était confortable et douillet. Le sol, beaucoup moins. En fait, il était dur, et la moquette à poils longs, rugueuse. Mais Claire était sur lui, à présent, et une douce sensation l'envahit. Que la moquette lui inflige quelques brûlures au coccyx, ce ne serait pas la fin du monde.

Thumps n'était pas sûr qu'il aurait remarqué la présence d'une autre personne dans la pièce si la personne en question n'avait pas allumé toutes les lumières.

— Maman !

Vive comme l'éclair, Claire se dégagea, laissant Thumps dans une situation qu'il supposa ridicule, en particulier aux yeux d'une personne qui, debout devant lui, le regardait en plongée, comme Stanley Merchant en ce moment.

— Qu'est-ce qui se passe ?

Claire, qui n'avait pas retiré sa robe, retrouva sa dignité presque instantanément. Thumps se révéla nettement moins agile. Il remit assez vite son caleçon, mais remonter son jean, en accordéon sur ses chevilles, fut une entreprise à la fois longue et laborieuse.

— Merde ! Vous étiez en train de baiser !

— Nous faisions l'amour, corrigea Claire. Et toi, veux-tu bien me dire où tu étais passé ?

Stick n'allait pas avoir gain de cause. Par expérience, Thumps savait qu'il n'avait aucune chance.

— Ne change pas de sujet, fit Stick d'un ton geignard. Tu étais à poil.

— Tu m'as déjà vue toute nue.

— Ouais, mais pas avec lui.

Thumps songea à prendre congé, à laisser Claire et Stick s'expliquer, mais il restait à régler des questions autrement plus graves et pressantes qu'un flagrant délit.

— C'est dégoûtant, maman.

Thumps se releva pour ne plus avoir à regarder Stick en contre-plongée.

— Où étais-tu passé ? répéta Claire.

— J'ai faim, dit Stick en se dirigeant vers la cuisine et le réfrigérateur. Qu'est-ce qu'il y a à manger ?

— Le shérif te cherche, dit Thumps.

À quoi bon tourner autour du pot ?

Claire s'interposa entre Thumps et son fils.

— Seulement pour te poser des questions.

— Il te soupçonne d'avoir tué Daniel Takashi, dit Thumps.

Thumps était d'avis que la réaction d'une personne à une question en disait plus long que sa réponse. Stick resta la tête enfouie dans le réfrigérateur.

— Tu l'as tué ?

— On n'a plus de jambon ? fit-il.

Thumps jeta un coup d'œil à Claire. Il la sentait tiraillée entre son désir de protéger son fils et celui de lui passer un savon pour ses mauvaises manières. Optant pour la seconde possibilité, elle claqua la porte du réfrigérateur. Stick eut à peine le temps de sortir ses bras et sa tête.

— Hé !

Claire fondit sur lui à la manière d'un aigle sur un chien de prairie.

— Assis !

Stick regarda Thumps, puis sa mère. À contre-cœur, il obéit.

— D'abord, petit morveux, dis-moi où tu étais passé, dit Claire d'une voix basse et dure.

— À la pêche. (Stick baissa les yeux et prit un air boudeur.) Et ne me parle pas sur ce ton.

Même Thumps comprit que le garçon mentait. Claire, cependant, ne changea ni de ton ni d'approche.

— Tu as tué Daniel Takashi ?

— Non.

— Tu sais qui l'a tué ?

— Non.

Elle attendit un moment avant de se tourner vers Thumps.

— Satisfait ?

— De quoi ?

— Tu l'as entendu ? fit Claire. Ce n'est pas lui qui a tué Takashi.

Thumps se rendit compte qu'il avait intérêt à ne rien brusquer.

— Ouais. Et je le crois.

— On t'a sonné, toi ? lança Stick.

De toute évidence, il avait décidé de passer sur Thumps un peu de sa frustration.

— Le shérif va être plus difficile à convaincre.

— Qu'il aille se faire foutre, celui-là, dit Stick.

Là, il exagérait. Stick avait déjà coûté à Thumps trois journées de travail. Il avait passé la plus grande partie d'un après-midi et d'une soirée à traîner dans les montagnes. Il avait enduré Roxanne, évité le shérif et marché sur des œufs avec Claire, dont les émotions étaient à fleur de peau.

— Laisse-moi te faire un petit résumé de la situation, dit Thumps en se plantant devant Stick, si proche du garçon qu'il pouvait voir les pores de sa peau. Le shérif pense que c'est toi qui as tué Daniel Takashi. Demain matin au plus tard, il va aussi croire que tu as tué Floyd Small Elk.

— Quoi ?

La surprise était authentique.

— On l'a abattu.

— Tu penses que j'ai tué Floyd ?

— Tu es allé chez lui, aujourd'hui.

— Qui dit ça ?

— On t'a vu.

Le petit sourire méprisant de Stick avait disparu.

— Alors voilà ce que tu vas faire. Tu viens en ville avec ta mère et moi, et nous allons voir le shérif.

— Tu rigoles ?

— *Au contraire**[1], dit Thumps en marquant une pause pour laisser à Stick le temps d'absorber le

1. Les termes en italique suivis d'un astérisque sont en français dans le texte.

sarcasme. En ce moment, tu es l'homme le plus célèbre de tout l'État, et rien ne ferait plus plaisir au shérif que de te trouver, de t'abattre, de te ficeler sur le capot de son SUV et de ramener en ville ta déplorable carcasse.

— Thumps…

Thumps n'eut pas besoin de se retourner pour déceler l'inquiétude sur le visage de Claire. Sa voix était éloquente.

— Autant que le garçon sache la vérité.

— Je ne suis pas un garçon.

— Alors comporte-toi en homme et dis-nous ce que tu sais.

— Je ne sais rien du tout.

Autre mensonge. Stick savait quelque chose, Thumps n'en avait jamais douté. La coïncidence liant le fils de Claire à Takashi et à Floyd était trop parfaite pour être un pur effet du hasard.

— S'il te plaît, Stanley, dit Claire d'un ton désormais empreint de lassitude. Écoute Thumps.

Thumps vit Stick passer en revue ses options.

— N'y pense même pas, dit-il. Il n'y a pas d'autre solution.

Stick s'appuya sur le canapé et leva les yeux au plafond.

— D'accord, mais d'abord il faut que je prenne une douche et que je mange quelque chose.

— Ça me paraît raisonnable, dit Claire.

Stick s'engagea dans le couloir.

— On a du Kraft Dinner[1] ?

1. Macaronis avec du fromage en poudre.

Dès que Stick eut fermé la porte de la salle de bains et que le bruit de la douche se fit entendre, Thumps se tourna vers Claire.

— Je devrais peut-être appeler le shérif pour le prévenir de notre arrivée.

Claire mit de l'eau à bouillir dans une casserole.

— Que va-t-il lui arriver? demanda-t-elle sans regarder Thumps.

— Rien, s'il dit la vérité.

— Il dit la vérité.

Thumps prit Claire dans ses bras.

— Non.

Claire le repoussa, plus sous l'effet du désarroi que de la colère. Elle fouilla dans les placards. Quand elle se retourna vers Thumps, elle avait les yeux humides.

— C'est tout ce qu'il veut manger en ce moment, dit-elle en ouvrant la boîte.

— Je vais faire tout mon possible pour l'aider.

À présent, Claire pleurait sans retenue. Elle tremblait, debout devant la cuisinière.

— Je te ressers du café? demanda-t-elle en essayant d'étancher ses larmes et de sourire en même temps.

— Volontiers.

Thumps s'assit à table et s'efforça d'élaborer un plan. Stick aurait besoin d'un avocat. Jusque-là, les preuves contre lui n'étaient que circonstancielles. Il avait dirigé le mouvement d'opposition au casino, mais rien n'indiquait qu'il connaissait Takashi ni qu'il lui voulait du mal. Sa présence chez Floyd était, de la même façon, circonstancielle. Fait plus important encore, Stick n'avait pas de mobile. Le shérif ne réussirait jamais à prouver qu'il avait tué Takashi. Et si Stick n'avait pas tué Takashi, il n'avait aucune raison de tuer Floyd.

Évidemment, si Stick avait tué Takashi et que Floyd l'avait découvert, Stick aurait eu intérêt à le supprimer. Thumps, cependant, était d'avis que d'autres personnes voulaient voir Takashi disparaître, des personnes qui avaient jusqu'ici réussi à rester dans l'ombre.

Sur la cuisinière, l'eau bouillait, et Thumps se dit que la douche de Stick s'éternisait. Il alla frapper à la porte.

— C'est prêt, Stick!

Il tourna la poignée. La porte était verrouillée.

— Qu'est-ce qu'il y a?

Claire était à côté de lui. Elle avait cessé de pleurer.

Thumps essaya de nouveau la porte.

— Stick!

Claire saisit la poignée et la secoua violemment.

— Stanley!

D'un coup d'épaule, Thumps ouvrit.

— Merde!

Les vêtements et les chaussures de sport de Stick gisaient en tas sur le sol. L'eau coulait, mais Stick n'était pas dans la baignoire.

— Et merde!

Thumps courut jusqu'à la porte et sortit sur le porche. L'air tiède embaumait la sauge sauvage et le saule. La lune trônait juste au-dessus de l'horizon, et les étoiles scintillaient dans le ciel noir. Thumps, cependant, perdit tout du spectacle. Il n'avait d'yeux que pour les feux arrière de la Mustang de

Stick qui, à vive allure, s'enfonçait dans la nuit des prairies.

14

Thumps passa la nuit chez Claire. Ils ne firent pas l'amour. Ils ne dormirent même pas dans le même lit. Couché sur le canapé, Thumps se débattit avec une couverture trop courte et un oreiller plein de bosses. Et retourna jusqu'à plus soif les deux morts dans sa tête.

Il venait de trouver une position confortable lorsque le soleil, qui visiblement se moquait des deux meurtres comme de l'an quarante, décida de donner le coup d'envoi de la journée. Les premiers rayons frappèrent Thumps en plein visage. Au début, il crut que quelqu'un s'amusait avec une lampe de poche. Il se retourna et enfouit la tête dans les coussins, mais le soleil des prairies était impitoyable, et il fut condamné à se trouver un coin à l'ombre sur le sol. Ou à se lever.

Il finit par préparer du café. La cuisine avait des airs de champ de bataille. Le comptoir était jonché de miettes et de bouts de laitue. Les boîtes qui avaient contenu les fèves au lard n'avaient pas été rincées. La moutarde et le ketchup traînaient là, désœuvrés.

La vaisselle de Claire flottait dans le marécage froid et graisseux qui occupait l'évier et dégageait de vagues relents de pourriture. Comme ménagère,

Claire n'était pas particulièrement paresseuse. Seulement, elle était persuadée qu'un long, voire un très long trempage, facilitait le lavage.

Thumps vida l'évier, le remplit d'eau propre, lava la vaisselle, puis la plaça en rangées bien ordonnées sur l'égouttoir. Dans un placard, il trouva une boîte de Cocoa Puffs. Dans le réfrigérateur, pas de lait. Seulement un carton d'une boisson appelée « Hawaiian Punch ». Devant la chambre de Claire, Thumps tendit l'oreille. Elle dormait ou faisait semblant. Quoi qu'il en soit, elle avait besoin d'un maximum de repos après les événements de la veille.

Les Cocoa Puffs flottant dans le punch hawaïen n'étaient pas particulièrement appétissants, mais Thumps, affamé, s'en offrit un second bol. Claire, se souvint-il en fouillant dans les placards, n'était pas très portée sur le pain multicéréales, plein de graines et d'autres morceaux qui vous agaçaient la langue et se logeaient entre vos dents. Thumps n'avait rien contre le pain blanc. Sauf qu'il était sans goût et sans texture.

Elle n'était pas hostile au beurre. C'était déjà ça.

Thumps apporta son café dans la salle de bains et ferma la porte. Il n'était jamais à son meilleur le matin, mais, cette fois, il se sentait spécialement débraillé. Et égaré. Le café lui ferait du bien. Une bonne douche aussi. Mais ni l'eau chaude ni le savon ne le débarrasseraient du sentiment d'avoir lamentablement échoué.

Lorsque Thumps sortit de la douche, la salle de bains était embuée, presque tropicale. Il y avait un tube de dentifrice à la menthe sur le bord du lavabo, un machin blanc vif traversé par un tourbillon de gel bleu luisant. Il en mit un peu sur le bout de son doigt et, à contrecœur, en tapissa l'intérieur de sa bouche. Seigneur Dieu ! Qu'est-ce qu'elle avait contre le bon vieux dentifrice ordinaire ?

Thumps fit un rond dans la buée qui cachait le miroir. Il envisageait d'utiliser un des rasoirs de Claire pour se défricher le visage quand il remarqua les vêtements de Stick, restés en tas sur le sol. Trouver un indice dans le jean de Stick, c'était trop demander, et Thumps ne savait comment Claire réagirait si elle savait qu'il y avait jeté un coup d'œil. Mais bon, avec un assassin dans la nature, les susceptibilités de Claire passaient au second plan.

Rien dans les poches du jean. Ni dans celles de la chemise. Thumps donna un coup de pied aux chaussures de sport de Stick. Elles étaient mouillées et couvertes de minuscules taches grises qui ressemblaient étrangement à une éclosion de moisissures. Les lacets tombaient en morceaux. Les semelles en caoutchouc noir avaient commencé à se détacher. Et la doublure, changée en une sorte de pâte molle et spongieuse, dégageait une odeur qui rappela à Thumps celle de l'évier de Claire.

Il l'aperçut par accident. Le bord étroit d'un objet trop propre pour faire partie de la chaussure. Juste sous la semelle intérieure. Thumps n'était pas très chaud à l'idée d'approcher son doigt de l'intérieur de la chaussure de Stick. Par chance, il y avait une brosse à dents au bord du lavabo. Il espéra que c'était celle de Stick. Il glissa le manche sous la semelle, fit levier et secoua le tout pour que l'objet tombe dans le lavabo.

C'était une carte. Une carte de couleur blanche. Une carte en plastique de couleur blanche munie d'une bande magnétique. Pas de nom. Pas d'inscription.

Dans la cuisine, Thumps mit un certain temps à trouver ce qu'il cherchait. Une paire de gants de caoutchouc et un couteau à lame repliable. Et une lampe de poche. Les gants étaient rose pâle. Il aurait préféré qu'ils soient verts ou jaunes, mais ceux-là feraient l'affaire.

Sans vent, l'air matinal était d'une fraîcheur inattendue, mais appréciée. En se dirigeant vers sa voiture, Thumps se rejoua mentalement sa conversation de la veille avec Stick. Instinctivement, il sentait que Stick avait dit la vérité en affirmant n'avoir tué ni Takashi ni Floyd. Mais il avait menti en prétendant être allé à la pêche et ne rien savoir de la mort de Takashi.

Le plus troublant, toutefois, c'était l'attitude de Stick. Il n'avait pas été effrayé. Il avait détalé, mais n'était pas en fuite. Thumps n'aimait pas les images qui lui venaient en tête. Stick essayait-il de résoudre le mystère lui-même ? Sombre idiot ! Dans cette hypothèse, la visite qu'il avait rendue à Floyd s'expliquait. Il n'était pas rentré à la maison dans l'intention de se cacher. Il était venu se changer. Et se restaurer.

Thumps démarra et mit le cap vers l'ouest. Et le Buffalo Mountain Resort. Il tournait en rond. Grands cercles. Petits cercles. Dans la plupart des cultures autochtones, les cercles sont de bon augure.

Dans la police, ils rendent fou. Thumps était fin prêt pour une ligne droite.

En arrivant au complexe, il trouva Cooley qui l'attendait. La bonne entente n'avait pas toujours régné entre Floyd et Cooley, mais celui-ci ne serait pas heureux du meurtre de son frère. S'il était déjà au courant, naturellement. Thumps, cependant, avait du mal à croire que Duke n'avait pas informé la famille. Il n'y avait aucune raison de garder la mort de Floyd secrète. Lorsque Thumps immobilisa la voiture devant la guérite, Cooley souriait comme à son habitude.

— Tu es matinal.

— Je me suis dit que j'allais prendre quelques photos.

Cooley hocha la tête.

— J'ai entendu dire que la lumière du matin est la plus belle.

— Je peux me garer près des résidences ? J'aimerais réaliser quelques clichés de la rivière.

— C'est encore une scène de crime. En principe, personne ne peut entrer, dit Cooley en s'appuyant sur la voiture de Thumps. Sauf les membres de l'équipe d'enquête.

— Dont je fais probablement partie, dit Thumps, tandis que la voiture s'inclinait d'un côté.

— Tu crois ?

— J'ai pris des photos du mort.

— Et de mon frère ? (Le sourire de Cooley s'était évaporé.) Tu as pris des photos de mon frère ?

Cooley était donc au courant. Thumps le voyait sur son visage, désormais. Et il l'entendait dans sa voix.

— Non, j'ai appris la nouvelle seulement ce matin, répondit Thumps en espérant que Cooley ne se rendrait pas compte qu'il mentait.

— Le shérif cherche Stick. Il est très motivé.

— Stick n'a tué personne.

— Le shérif pense le contraire.

— Hockney raconte n'importe quoi, dit Thumps. Je suis sincèrement désolé pour ton frère.

— Floyd a fait sa vie, dit Cooley en haussant les épaules. C'était un raté. Notoire.

Thumps se demanda si Cooley ou le shérif savait qu'il était passé chez Floyd, qu'il avait découvert le cadavre dans la caravane et qu'il s'était éclipsé aussitôt. Il avait commis une grosse bêtise. Il ne croyait pas que Cooley lui en voudrait. Mais si le shérif l'apprenait… Thumps, dans ce cas, pouvait s'attendre à perdre un membre. Il aurait dû signaler le meurtre lui-même. Mais s'il l'avait fait, Hockney aurait eu la preuve que Thumps avait recommencé à jouer les policiers, découverte qui lui aurait sans doute coûté d'autres parties de son anatomie.

Cooley se détacha de la voiture et croisa les bras sur sa poitrine. L'homme était massif, mais on aurait commis une erreur potentiellement fatale en le considérant comme un gros type, heureux et inoffensif.

— Si tu vois Stick, salue-le de ma part, dit-il en caressant le toit de la voiture comme il l'aurait fait avec un chien ou un cheval. Dis-lui que le frère de Floyd lui envoie le bonjour.

Thumps s'éloigna lentement. Génial. Stick commençait à ressembler à une pizza. Le shérif en voulait une part. Les cadres de Genesis Data Systems en voulaient une part. Cooley, lui, en voulait plusieurs. À leur arrivée, les agents du FBI risquaient de ne trouver que l'emballage.

Il laissa la voiture dans le parking en hauteur afin que Cooley puisse la voir. Puis il sortit du coffre le trépied en bois et le sac à dos contenant son matériel photographique en veillant à ce que Cooley ne perde aucun de ses gestes. Debout près de la guérite, ce dernier l'observait.

Salue-le de la main, se rappela Thumps. Prends un air désinvolte.

L'Ironstone se trouvait à environ quatre cents mètres des copropriétés, et la randonnée au milieu des arbres se révéla agréable. Arrivé au bord de la rivière, Thumps faillit se convaincre de passer le reste de la matinée à prendre des photos du cours d'eau avant de se retirer dans sa chambre noire en abandonnant le travail policier aux professionnels. Il poussa le zèle jusqu'à sortir son appareil et à prendre quelques mesures de la lumière avant que sa conscience et son sens du devoir s'imposent de nouveau à lui.

Il laissa quand même son matériel au bord de l'eau. Si on l'interrogeait, il n'aurait qu'à dire qu'il attendait le moment opportun, la luminosité parfaite. Si Cooley descendait jusqu'à la rivière, Thumps donnerait au moins l'impression de travailler. Et si le plan qu'il avait élaboré échouait, il pourrait toujours revenir vers son appareil et prendre quelques clichés. Ainsi, cette petite excursion n'aurait pas été une perte de temps absolue.

Thumps revint vers les immeubles en s'arrangeant pour ne pas être vu depuis la guérite. La porte principale serait trop exposée. Mais s'il avait vu juste, la porte latérale ferait tout aussi bien l'affaire.

En arrivant du côté nord de l'immeuble, il était essoufflé. Thumps n'aurait su dire si c'était à cause de l'altitude ou de l'adrénaline. Peut-être aussi se faisait-il trop vieux pour ce genre d'acrobaties.

Le mécanisme de verrouillage se composait d'une petite boîte métallique équipée d'une fente et de deux voyants lumineux. Un rouge. Un vert. Thumps sortit la carte magnétique de sa poche et l'introduisit dans la fente. Rouge.

Il la reprit, vérifia la bande magnétique et recommença. Rouge.

Peut-être le mécanisme était-il identique à celui des grands hôtels. Il introduisit et retira la carte d'un seul mouvement.

Vert.

Thumps tourna la poignée et la porte s'ouvrit. Jusque-là, tout allait bien.

Au huitième étage, c'était le calme plat. Duke avait scellé le Cataracte au moyen d'une grande affiche indiquant qu'il s'agissait d'une « Scène de crime » et d'un ruban jaune tendu devant la porte. Briser le sceau était un crime, mais Thumps avait déjà perdu le compte du nombre de lois enfreintes au cours des derniers jours. Entrer dans la chambre de Takashi. Ne pas signaler un meurtre. Quitter une scène de crime. Se faire passer pour un riche golfeur. La liste était impressionnante.

Thumps sortit les gants de caoutchouc de sa poche. Ils étaient trop serrés. Tout de suite après les avoir enfilés, il sentit ses mains devenir moites de sueur. Il mit moins d'une minute à couper le sceau à l'aide du canif et à crocheter la serrure. Toute personne examinant la porte de près constaterait que la scène de crime avait été compromise, mais Thumps espérait que l'affaire serait réglée lorsque des questions seraient soulevées à ce sujet.

Si Thumps avait tué quelqu'un et abandonné le cadavre dans un appartement, il en aurait choisi un plus grand. Avec plus de classe. Plus proche de l'ascenseur, aussi. Pourquoi trimballer le cadavre jusqu'au Cataracte ? Il alla jeter un coup d'œil par la fenêtre. De là, il pouvait voir le parking et le centre informatique. Une chose était sûre, en tout cas : on n'avait pas traîné Takashi jusque-là pour la vue.

C'était insensé. Complètement insensé. Thumps lissa les bords du sceau coupé et remit le ruban en place. Le crime avait pris fin à cet endroit. Peut-être y avait-il débuté aussi. En suivant la piste à rebours, il arriverait peut-être à déterminer ce qui était arrivé à Takashi et pourquoi on l'avait emmené ici.

Ne complique pas inutilement les choses, se conseilla Thumps en se dirigeant vers les ascenseurs. Une étape à la fois.

Au sous-sol du complexe, on trouvait un garage souterrain où il faisait nuit noire. Thumps alluma la lampe de poche, mais elle ne créa qu'une toute petite brèche dans les ténèbres.

Ora Mae avait dit que tous les immeubles étaient reliés par des tunnels d'entretien. Puisque Takashi avait été tué dans le centre informatique, ces tunnels étaient le seul moyen sûr de transporter le cadavre entre les deux bâtiments. Thumps balaya les lieux avec le faisceau de la lampe de poche en essayant de contenir son imagination. En plus d'être plongé dans l'obscurité, le garage était humide, et Thumps y détecta l'odeur mouillée du béton frais et le poids oppressant du silence. Les seuls bruits étaient l'écho des pas de Thumps qui, répercutés par les murs froids, lui revenaient sous forme de gémissements et de grognements. Malgré son expérience, Thumps avait un peu l'impression d'être dans le ventre d'une bête. D'où il ne ressortirait jamais.

Il mit vingt minutes à trouver la porte. La carte l'ouvrit aussi facilement que la première. Thumps pourrait donc aller et venir à sa guise. En ce moment, il rêvait d'un endroit lumineux et bien aéré qui ne lui rappellerait pas la salle de travail de Beth. Il n'avait aucun moyen de savoir où il allait, dans quel immeuble il aboutirait. Parvenu devant la porte marquant la fin du tunnel, il s'en moquait.

Il n'était pas sûr de ce qu'il trouverait derrière, mais il ne s'attendait pas à tomber sur un autre sous-sol. Un autre sous-sol plongé dans l'obscurité. La lampe de poche se mit à vaciller. Thumps la secoua. Au lieu de reprendre vie ainsi que les lampes de poche doivent le faire quand on les secoue, celle-ci rendit l'âme. Génial. Avec la lampe, il avait marché d'un pas hésitant. Désormais, il en était réduit à avancer à tâtons. Les mains plaquées sur le mur, il fit lentement le tour de l'espace. Il finit par trouver un escalier.

Vers le haut ? Parfait.

Au sommet des marches, il tomba sur une autre porte munie du même dispositif. Par chance, une faible lueur passait sous le chambranle. Le salut était à portée de main. Mieux encore, il se rendit compte, en franchissant le seuil, qu'il avait abouti dans le centre informatique. Sa destination. Comme s'il avait tout bien planifié. Il irait peut-être jusqu'à s'en féliciter, dès qu'il aurait repris son souffle.

Devant l'ordinateur portable de Takashi au Shadow Ranch, Thumps avait déjà été dépassé par les événements. Devant la rangée de grosses boîtes parcourues de petites lumières du centre informatique de Buffalo Mountain, il eut l'impression d'être un homme de Néandertal à peine sorti de sa caverne. Tout bien considéré, il s'était mieux tiré d'affaire dans le garage avec la lampe de poche morte.

Si l'explication du meurtre de Takashi résidait dans l'ordinateur, Thumps ne la trouverait jamais. Ailleurs dans la pièce? Là, il avait peut-être une petite chance. Il en fit le tour en s'efforçant d'imaginer les événements.

Le meurtre de Takashi pouvait se reconstruire de multiples façons, mais Thumps privilégiait deux scénarios. Le tueur est surpris par Takashi pendant qu'il sabote l'ordinateur. Ils se battent. Takashi est tué. Sinon, l'assassin attend Takashi au complexe. Takashi débarque et il se fait descendre.

Les deux hypothèses avaient le mérite de la simplicité, mais Thumps avait depuis longtemps appris à se méfier des coïncidences. Au cours des semaines qu'il avait passées à Buffalo Mountain, Takashi n'était jamais allé au complexe le samedi. Le weekend, il louait un camping-car et partait en randonnée touristique. Ce samedi-là, cependant, il avait débarqué sur les lieux. Pourquoi ? Et comment le tueur avait-il su que Takashi serait là ? L'idée que l'assassin et Takashi se soient croisés au complexe par hasard était dure à gober. Même pour un Néandertal.

Coïncidence ou pas, comment le tueur s'y était-il pris pour tromper la vigilance de Cooley ? Celui-ci aurait sûrement remarqué une deuxième voiture. L'absence de véhicule laissait entendre que le tueur était arrivé à pied et possédait donc une bonne connaissance du terrain. Et les soupçons se portaient de nouveau sur Stick et les Aigles rouges.

À moins que Cooley mente. À moins que Cooley ait été complice des meurtres.

Mais peut-être le meurtre n'avait-il rien à voir avec les ordinateurs. Peut-être Takashi forniquait-il avec l'épouse légitime d'un autre. Peut-être avait-il énervé quelqu'un, dans un bar. Thumps s'arrêta à mi-pensée. Il commençait à raisonner comme un policier de série télé. Même si Takashi avait exaspéré un de ses semblables au point de lui donner des envies de meurtre, pourquoi le tueur se serait-il donné la peine de venir à pied à Buffalo Mountain au lieu de sauter dans sa voiture et de lui régler son compte au Shadow Ranch ?

Thumps s'assit et fit pivoter la chaise. Il manquait une pièce du puzzle. Quel était le lien entre Takashi et Floyd ? La réponse la plus simple, c'est que Floyd avait découvert l'identité du tueur, qu'il avait tenté de le faire chanter et que, pour prix de ses efforts, il s'était fait tuer à son tour. Cette réponse plaisait à Thumps. Nette. Simple. Convaincante.

Le mouvement circulaire de la chaise n'arrangeait rien. Il lui donnait le vertige et détournait son esprit des meurtres au profit de préoccupations plus immédiates. Les murs du centre informatique, par exemple. À la faveur de ses rotations, Thumps remarqua qu'ils étaient tous peints en gris. D'une teinte pas spécialement jolie, d'ailleurs. Peut-être cette couleur avait-elle pour but d'apaiser le stress engendré par les ordinateurs. En plus, les peintres n'avaient pas très bien travaillé. En y regardant de plus près, Thumps constata que la peinture, du côté éloigné, était inégale, parcourue de coulures.

Claire et la tribu avaient investi une petite fortune dans le complexe, et tout cet argent ne leur avait même pas garanti un travail professionnel.

Thumps arpenta la pièce. Les taches de sang découvertes par Hockney laissaient entendre que Takashi avait été tué pendant qu'il travaillait à l'ordinateur. De face. Il avait donc vraisemblablement vu l'assassin. Preuve qu'il le connaissait ou qu'il était déjà trop tard quand il avait pris conscience du danger.

Thumps se rassit, réfléchit. Takashi est installé devant le moniteur. Il entend un bruit derrière lui, pivote et se fait descendre sans avoir eu le temps de réagir. Thumps se tourna face au mur mal peint. *Pan! Pan!* T'es mort.

Merde! Il continuait de le déranger, ce mur. Thumps fit rouler la chaise jusqu'à lui et le regarda sous un angle différent. De cet endroit, il semblait impeccable. Il se dirigea de l'autre côté. Rien à redire de là non plus. Lentement, il recula jusqu'au clavier principal.

Elle était de retour. La peinture bâclée. Elle se voyait seulement lorsque la lumière se réfléchissait sur le mur selon un angle particulier. Effet des meurtres, peut-être, ou de la fusillade au parc de mobile homes Songbird, ou encore de l'épuisement, Thumps fut pris d'une irrésistible envie de s'armer d'un pot de peinture et d'un rouleau et de refaire le travail dans les règles de l'art.

Il prit la lampe à col de cygne sur la table de travail et la braqua sur le mur.

Quels cochons, ces peintres.

Et c'est alors qu'il les aperçut. Si grandes et si nettes qu'il eut du mal à croire qu'elles lui avaient échappé. Thumps promena le faisceau lumineux sur tout le mur.

Et merde.

Sous la mince couche de peinture, il distinguait des ombres. Des lettres. Des lettres qui avaient été recouvertes de peinture. Un *A,* un *R* et un *G.* En déplaçant la lampe, Thumps vit la lumière exposer les lettres peintes sur le mur.

Aigles rouges.

Quelqu'un avait inscrit les mots « Aigles rouges » sur le mur en caractères géants. Et quelqu'un avait tenté de les recouvrir.

Thumps sortit une pièce de monnaie de sa poche et entreprit de gratter la peinture. Elle s'enleva facilement, révélant une couche de peinture noire luisante.

— Jolis gants.

Thumps se figea.

— Tu as besoin d'un coup de main ?

Lentement, Thumps se retourna, laissant le faisceau lumineux traîner sur le sol. Dans l'entrebâillement de la porte, Cooley souriait comme à son habitude. Seulement, Thumps ne regardait pas le visage de Cooley. Il fixait la carabine que Cooley braquait sur sa poitrine.

15

Sur la liste des choses que Thumps appréciait à propos des armes à feu, en avoir une pointée sur lui arrivait presque au dernier rang. En particulier quand l'arme en question était tenue par le frère d'un homme assassiné depuis peu.

— Pas facile de photographier la rivière d'ici, dit Cooley en indiquant le mur d'un mouvement de la tête.

Thumps s'assura de garder ses mains bien en vue.

— Il y a une explication parfaitement logique.

— J'en suis sûr.

— Je regrette de t'avoir menti.

— Ce n'est pas la fin du monde, dit Cooley en baissant le canon de la carabine. On s'habitue. Floyd me mentait tout le temps. Mon père me mentait. Les politiciens passent leur temps à me mentir, eux aussi.

Thumps laissa tomber ses mains, avec lenteur. Il était raisonnablement certain que Cooley n'allait pas lui tirer dessus. Seulement, l'homme était en colère, et on ne peut pas prévoir les réactions des gens en colère.

— Où as-tu pris ces gants ?

— Il y a aussi une explication.

— Jolie couleur, en tout cas.

Thumps les retira. Ses mains étaient mouillées et d'apparence pâteuse, comme s'il les avait laissées trop longtemps sous l'eau.

— Les Aigles rouges, dit Cooley. Duke va s'en vouloir d'avoir raté ça, la première fois.

— Les apparences sont trompeuses.

— Les choses sont ce qu'elles sont.

— Tu ne penses pas vraiment que Stick ait pu faire un truc pareil.

— On ne me paie pas assez pour penser.

La personne qui avait peint les mots « Aigles rouges » sur le mur tenait à ce que le monde entier les voie. Les lettres, grandes et formées avec soin, rappelaient celles qu'on voyait autrefois dans les cahiers de calligraphie.

— On va devoir signaler cette découverte.

— Pas sûr, dit Cooley. On pourrait mentir au shérif. Ça me ferait plaisir.

— Inutile de chercher les ennuis.

— Il me semble qu'on est déjà dedans jusqu'au cou, répondit Cooley. Si on dit la vérité au shérif, il va te reprocher de fouiner et de cochonner son enquête.

Thumps soupira. Cooley ne croyait pas si bien dire.

— Et il va m'engueuler parce que je t'ai laissé entrer.

— Il faut qu'il soit au courant.

— Oui, je suppose, acquiesça Cooley. Mais, avant, on aurait peut-être intérêt à faire un peu de mise en scène.

Thumps était impressionné. Pour un type qui n'était pas assez payé pour penser, Cooley se tirait plutôt bien d'affaire.

— Tu vas dire au shérif que c'est toi qui as découvert ces lettres ?

Cooley haussa les épaules.

— Ça t'évitera de te faire crier dessus.

Thumps hocha la tête.

— Et s'il ne sait pas que tu m'as laissé entrer…

— Il ne m'engueulera pas, dit Cooley.

Thumps se rappela pour la énième fois qu'il ne faut jamais juger l'intelligence d'une personne à sa taille.

— Tu ferais ça ?

— Bien sûr. Qui sait ? On offre peut-être une récompense.

— Tu ne diras pas que je suis passé ?

— Réfléchis un peu, dit Cooley. Si je lui dis que tu es venu, il va probablement te foutre en prison.

Thumps dut avouer que c'était en effet une possibilité.

— Et si tu es en prison, ajouta Cooley, qui va trouver Stick pour moi ?

Le geste n'était donc pas altruiste.

— Je ne peux pas faire ça, Cooley.

— Tu n'es pas obligé de le capturer.

— Et s'il n'a pas tué Takashi et Floyd ?

— Dans ce cas, il n'a rien à craindre.

Thumps étudia le visage de Cooley, à la recherche de signes de sincérité.

— Je vais avoir besoin d'un peu de temps pour me faire une opinion sur le sujet.

— Pas de problème. (Le sourire de Cooley était enfin de retour, mais empreint de douleur.) Floyd n'ira nulle part.

En franchissant le portail du complexe pour s'engager sur la route principale, Thumps se demanda si le second mensonge avait échappé à Cooley. Celui à propos du temps. La dernière chose dont avait besoin Thumps, c'était de plus de temps. Plus il en avait, et moins il y avait de chances de découvrir qui avait tué Takashi et Floyd. Ce qu'il lui fallait, c'était un indice. Un gros indice indiscutable. Quelque chose de simple et de facile à lire. Comme un message peint sur un mur.

Seulement, l'inscription sur le mur, au même titre que tout ce qui entourait cette affaire, n'avait aucun sens. Si Stick et les Aigles rouges avaient tué Takashi, pourquoi auraient-ils tenu à signer leur crime ? Et si leur intention était de clamer sur tous les toits ce qu'ils avaient fait, pourquoi avoir couvert le message de peinture ? Avaient-ils eu des regrets – remords, crainte, panique, peut-être – qui les avaient poussés à cacher les preuves ?

À la réflexion, Thumps se rendit compte que le problème avait moins trait à la rareté des preuves qu'à leur multiplication. On avait tué Takashi. On avait déplacé son cadavre. On avait tué Floyd. On avait peint « Aigles rouges » sur le mur du centre informatique. Et on avait essayé de dissimuler les mots sous une couche de peinture. L'expérience avait appris à Thumps que les preuves tendent à favoriser la cohésion, un peu comme les pièces d'un puzzle : plus on en a, plus l'image se précise. Dans ce cas-ci, on avait largement assez d'indices, mais ils se contredisaient.

Comme dans les Meurtres d'obsidienne.

Le souvenir entra dans sa tête sans crier gare. Thumps essaya de le repousser vers les recoins les plus sombres de son esprit. Mais les similitudes entre les événements survenus sur la côte californienne et ceux de Buffalo Mountain le dérangeaient. Ces similitudes avaient trait non pas aux meurtres, mais bien à la confusion qui les entourait. Cette affaire-là n'avait eu aucun sens, elle non plus.

Cet été-là, des cadavres avaient commencé à apparaître sur des plages du nord de la Californie. Dix personnes en tout. Cinq femmes, quatre hommes. Un enfant. Pas de points communs entre les victimes, qui avaient des âges, des métiers et des amis différents. Cinq étaient de la région. Cinq étaient en vacances ou de passage. Chacun des corps avait été découvert juste au-dessus de la ligne de marée haute, disposé dans le sable de manière à former une mosaïque grotesque.

Les Meurtres d'obsidienne. C'était le nom qu'on leur avait donné dans la presse. Parce que, dans la bouche de chacune des victimes, le tueur avait laissé un petit fragment d'obsidienne, objet qu'on ne trouve pas normalement sur une plage et que, par conséquent, le tueur avait apporté avec lui.

Puis, aussi subitement qu'elle avait débuté, la série de meurtres s'était arrêtée. Et, comme vestige de cet été de terreur, il n'était resté que des débris d'enquête

– des sacs contenant des preuves matérielles, des photographies, des rapports d'autopsie, des profils psychologiques. Et un corps policier épuisé, humilié, vaincu.

Le panneau souhaitant aux voyageurs la bienvenue à Chinook prit Thumps par surprise, et en tournant après le Burger King, il se dit avec une pointe d'angoisse que s'il se rappelait chaque détail obsédant de cet été-là, il ne gardait aucun souvenir du trajet qu'il venait de faire.

À Chinook, il y avait trois endroits où Thumps était relativement sûr de trouver des donuts. Il ne s'y connaissait d'ailleurs pas particulièrement. En réalité, il en avait horreur. Le rapport entre les donuts et les policiers ne tenait peut-être pas seulement de la blague, mais, dans le cas de Thumps, il n'y avait pas matière à rire. Enfant, déjà, il haïssait leur texture molle et pâteuse, semblable à un chiffon mouillé. Il détestait notamment l'épaisse couche de glaçage qui se fragmentait en fines pellicules semblables à du verre pilé et lui enduisait le palais d'une insupportable boue doucereuse.

Thumps s'arrêta d'abord au Tim Hortons, chaîne qui doit à son café l'essentiel de sa réussite. Thumps devait admettre que ce café était supérieur à la moyenne, mais ce qu'il appréciait par-dessus tout, c'étaient les tasses en carton. Thumps n'était pas plus porté sur le polystyrène que sur les donuts.

La fille derrière le comptoir lui donna l'impression d'avoir douze ans.

— Bonjour, dit-elle. Qu'est-ce que je vous sers ?

— Un café moyen.

— Vous le prenez comment ?

— Noir.

— Un donut avec ça ?

Les mots sortaient de la bouche de la fille en rebondissant comme des balles.

— Non.

— Nous avons des muffins pomme et cannelle tout juste sortis du four.

Elle a moins de douze ans, se dit Thumps. Seuls les très jeunes sont aussi joyeux.

— Tu sais qui travaille le matin, en semaine ?

La fille lui sourit en lui tendant son café.

— Je suis ici depuis seulement quelques jours. Mais je peux demander à Jill.

— Ce serait gentil.

— Elle est là depuis un mois.

Il s'avéra que Jill s'occupait des matins depuis trois semaines. Mais, à l'en croire, Takashi ne s'était pas arrêté régulièrement pour prendre un café et des donuts.

— On essaie de se souvenir de nos habitués, dit-elle. Vous avez vu nos publicités ?

— Un Asiatique. Fin de la vingtaine.

— Non. Jackie vous a parlé de nos muffins pomme et cannelle tout juste sortis du four ?

Thumps s'arrêta ensuite au Sugar and Spice, boulangerie haut de gamme qu'un couple de New-Yorkais avait ouverte quelques années plus tôt. Gordon et Linda Packard étaient gentils, mais Chinook avait peu de points communs avec Manhattan, et certains des pains et des desserts exotiques proposés par Linda n'avaient pas eu l'heur de plaire aux locaux. Thumps soupçonnait les Packard de ne pas apprécier les donuts plus que lui, mais d'en faire dans l'espoir de s'intégrer.

Ils n'avaient pas vu Takashi, eux non plus.

— Il serait passé vers quelle heure ? demanda Linda.

— Entre sept et huit heures, probablement.

— Impossible, dit Gordon. On n'ouvre qu'à neuf heures.

Thumps n'était même pas sûr que Takashi s'arrêtait régulièrement prendre un café et des donuts. Le simple fait que Beth en ait trouvé dans son estomac ne voulait pas dire qu'il en consommait chaque jour. Mais ce que Thumps savait de la nature humaine lui permettait d'espérer que les donuts faisaient effectivement partie de la routine de l'homme.

Dumbo's était le dernier espoir de Thumps. Morris Dumbo était un maigrichon qui aimait se lamenter comme d'autres aiment le chocolat. C'était un amalgame simpliste et impénitent d'intolérance, de sexisme et de vulgarité générale, une sorte de déchet social ambulant. Morris croyait que Dieu avait investi chacun du droit de fumer, de boire et de tirer sur tout ce qui bouge ou se met en travers de son chemin. Et que tous les aliments dignes d'être consommés devaient être frits.

Thumps avait mangé chez Dumbo's une ou deux fois, et il en était resté là. Il n'avait rien contre la friture, mais l'huile dans laquelle Morris faisait cuire ses frites, ses morceaux de poulet et ses bâtonnets de poisson avait le goût et l'aspect de celle du carter d'un moteur diesel. Pour Thumps, le fait que les donuts de ce type soient considérés comme les meilleurs en ville demeurait un mystère. Et pourtant, c'était ainsi.

Les connaisseurs voyaient dans les donuts de Dumbo's la Cadillac du cholestérol.

De l'extérieur, l'établissement, avec son parking rempli de pick-up et de semi-remorques, semblait des plus banal. La bâtisse en bardeaux bruns était tapissée d'enseignes grossièrement peintes en rouge et blanc annonçant de la « bonne bouffe » et des « souvenirs indiens ». Dans un passé pas si lointain, Morris avait accroché des lumières de Noël le long de la corniche. Au lieu de les enlever après les fêtes, comme la plupart des gens, il les y avait laissées. Il les allumait chaque fois qu'une occasion spéciale se présentait. Quand George W. Bush avait battu Al Gore à l'occasion des élections présidentielles, Morris ne les avait pas éteintes pendant toute une semaine.

À l'intérieur, Dumbo's était semblable à un grand nombre de cafés à moitié délabrés de l'Ouest. Des tables avec des nappes en plastique et des chaises dépareillées. Un sol en bois brut. Des toilettes marquées « Cerfs » et « Biches ». Ce qu'il y avait de particulier, dans ce cas-ci, c'est que, derrière le comptoir, on trouvait un vaste espace équipé d'un téléviseur, d'un canapé brun sale, d'une table basse en aggloméré, de deux petites tables d'appoint et d'une horloge aux couleurs de Budweiser. Pour autant que Thumps puisse en juger, c'est là que vivait Morris.

Morris épongeait le comptoir lorsque Thumps fit son entrée.

— Salut, chef. Ça faisait longtemps.

Le Dumbo's était sombre, un peu comme Al's, mais les odeurs étaient plus marquées et plus désagréables. Si la méchanceté avait une odeur, raisonna Thumps, ce serait sans doute celle-là.

— T'as vu ce que veut faire notre maire, ce macaroni ?

— La piscine ?

— Sacré gaspillage, non ?

Thumps aurait voulu dire à Morris qu'il se trompait et que la piscine communautaire qu'on allait enfin construire était une excellente initiative, mais il ne voulait surtout pas indisposer l'homme. Il avait besoin de renseignements.

— Qu'est-ce que ce sera ?

— Un de mes amis s'est arrêté ici, samedi.

Thumps avait conscience de s'aventurer en terrain miné. Morris était sans doute au courant du meurtre commis à Buffalo Mountain. Mais peut-être qu'il n'y avait pas fait attention. Ou qu'il ne savait pas que deux et deux font quatre.

— Takashi. Daniel Takashi.

Le visage de Morris demeura impassible.

— Jamais entendu parler.

— Asiatique. Fin de la vingtaine, dit Thumps. Il adorait tes donuts. Il disait que c'étaient les meilleurs.

— C'est la plus stricte vérité.

— On devait aller faire un tour au parc du Glacier, samedi dernier, dit Thumps, improvisant au fur et à mesure. Faire les fous pendant une semaine ou deux.

— Ah bon ?

— Mais on s'est manqués, dit Thumps en secouant la tête. Un malentendu…

Les yeux de Morris se plissèrent.

— J’ai des clients à servir, moi.

Thumps regarda autour de lui. Deux camionneurs occupaient une table près de la fenêtre. Sinon, le restaurant était désert.

— Et maintenant, il faut que je le retrouve.

Morris avait une bouche aussi mince qu’une lame de rasoir et des cheveux bruns coupés court qui se dressaient sur son crâne osseux à la façon d’une brosse à poils durs clouée à une brique. Pas beau, mais pas spécialement laid non plus. Juste désagréable.

— Tu veux un café ou pas ?

Thumps soupira et déposa un billet de cinq dollars sur le comptoir.

Morris s’égaya un peu.

— Un donut ?

Pendant l’heure suivante, Thumps, assis au comptoir, écouta Morris se plaindre avec véhémence de tout, de l’aide sociale au prix de l’alcool. Thumps profitait des accalmies pour orienter la conversation vers Takashi, les donuts et le café, tirant lentement les vers du nez à Morris comme une foreuse extrait la terre d’un trou.

— Il venait tous les jours, dit Morris. Café et donut au chocolat.

— Il faut croire qu’il les aimait, tes donuts, dit Thumps en mobilisant tout l’enthousiasme dont il était capable.

— Je me fous de savoir ce qu’ils aiment. Tant qu’ils paient et ferment leur gueule.

Thumps, qui mangeait lentement le donut, songea à aller aux toilettes et à se fourrer un doigt au fond de la gorge avant que la graisse, le sucre et la caféine assaillent de front son flux sanguin.

— On devait aller à la pêche.

— Ah bon ?

— Sauf que mon réveil n'a pas sonné.

Thumps aurait beau rester là pendant des heures, il n'était pas sûr de pouvoir finir le donut. Il n'arrivait pas à comprendre comment Takashi avait pu se farcir une de ces horreurs chaque jour et surtout pourquoi il l'avait fait.

— J'avais rien contre ton ami, mais tu sais ce qu'ils font, ces gens-là ? demanda Morris en remplissant la tasse de Thumps. Ils débarquent ici et prennent tout. Ils achètent tout le parc immobilier. Ils volent notre bois. Et notre gouvernement leur donne de l'argent à la pelle pour qu'ils nous vendent leurs téléviseurs et leurs voitures pour moins que ce qu'ils nous coûtent à produire.

S'interrompant soudain, Morris balaya la salle des yeux.

— C'est ce qui est arrivé à ce type aux yeux bridés, celui de Buffalo Mountain.

— Quoi ?

— Il a voulu acheter le complexe et la tribu l'a liquidé.

— Sans blague ?

— C'est le premier signe d'intelligence que montrent ces Indiens depuis une éternité.

Voilà ce qu'il y a de bien avec la haine, se dit Thumps en retournant le donut du bout de sa fourchette dans l'espoir de trouver un défaut dans sa cuirasse. Inutile d'avoir raison. Il suffit de camper sur ses positions.

— Ce qui me fait vraiment suer, c'est qu'ils s'enrichissent en nous entubant. T'as une idée de ce que coûte un de ces blousons de cuir ?

Thumps repoussa le donut au bord de son assiette. Il envisageait un accident regrettable, le donut trébuchant et effectuant une chute mortelle, quand l'écho de la question parvint enfin jusqu'à lui.

— Quoi ?

— Ton ami, chef. Le blouson de cuir chic qu'il porte chaque jour. Indian Motorcycle Company. D'après mon frère, ça se vend cinq cents dollars au minimum.

Thumps en oublia le donut.

— Un blouson de l'Indian Motorcycle Company ?

— Sans oublier cette mignonne petite casquette des 49e de San Francisco et ces lunettes fumées de tapette. On lui voyait jamais les yeux, à ce gars-là.

— Samedi ?

— Tous les jours.

— Et une casquette des 49e ?

— Une équipe de fillettes. Les Niners valent plus rien depuis le départ de Joe Montana. Ça, c'était un vrai Américain.

— Il ne portait pas une veste de sport ?

— Joe Montana ?

— Non, Takashi. Quand il est passé, samedi.

Morris se pencha sur le comptoir. Son haleine était fétide, et Thumps dut se détourner pour trouver de l'air respirable.

— Une veste de sport ? Pour aller à la pêche ?

Après un moment de réflexion, Morris esquissa un sourire chargé de mépris.

— Tu sais ce qui est arrivé, hein, chef ? Il t'a laissé tomber.

— Il m'a laissé tomber ?

— Pour une bonne femme.

— Il est venu ici avec une femme ?

— Pas besoin de les voir pour deviner qu'elles sont là, dit Morris en se touchant le bord du nez. J'ai du flair.

Thumps essaya de se représenter son interlocuteur sous les traits d'un bébé et il se demanda si les parents de Morris s'étaient donné la peine de lire les instructions sur la boîte de cotons-tiges.

— Ce matin-là, il a acheté deux cafés. Tu prends le tien noir, hein ?

— Oui.

— Ton ami aussi, dit Morris. Mais dans l'autre, il a fait mettre du sucre et de la crème.

— Mais tu n'as pas vu de femme, hein ?

— Qui d'autre met du sucre et de la crème dans son café ?

Morris s'empara de la télécommande et alluma le téléviseur.

— On peut pas leur faire confiance, tu sais.

— Aux femmes ?

— Non, aux Chinetoques, répondit Morris. Mais t'as raison : les femmes valent pas beaucoup mieux.

En sortant du café pour se diriger vers sa voiture dans la lumière de l'après-midi déclinant, Thumps eut envie d'enlever tous ses vêtements et d'y mettre le feu. Seulement, l'escale suivante ne serait pas tellement plus sympathique. En fait, à en juger par les événements de l'autre jour, elle risquait d'être pire. Autant attendre, se dit-il, et tout brûler d'un coup.

16

Thumps n'avait aucune idée des heures d'ouverture du cabinet de Beth Mooney, mais, en s'arrêtant devant l'ancien immeuble du bureau d'enregistrement des titres fonciers, il pria pour qu'elle joue encore au docteur dans sa clinique de médecine familiale, où elle traitait des nez morveux, au lieu de découper des cadavres dans son sous-sol.

— Beth ? C'est moi, Thumps.

Il écouta bien l'interphone dans l'espoir de deviner à quel étage elle se trouvait.

— Entre.

— En haut ou en bas ? demanda-t-il en croisant les doigts.

— En haut.

— Au premier ?

— Tout en haut.

— Merci, murmura-t-il pour lui-même. Merci.

Beth et Ora Mae avaient transformé l'étage de l'immeuble en appartement. Il y avait trois chambres, une salle de bains, une cuisine et un salon. De grandes pièces claires avec de hauts plafonds, de grandes fenêtres d'entrepôt, de vieux parquets et des murs de brique.

En gravissant les marches, Thumps songea à son propre appartement. Plus précisément, il s'efforça de ne pas y penser. Le jeu des comparaisons le rendrait malheureux. Par chance, le temps de se hisser jusqu'en haut, il avait oublié toute cette histoire et se concentrait sur sa respiration.

Ora Mae l'attendait sur le palier.

— Le gros appareil photo que tu trimballes partout devrait pourtant te garder en meilleure condition physique.

— Mais je suis en bonne condition physique, dit Thumps en s'arrêtant pour inspirer entre « en » et « bonne ».

— D'en haut, on t'entend souffler comme un phoque.

— Simples exercices de respiration contrôlée.

— Contrôle-la un peu plus, ta respiration, et tu vas finir dans la cuisine de Beth.

Sur le palier, Thumps jeta un coup d'œil à la cage d'escalier. C'était à cause des plafonds surélevés. L'immeuble n'avait qu'un étage, mais, en raison des plafonds hauts de plus de quatre mètres, l'ascension était anormalement longue. Il envisagea d'en faire mention.

— Et ne me parle surtout pas de la hauteur des plafonds, dit Ora Mae.

Ayant enfin repris son souffle, Thumps, de nouveau capable de considérations extérieures à son corps, constata qu'Ora Mae portait une salopette blanche tachée de peinture, un T-shirt à manches longues et une casquette de peintre blanche.

— Ne me dis pas que tu es encore en train de repeindre ?

Ora Mae avait une fascination pour la peinture. Depuis que Thumps connaissait les deux femmes, Ora Mae avait repeint au moins huit fois l'appartement qu'elle occupait avec Beth. Cette dernière ne partageait pas l'enthousiasme de sa compagne. En fait, si les souvenirs de Thumps étaient exacts, la peinture rendait Beth grincheuse.

— Ne commence pas, dit Ora Mae en mettant Thumps en joue avec son pinceau.

Beth, assise sur un canapé en plein soleil, lisait un livre en buvant un café. Il y avait des bâches partout et de l'adhésif vert autour des fenêtres. Sur un mur, Ora Mae avait peint des bandes de multiples teintes de jaune.

— Laquelle tu préfères ? demanda-t-elle en désignant le mur.

Thumps avait horreur de ce genre de devinettes. S'il se trompait, il froisserait l'une ou l'autre.

— Je n'ai pas le sens des couleurs.

— Super avantage pour un photographe, j'imagine.

— Je fais des photos en noir et blanc.

— Le monde n'est pas en noir et blanc, répliqua Ora Mae. Tu es là pour affaires ou pour jouer les pique-assiettes ?

— Pour affaires.

— La dernière fois que je t'ai vu pour affaires, Floyd Small Elk a quitté sa caravane les pieds devant.

— C'est ce que je me suis laissé dire.

— Ouais, tu parles.

Ignorant le sous-entendu, Thumps affecta l'insouciance.

— Le shérif pense qu'il y a un lien entre Takashi et Floyd, dit Beth en tournant une page.

Thumps haussa les épaules et regarda le mur avec les bandes. Il avait un faible pour le jaune foncé avec juste un soupçon de brun. Une couleur solide qui donnerait de la substance à la pièce.

— Je ne me suis pas encore occupée de Floyd, ajouta Beth sans lever les yeux de son livre.

Baissant les paupières, Thumps s'efforça d'apaiser son estomac.

— Je ne suis pas là pour Floyd.

— Qu'est-ce qui t'amène, alors ?

Ora Mae posa le pinceau et s'empara d'un rouleau fixé au bout d'un long manche.

— Je dois jeter un coup d'œil aux affaires de Takashi.

— Désolée, mais Beth a fermé boutique pour la journée.

— J'en ai pour une minute.

— Beth est en train de lire. Il ne faut pas la déranger.

Ora Mae traça une longue bande jaune pâle sur le mur.

— Tu pourrais plutôt me donner un coup de main.

— Je dois simplement vérifier un détail.

Thumps s'était efforcé d'adopter un ton désinvolte, mais Ora Mae, ayant détecté quelque chose dans sa voix, immobilisa son rouleau.

Beth leva les yeux de son livre.

— Ne me dis pas que tu sais qui a tué Takashi.

— Pas exactement, répondit Thumps.

— Tu vois ça ? fit Beth en brandissant son livre ouvert. C'est un roman policier. Je suis seulement à la page cent cinquante-quatre et je sais déjà qui a fait le coup.

— Allons-y, dit Ora Mae en posant son rouleau et en tirant Beth de son canapé confortable. J'ai toujours rêvé de voir quelqu'un résoudre un crime.

Le rez-de-chaussée de l'immeuble était réservé à la pratique médicale de Beth. Quand elle ne tripatouillait pas des cadavres, elle exploitait une petite clinique dont les patients étaient pour la plupart des mères célibataires et leurs enfants.

Le sous-sol servait de morgue pour le comté. Beth y pratiquait des autopsies et y entreposait des cadavres.

— Bon, dit-elle en allumant. Qu'y a-t-il donc de si important ?

— Tu as encore les vêtements de Takashi ?

— Ses vêtements ?

— Ouais.

— Je te conseille de ne pas me faire perdre mon temps.

Beth se dirigea vers une haute armoire métallique, déverrouilla la porte et en sortit un sac en plastique qu'elle déposa sur sa table de travail.

— Mettez ça, dit-elle en tendant aux deux autres des gants en caoutchouc.

Thumps ouvrit le sac, en retira les vêtements et les disposa sur la table.

— Tu cherches quelque chose en particulier ? demanda Beth.

Il recula d'un pas.

— Qu'est-ce que vous voyez ?

— Ce n'est pas une de ces fameuses visions indiennes, j'espère, dit Ora Mae.

Beth s'assit et s'accouda sur la table.

— Des vêtements, dit-elle. Le spectacle commence bientôt ?

Thumps passa la main sur le T-shirt.

— Combien de blessures d'entrée ?

— C'est toi qui as pris les photos, dit Beth.
— Trois, n'est-ce pas ?
— Oui.
— Combien de blessures de sortie ?
— Deux. Une des balles est restée dans le corps.
— Pourquoi n'y a-t-il pas de trous de projectile dans la veste ?
Ora Mae sourit.
— Il ne portait pas la veste.
— Il la portait quand son corps a été trouvé, dit Thumps.
Beth hocha la tête.
— Et qu'est-ce que ça prouve, au juste ?
— Et pas de blouson d'Indian Motorcycle, dit Thumps, comme pour lui-même. Il y avait des lunettes de soleil ? Et une casquette des 49e ?
Avec une moue, Beth se tourna vers Ora Mae.
— Et c'est pour ça que tu l'as laissé me tirer de ma sieste ?
— Tu lisais, dit Ora Mae.
Ayant retourné le revers de la veste de sport, elle siffla.
— Oh là là.
— Quoi ?
— C'est une Brioni.
— C'est bien ?
— C'est cher, dit Ora Mae.
Thumps palpa le tissu dans l'espoir de sentir la différence.
— Comme… Armani ?
— Mon chou, dit Ora Mae. Armani, c'est dépassé.
— On s'amuse comme des fous, fit Beth, mais… C'est bientôt terminé ?
— Cher comment, ce… Bri… Brio…

— Brioni.
— Exactement.
— Dans les deux mille dollars, répondit Ora Mae. Au bas mot.

Prenant les chaussettes, elle fit tourner le tissu entre son pouce et son index.

— Et dans ce coin-ci, dit-elle, nous avons un jean, un T-shirt et un mini-slip banals achetés dans un grand magasin.

— Et vous, agent DreadfulWater ? fit Beth. Vous êtes adepte du mini-slip ?

— Thumps est plutôt du genre « boxer », répliqua Ora Mae.

— Ces grands machins bouffants ? s'étonna Beth.

Thumps leva la main dans l'intention de rétablir un semblant de maintien.

— Nous avons donc affaire à un type qui va au centre commercial et choisit des jeans, des T-shirts, des sous-vêtements et une veste de sport à deux mille dollars ?

— Tu ne trouveras pas d'articles Brioni dans un centre commercial.

Beth bâilla et se mit à plier les effets de Takashi.

— Tu as dîné ?

L'estomac de Thumps gronda discrètement.

— Au menu ?

— Du foie aux oignons.

Thumps ravala avec difficulté et sourit.

— Il vaut mieux que j'y aille. Des épreuves à tirer.

Beth éteignit et verrouilla la porte.

— Ça vaut ce que ça vaut, mais tout indique que Floyd a été tué par une arme du même calibre que celle qui a servi au meurtre de Takashi.

— Ils ont été tués par la même arme ?
— Par une arme du même calibre, j'ai dit.
Beth s'engagea dans l'escalier, puis s'immobilisa.
— Alors, ta couleur préférée ?
Thumps n'entendit pas la question. Dans les marches, il observait les chaussures d'Ora Mae, qui s'apprêtait à monter.
— Quoi ?
— Le jaune, expliqua Beth. La teinte que tu préfères ?
Les chaussures d'Ora Mae étaient couvertes de minuscules taches de peinture. Semblables à une éclosion de moisissures. Thumps les voyait distinctement. Et cette découverte fut loin de l'enchanter.
— Le jaune foncé, répondit-il. Je pense que le jaune foncé est la teinte que je préfère.

Avant d'être une librairie, l'Aegean avait été une bibliothèque, l'une des nombreuses bibliothèques qu'Andrew Carnegie, dans sa grande bonté, avait léguées à une nation reconnaissante. Naturellement, les bibliothèques Carnegie avaient été une véritable bénédiction pour de petites collectivités comme Chinook. Thumps comprenait. En même temps, une partie de lui était mal à l'aise à la pensée de ces hommes puissants qui accumulaient des fortunes indécentes et utilisaient leurs profits pour s'acheter une réputation. Thumps était relativement certain que la puissance et l'argent ne corrompaient pas toujours, même si, à brûle-pourpoint, aucun exemple du contraire ne lui venait à l'esprit.
Au fil des ans, l'antique bibliothèque s'était enfoncée, lentement mais sûrement, dans la décrépitude.

Les Carnegie, les Ford, les Vanderbilt et les Astor, toujours disposés à ériger des monuments à leur importance, se passionnaient beaucoup moins pour leur entretien. Et quand la nouvelle bande d'industriels véreux, leurs goussets point-com remplis de dollars, bâtit une bibliothèque nouvelle et améliorée, l'ancienne fut mise en vente, et Archimedes Kousoulas fit l'acquisition du vieil immeuble.

En arrivant à la librairie, Thumps trouva Archie, debout devant une table, occupé à recouvrir ses livres de plastique.

— Tu t'es décidé à venir, dit-il.

— Je m'arrête souvent ici.

— Tiens, fit Archie. Regarde ça.

Il ouvrit un tiroir et en sortit quelques vieilles cartes postales.

Le vice secret de Thumps consistait à collectionner des cartes postales à la thématique autochtone. Anciennes, de préférence.

— Qu'est-ce que tu en dis ?

— J'ai déjà une carte montrant le Sherman Institute.

— La même ?

Sur la carte, on voyait le Sherman Institute de profil, avec son architecture espagnole et ses grands boulevards. Au bout du boulevard principal se trouvait un régiment de silhouettes en noir et blanc que Thumps ne reconnut pas. Sans doute des enfants autochtones en route vers une quelconque activité. D'un côté, pour les aider à avancer, une fanfare.

— Non.

— Avec celle-là, ça t'en fait deux.

La deuxième carte montrait une équipe de crosse composée d'Indiens de Weleetka, en Oklahoma. Sur le cachet de la poste, on lisait 1907. Le timbre d'un cent, de couleur verte, était orné d'un portrait de Benjamin Franklin.

— Très jolie.

La troisième était une représentation un tantinet romantique de l'United States Indian Hospital de Claremore, en Oklahoma, avec un drapeau américain flottant au bout d'un mât et des parterres de fleurs jaunes et rouges.

— Et l'enquête, ça avance ?

Thumps quitta la carte des yeux.

— C'est au shérif que tu devrais poser la question.

— Vous sortez ensemble, Beth et toi ?

Thumps fronça les sourcils. Archie avait une façon sournoise d'amorcer de véritables interrogatoires.

— Non. Pourquoi ?

— Tu l'as invitée à dîner.

— Je lui devais une faveur.

— Tu m'en dois une à moi aussi.

— Je sais.

— Mais tu ne m'invites pas à dîner, fit Archie en secouant la tête. Malgré tout le mal que je me donne pour enrichir ta collection de cartes postales.

— Je travaille pour Claire.

— Moi, je pense que c'est Sterling le coupable.

— Pourquoi ? demanda Thumps en souriant.

— Parce que je ne l'aime pas, dit Archie en hochant la tête en signe d'assentiment avec lui-même. Il ne lit pas, cet homme. Comment faire confiance à un homme qui ne lit pas ?

— Sterling n'y est pour rien.

— Dommage, dit Archie. Alors, qu'est-ce que tu veux ?

— Je suis venu te voir.

— Tu connais l'histoire du cheval de Troie ?

— Plus ou moins, répondit Thumps.

— Il ne marche qu'une fois, ce truc.

Thumps rit.

— J'ai besoin de renseignements sur Daniel Takashi. Tout ce que tu peux trouver.

— Le défunt ?

— En ville, tu connais tout le monde.

— J'ai déjà posé des questions.

Thumps fut trahi par son visage.

— Ne fais pas l'étonné, dit Archie. Tu n'es pas le seul à être curieux.

— Claire t'a téléphoné ?

— Nous sommes amis. Comme toi et moi.

— Et ?

— Et rien du tout. Takashi était réservé. Il se rendait à Buffalo Mountain tous les matins et rentrait au Shadow Ranch tous les soirs. Il prenait la plupart de ses repas dans sa chambre. Il ne traînait pas dans les bars. Il n'allait pas au cinéma. Les week-ends, il partait faire du tourisme.

— Génial.

— Je parie qu'il lisait, lui.

— Pourquoi ?

— En général, les solitaires sont de grands lecteurs.

— Combien, pour les cartes ?

— La prochaine fois, répondit Archie en les glissant dans une enveloppe en plastique, apporte-moi une belle photo de montagne.

Le soir tombait lorsque Thumps rentra. Freeway l'attendait à la porte et elle n'était pas à prendre avec des pincettes.

— Tu as faim ?

Thumps lui-même avait un petit creux. Il sortit la pâtée du réfrigérateur et en déposa dans le bol. Le pain était sur le comptoir, mais le jambon avait disparu. Il essaya de se rappeler s'il l'avait mangé ou s'il avait oublié d'en racheter.

— Tu as mangé mon jambon ?

Freeway, le museau enfoncé dans sa nourriture, n'était pas d'humeur à parler de la pluie et du beau temps. Dans la porte du réfrigérateur, Thumps trouva la moitié d'une tomate dans un sac en plastique et un bon morceau de vieux cheddar. Il devrait s'en contenter. Et arroser son festin du reste d'une bouteille de Pepsi qui ne pétillait plus depuis longtemps.

Bon, se dit-il en balayant la pièce des yeux. Ça ne vaut ni l'appartement d'Ora Mae et de Beth ni ceux de Buffalo Mountain, mais c'est chez moi.

Il s'installa sur le canapé et alluma le téléviseur. Derrière lui, il entendait Freeway s'étouffer avec sa pâtée.

— Tout doux, minou.

En mangeant son sandwich, Thumps s'efforça de réunir toutes les pièces du puzzle qui semblaient pouvoir s'emboîter. Daniel Takashi était programmeur au service de Genesis Data Systems. Il était à Chinook pour programmer le système informatique du Buffalo Mountain Resort. Cinq jours par semaine, il quittait le Shadow Ranch à bord d'une limousine conduite par Floyd Small Elk, s'arrêtait prendre un café et un donut chez Dumbo's, puis se rendait à Buffalo Mountain. Les week-ends, il louait un camping-car et visitait les environs. Le samedi de sa mort, il en avait loué un. Mais il n'était pas parti en balade. Il avait fait une escale chez Dumbo's, mais, cette fois, il avait acheté deux cafés.

Première question : à qui le second café était-il destiné ?

Takashi était arrivé à Buffalo Mountain vers dix heures, avait été tué vers onze heures et était reparti peu après midi.

Deuxième question : comment était-ce possible ?

Takashi avait été tué dans le centre informatique où quelqu'un avait peint à la bombe les mots « Aigles rouges » sur le mur. Mais son corps avait été transporté dans un des appartements témoins et le mur recouvert de peinture.

Troisième question : pourquoi ?

Floyd Small Elk avait été tué peu après avoir proposé à Thumps de révéler à Claire l'identité du tueur de Takashi. Moyennant rétribution, bien sûr.

Quatrième question : que savait-il, au juste ?

Thumps finissait son sandwich en repensant à ce qu'avait dit Ora Mae à propos des vêtements de Takashi lorsqu'il se rappela qu'il avait bel et bien acheté du jambon. Il retourna jeter un coup d'œil dans le réfrigérateur, déplaça ceci et cela. La bouteille de Pepsi. La moutarde. Le ketchup. Un bol de macaronis. Du papier et de la pellicule photographiques. De la pâtée pour sa chatte. La moitié d'une boîte de fèves au lard.

Pas de jambon.

Thumps regarda dans la poubelle, près de l'évier. L'emballage en plastique du jambon se trouvait sur le dessus avec celui d'une de ses précieuses barres Häagen-Dazs au chocolat noir. Il toucha le papier. Il était encore froid et humide.

— Merde.

Cette fois, la coupe était pleine. Comme si poursuivre des chimères et se faire tirer dessus depuis quatre jours ne suffisait pas. Et là, cette ultime indignité. Il fallait en finir.

Le sous-sol aurait dû être plongé dans une obscurité totale, mais Thumps, au pied des marches, reconnut la faible lueur ambrée de l'éclairage inactinique qui filtrait par la porte de la chambre noire. Il s'adossa au mur. La porte aurait dû être fermée. L'éclairage inactinique éteint.

Tendant l'oreille, il regretta de ne pas avoir pris son arme dans le coffre. S'il s'était trompé, comprit soudain Thumps, cette erreur risquait de lui être fatale.

17

Stanley Merchant se détendait sur un sac de couchage à côté du long évier en acier inoxydable, des écouteurs sur les oreilles. Ses yeux étaient fermés et il dodelinait de la tête au rythme de la musique en suçant un bâton court et plat. C'était tout ce qui restait de la barre Häagen-Dazs de Thumps.

Dans l'entrebâillement de la porte, Thumps passa en revue ses options. À la dure ou en douceur. Étant donné tout ce qu'il avait subi ces derniers temps, en grande partie parce que Stick se plaisait à jouer les électrons libres, Thumps fut tenté par la première méthode.

— Hé !

L'effet fut merveilleux. La tête de Stick se dressa brusquement, les écouteurs s'envolèrent et son corps se souleva du sol en béton.

— Putain ! Tu m'as fait une de ces peurs !

— Tu es dans ma chambre noire.

— Tu aurais au moins pu frapper.

— Tu manges ma nourriture.

Mon Dieu, songea Thumps. On dirait un des trois ours.

Stick récupéra ses écouteurs et éteignit le lecteur de CD.

— Où tu étais ?

— Où j'étais ? fit Thumps, qui sentait sa tension artérielle monter. Je te cherchais.

— Je t'attendais ici.

— Et tu mangeais ma nourriture.

— J'avais faim.

— C'était une barre Häagen-Dazs.

— Il t'en reste une.

Thumps alluma, tira la chaise glissée sous l'agrandisseur et s'assit face à Stick.

— Tu as intérêt à être convaincant. Très convaincant.

— Hé ! Je suis victime d'un coup monté.

Thumps leva une main.

— Parle-moi de choses que je ne sais pas déjà.

— C'est tout.
— Je préviens Hockney.
— Hockney me déteste.
— Moi-même, je ne t'aime pas beaucoup.
— Ouais, fit Stick avec un petit sourire en coin, mais tu aimes bien ma mère.

Stick était un beau garçon grand et mince, que son sourire de travers rendait attachant. Et il était intelligent. Preuve que belle apparence et matière grise ne constituent pas toujours une combinaison gagnante. Pour dire les choses crûment, Stick était un casse-pieds et l'avait toujours été. Thumps savait qu'il arrive que les jeunes hommes de l'âge de Stick soient égocentriques, mais aussi que la plupart d'entre eux finissent par sortir de cette phase. Dans le cas présent, Thumps n'avait pas le temps d'attendre.

— J'ai fini par comprendre. Le shérif n'aura pas trop de mal à parvenir aux mêmes conclusions.
— Je n'ai tué ni Takashi ni Floyd, dit Stick.
— Dans ce cas, pourquoi as-tu déplacé le cadavre de Takashi ?

C'était un vieux truc qu'affectionnaient les policiers. Introduire une question brûlante dans une conversation et observer les résultats. En l'occurrence, le sourire de Stick disparut instantanément. Bien, se dit Thumps. Là, j'ai droit à toute son attention.

— Je n'ai pas déplacé le cadavre de Takashi.
— Tu es passé par les tunnels d'entretien et par le garage pour le transporter jusqu'à la résidence.

Stick essaya de bluffer.

— Après l'avoir tué ?

— Non, dit Thumps. Après avoir peint le mur. (Il s'amusait plus qu'il n'aurait pu l'imaginer.) Mais tu as peut-être déplacé le corps d'abord et peint le mur ensuite.

— Tu délires, dit Stick, dont la voix avait toutefois perdu un peu de sa superbe. Et tu ne peux rien prouver.

— Pas la peine. Le shérif va s'en charger. Ce sera un jeu d'enfant.

Le corps de Stick se crispa. Thumps se cala sur la chaise, bloquant la seule issue.

— Je vais mettre les points sur les i, dit-il. Le shérif sait que Takashi a été tué dans le centre informatique. Aussitôt qu'il aura trouvé les mots « Aigles rouges » peints sur les murs, il aura largement de quoi demander un mandat de perquisition pour la maison de ta mère.

Il s'interrompit, laissa à Stick le temps de digérer chacun de ses mots.

— Un seul coup d'œil à tes chaussures de sport et il va te tomber dessus comme une tonne de briques.

Stick fronça les sourcils.

— Mes chaussures de sport ?

— Celles qui sont couvertes de taches de peinture grise.

Malgré lui, Stick baissa les yeux sur ses chaussures.

— Non, pas celles-là. Celles que tu as laissées chez ta mère. En peignant le mur, tu as mis de la peinture sur tes chaussures. Duke va les trouver. Il va faire analyser la peinture. Les tests vont confirmer qu'elle correspond à celle qui a été appliquée sur le mur. Et il va finir par apprendre que tu es passé chez Floyd juste avant qu'il soit tué. Tu peux y compter.

Le corps de Stick était tendu, prêt à bondir. Des yeux, il mesurait la distance qui le séparait de la porte, évaluait ses chances de contourner Thumps.

— N'y pense même pas. À part ta mère, je suis ton seul ami.

— Alors, qu'est-ce que tu vas faire ?

— Je vais t'éviter de te faire descendre.

Thumps se déplaça de manière à laisser le passage à Stick.

— Mais si tu préfères jouer les idiots, je ne te retiens pas.

Stick les regarda tour à tour, la porte et Thumps. Puis il s'appuya à l'évier.

— Bon, fit Thumps. Commençons par le commencement.

En gros, il avait vu juste. Les Aigles rouges s'étaient opposés au complexe, au motif qu'il s'agissait d'une façon de lécher les bottes des Blancs. Leur principal grief avait trait au casino et aux problèmes que les jeux de hasard entraînent souvent dans leur sillage. Drogues, alcool, violence. Devant l'échec des manifestations publiques, Stick avait eu l'idée de saboter l'ordinateur central.

— Il contrôle toutes les machines à sous, dit Stick. Tu te rends compte des implications ?

L'objectif consistait à créer un virus, une bombe informatique à retardement qui se déclencherait périodiquement, modifierait les chances de gagner des joueurs et brouillerait les systèmes de sécurité. Ce serait, avaient raisonné les Aigles rouges, un véritable cauchemar pour les relations publiques. Des machines à sous qui feraient des gagnants à tous les coups. Des machines à sous qui ne verseraient pas leurs gains aux chanceux. Des cartes magnétiques désactivées. Des sirènes qui se déclencheraient sans raison. Des caméras de surveillance complètement déboussolées. Tactiques de guérilla. Désobéissance civile.

Plus Stick parlait, et plus Thumps se rendait compte que le jeune homme se considérait comme un Thoreau des temps modernes, armé d'un ordinateur.

— Ce n'était pas un ver ?

— Un ver ? Non, un virus.

— Tu es sûr ?

— Je sais la différence, dit Stick. Mais en arrivant sur place, j'ai trouvé Takashi.

— Pourquoi tu n'as pas prévenu la police ? Pourquoi as-tu déplacé le corps ?

Stick contempla le plafond.

— Réfléchis un peu. Quelqu'un tue Takashi. Quelqu'un peint les mots « Aigles rouges » sur le mur. Qui sera le coupable tout désigné, à ton avis ? En déplaçant le cadavre et en repeignant le mur, je me suis donné du temps pour comprendre ce qui était arrivé.

— Pourquoi avoir utilisé cet appartement-là en particulier ?

— Tu as vraiment été policier ?

— Je suis fatigué et j'ai faim, répondit Thumps. Réponds à ma foutue question.

— Pour avoir une vue sur le centre informatique. Au cas où l'assassin reviendrait sur les lieux.

— Et tu es ensuite allé voir Floyd.

— Floyd était le chauffeur de Takashi. Je me suis dit que Takashi lui avait peut-être raconté quelque chose.

— Et ?

— Rien, répondit Stick. Floyd m'a envoyé promener.

— Tu l'as donc vu.

— Ouais, je l'ai vu. Mais il était bizarre.

— Bizarre comment ?

— Il ne m'a pas laissé entrer dans sa caravane. Il m'a parlé à travers la porte moustiquaire, expliqua Stick en esquissant son sourire de travers. Comme s'il avait une femme dans sa chambre ou quelque chose du genre.

Thumps se leva et repoussa la chaise sous le chevalet.

— Permets-moi d'abord de te féliciter. Tu as foutu un bordel pas possible. Du travail d'orfèvre.

— Qu'est-ce que t'en sais, toi ? répliqua Stick en se levant d'un air de défi.

— Hmm, voyons voir, fit Thumps en brandissant la main, les doigts écartés. *Primo*, je suis au courant pour les cigarettes que tu as prises à Takashi.

— Quelles cigarettes ?

Thumps désigna la poche de la chemise de Stick.

— Ces cigarettes-là.

Stick baissa les yeux. Réaction prévisible.

— *Deuzio*, je sais que tu as laissé un sac dans les montagnes.

— Comment… ?

— *Tertio*, je sais que tu as caché la carte magnétique de Takashi sous la semelle intérieure de tes chaussures de sport. C'est grâce à elle que tu as eu accès aux tunnels et à la résidence.

Thumps laissa au garçon le temps de tout digérer.

— Ça t'en bouche un coin, hein?

— Tu as trouvé la carte?

— J'ai été policier, dit Thumps. Ce que je ne sais pas, c'est comment tu as fait pour t'introduire dans le centre informatique.

— Facile.

Stick attendit.

— Tu as ta petite idée?

— Floyd?

— En plein dans le mille. Il y a deux façons d'entrer.

Thumps hocha la tête.

— Utiliser une carte ou taper un code.

— Exactement.

— Et Floyd a vu Takashi saisir le sien?

— C'est plus commode que de sortir la carte chaque fois.

— Mais pourquoi Floyd te l'a-t-il donné?

— Il ne me l'a pas donné, dit Stick. Je l'ai acheté.

Évidemment, songea Thumps. Floyd ne donnait rien pour rien.

— Et alors, fit Stick. Qu'est-ce qu'on fait?

Thumps s'adossa au mur.

— Il n'y a pas de « on » qui tienne.

Stick sembla sidéré.

— Tu vas me dénoncer?

— Tu vas te rendre.

— Jamais de la vie.

Discuter avec Stick, c'était comme parlementer avec un fer à cheval.

— OK, fit Thumps. Comme tu veux.

Stick mit un moment à réagir.

— Tu ne vas pas me dénoncer ?

— Non.

— Et tu ne vas pas dire au shérif que tu m'as vu ?

— Non.

Le garçon ne fit pas mine de contourner Thumps.

— Pourquoi ?

— Il va finir par te retrouver.

— Non.

— Bien sûr que si. Peut-être pas aujourd'hui. Peut-être pas la semaine prochaine. Mais un de ces quatre.

Thumps considéra l'assiette vide.

— Et ce jour-là, il ne va pas t'offrir un sandwich au jambon et une barre de crème glacée.

Stick enfonça les mains dans ses poches.

— Je pourrais rester ici un moment.

Thumps se retourna vers les marches. Peut-être se trompait-il au sujet du jeune homme. Peut-être était-il con comme un balai, en fin de compte.

— Et si j'avais une preuve ?

— Une preuve ?

— Ouais, répondit Stick. Et si je savais pourquoi Takashi a été tué ?

— Ce serait la joie, dit Thumps en espérant que Stick détecterait le sarcasme dans sa voix.

— Je ne sais pas exactement pourquoi il a été tué, mais j'ai ma petite idée.

Thumps n'aimait pas le tour que prenait la conversation.

— Et où est-elle, cette preuve ?

— Dans ma voiture.

La sonnette d'alarme aurait dû retentir à l'instant où Thumps avait découvert Stick dans sa chambre noire. Pour une raison qu'il s'expliquait mal, elle ne l'avait pas fait.

— Ta voiture ?

— Ouais.

— Où ?

— Comment ça, où ?

— Où as-tu laissé ta voiture ?

— Dans la ruelle.

— Derrière chez moi ?

— Ouais, répondit Stick. C'est quoi, le problème ?

— Merde ! Tu es là depuis quand ?

— Je ne sais pas. Deux ou trois heures.

En haut des marches, Thumps se hâta d'éteindre toutes les lumières, puis il s'avança vers la fenêtre du salon et jeta un coup d'œil dehors. Quelques voitures étaient garées dans la rue. Thumps les reconnut toutes.

— Je peux savoir ce qui ne va pas ?

Thumps baissa la voix en balayant la rue des yeux.

— Je t'ai dit que le shérif te recherchait ?

— Oui, et alors ?

— Alors, il recherche aussi ta voiture, dit Thumps en regardant de nouveau Stick afin de voir si le garçon n'avait pas été décérébré pendant qu'il avait le dos tourné.

— Il ne va quand même pas vérifier toutes les ruelles de la ville.

— C'est inutile. Il sait où j'habite.

La cour arrière était minuscule, avec à peine assez de place pour un carré de pelouse, mais les propriétaires précédents avaient eu des ambitions plus grandes en plus d'un abonnement à des magazines de bricolage. Ils avaient créé un patio dallé qui avait plutôt bien débuté, les pierres nivelées et imbriquées avec soin, les joints dûment remplis de sable. Mais le motif, à mesure qu'il s'éloignait de la maison en direction de l'abri de jardin, se disloquait lentement. Au bout, les dalles avaient simplement été déposées et abandonnées au pourrissement. À partir de l'abri, inexplicablement teint en brun chocolat, les anciens propriétaires semblaient avoir tenté de se construire une piscine. Après avoir creusé sur environ un mètre, ils s'étaient arrêtés, manifestement découragés par le projet.

Thumps avait acheté la maison en partie parce qu'elle était bon marché, conséquence d'un divorce pas-à-l'amiable, et en partie parce que le sous-sol était assez haut de plafond pour une chambre noire. En arrivant, il avait songé à poursuivre l'aménagement de la cour, mais, lorsqu'il eut terminé de vider ses cartons et de repeindre toutes les pièces, les mauvaises herbes avaient déjà envahi le patio et la « piscine ». Quoi qu'il en soit, le trou s'était métamorphosé en mare saisonnière, où moustiques et crapauds élisaient domicile. La plupart du temps, Thumps faisait comme si son terrain s'arrêtait aux limites de la maison. Il ne s'aventurait dans la cour que pour arracher quelques mauvaises herbes avant que ses voisins le dénoncent à la ville.

Tandis que Stick et lui avançaient péniblement, Thumps braquait le faisceau de sa lampe de poche sur le sol.

— Regarde où tu mets les pieds.
— Tu vas finir par l'aménager, cette cour, oui ou non ?
— J'aime les jardins à l'aspect naturel.
La voiture de Stick était garée contre la clôture en bois qui marquait la fin de la cour. Thumps n'eut pas besoin de lumière pour constater que la clôture, comme le reste de la cour, devait être réparée. Peut-être Ora Mae, lorsqu'elle n'aurait plus de pièces à peindre, pourrait-elle venir avec ses pinceaux.
Thumps souleva le portail et l'ouvrit. Au loin, un chien se lamentait.
— Pourquoi tu n'as pas garé la voiture devant la maison et appelé Hockney ?
— Et toi, pourquoi tu m'aides ?
— Je ne t'aide pas.
— Non, tout ce que tu veux, c'est coucher avec ma mère.
Oui, songea Thumps. Ce serait en tout cas plus agréable que de veiller sur son rejeton.
— Montre-moi ce que tu as.
Stick se dirigea vers l'arrière.
— C'est dans le coffre.
Thumps jeta un coup d'œil dans la ruelle. Le chien avait cessé de japper, et la nuit devint soudain très silencieuse. Le coffre s'ouvrit avec un long, un lancinant grincement.
— Qu'est-ce que…
Vite, Thumps s'approcha du coffre.
— Qu'est-ce qu'il y a ?
Stick y prit un objet sombre et lourd qu'il drapa sur ses épaules.

— Qu'est-ce que tu en penses ?

Un blouson. Un blouson en cuir.

— Pas mal, hein ?

Stick se tourna pour permettre à Thumps de voir au dos du blouson l'insigne de l'Indian Motorcycle Company. Et les deux petits trous de projectile dans le cuir.

Thumps agrippa Stick par le bras.

— Où as-tu pris ça ?

— Hé, doucement, dit Stick en dégageant son bras. Il était dans mon coffre.

— Merde.

Se détournant, Thumps balaya le jardin avec le faisceau de la lampe de poche.

— Qu'est-ce qu'il y a ?

Thumps aperçut l'éclat du canon au moment où la première balle heurtait la voiture. La seconde atteignit Stick et le fit pivoter sur lui-même.

— Les mains en l'air !

Thumps se jeta sur le sol juste avant que la troisième fracasse la vitre de côté. Stick était affalé sur le coffre. L'agrippant par la ceinture, Thumps l'entraîna derrière les roues, au moment où une quatrième balle transperçait l'arrière du véhicule. À présent, quelqu'un courait dans le jardin, foulait les mauvaises herbes. Risquant un coup d'œil sur la voiture, Thumps vit des jambes franchir en vitesse le patio dallé et heurter le bord de la piscine inachevée.

— Merde !

Qui qu'elle soit, la personne qui était tombée dans la mare avait fait une sacrée chute. Thumps fit rouler Stick et ouvrit le blouson. La chemise du garçon était trempée de sang. Dans l'obscurité, Thumps ne distinguait pas la blessure. Mais elle était grave.

— Merde !

Soudain, il y eut des lumières partout : des voitures de police arrivaient des deux côtés de la ruelle. Tirant sur la chemise de Stick, Thumps chercha la blessure.

— Jette ton arme et fais voir tes mains !

— Il y a un blessé.

— Jette ton arme !

— C'est une lampe de poche, ducon !

— Jette ton arme !

Thumps laissa tomber la lampe de poche. Puis il leva les mains au-dessus de sa tête en veillant à ce que chacun de ses mouvements soit lent et mesuré.

18

À l'arrivée de l'ambulance, Stick était inconscient. Thumps avait trouvé la blessure et étanché le sang, mais il n'était pas sûr d'avoir arrangé quoi que ce soit. Stick était pâle et immobile, son pouls faible.

— Je vais devoir t'arrêter, dit le shérif en regardant les ambulanciers mettre le garçon dans leur véhicule.

— Pourquoi ?

— Pour avoir caché un fugitif, pour commencer.

— Il n'y avait pas de mandat d'arrêt émis contre Stick.

— Et pour avoir résisté à une arrestation.

— On n'a résisté à rien du tout. Quelqu'un nous a tiré dessus.

Le shérif balaya des yeux la cour de Thumps.

— Andy dit qu'il s'est identifié et que vous lui avez tiré dessus.

Le cow-boy armé était donc Andy. Thumps aurait dû s'en douter.

— Je te ferais de la peine en te disant qu'Andy est un menteur ?

— Il s'est blessé à la cheville en tombant dans ton piège.

— C'est un jardin encaissé. Mon seul regret, c'est qu'il ne se soit pas cassé le cou.

Hockney posa sa grosse main sur l'épaule de Thumps.

— Tu sais aussi bien que moi ce qui arrive quand des policiers se font tirer dessus.

— Et avec quoi on lui aurait tiré dessus, à ton avis ?

Duke examina la lampe de poche.

— Difficile de dire ce qu'un homme a dans la main quand il fait noir.

— Foutaise. Aucun policier ne confond une lampe de poche avec une arme à feu.

Le shérif hocha la tête.

— On pourrait passer la nuit à en discuter. Au bout du compte, ce sera la parole d'Andy contre la tienne. La conclusion, à ton avis ?

— Tu veux vraiment le savoir ? Tu as enlevé sa laisse à un raciste à la détente facile et il a abattu un enfant.

— Un enfant recherché pour deux meurtres.

De toute évidence, Duke avait posé les bonnes questions à Bert.

— Je croyais que tu voulais le questionner à propos de Takashi.

— Plus maintenant, répondit le shérif. Voici ce qu'on va faire : je te pose des questions et, si les réponses me plaisent, je te laisse partir. Si tu te fous de moi, je te passe les menottes et je te jette en prison.

— Je n'en sais pas plus que toi.

— C'est mal parti. Pourquoi cachais-tu le petit Merchant ?

— Je ne cachais personne.

— On a trouvé un sac de couchage dans ta chambre noire. Une assiette avec des miettes et un bâton de Popsicle.

— C'était une barre Häagen-Dazs et pas un Popsicle. Il est entré chez moi par effraction et a fait une razzia dans mon frigo.

— Tu veux porter plainte ?

— Je l'ai trouvé en rentrant.

— Mais tu ne m'as pas prévenu.

— J'essayais de le convaincre de se rendre.

— Ici ? Près de la voiture ? Dans le noir ?

Thumps n'appréciait pas particulièrement cet échange d'informations à sens unique. Hockney était-il au courant pour le mur du centre informatique ? Savait-il que Thumps était passé chez Floyd ? Thumps avait conscience de se trouver en terrain glissant. Le shérif comptait sur lui pour réaliser une percée.

— Stick m'a dit qu'il avait une preuve susceptible de désigner le meurtrier.

— Quelle preuve ?
— Il a dit qu'elle était dans le coffre.
— Elle t'a semblé convaincante ?
— Aucune idée. Andy lui a tiré dessus avant qu'il puisse me la montrer.
— Bonne nouvelle, dit le shérif. Je peux te la faire voir, moi.
Hockney ouvrit la portière de sa voiture de patrouille et en sortit le blouson en cuir.
— Tu as déjà vu cet objet ?
Thumps secoua la tête.
— Non.
— Moi non plus, dit le shérif. Mais je sais deux ou trois choses sur ce blouson. D'abord, il vaut cher. Quelque chose comme cinq cents dollars.
Le shérif fit tourner le blouson dans ses mains comme s'il s'agissait d'une fourrure d'exception.
— Ensuite, il n'appartient pas à Stanley Merchant.
Duke marqua une pause et dévisagea Thumps.
— Tu sais à qui il était ?
— À Daniel Takashi.
— Très bien. Tu as deviné ou tu savais ?
— J'ai deviné.
Duke passa un doigt dans un des trous de projectile.
— Je te soupçonne d'être moins doué pour les devinettes que tu le laisses entendre.
— Pourquoi Stick aurait-il gardé le blouson d'un homme qu'il aurait tué ?
— Je te répète qu'il s'agit d'un blouson cher.
Thumps se sentit soudain très las. Il allait devoir téléphoner à Claire pour lui apprendre que son fils

avait été blessé par balle. Pour ce qu'il en savait, Stick était peut-être déjà mort.

— Ce n'est pas la preuve dont Stick voulait parler.

— Pourquoi dis-tu ça ?

— Il a été surpris de trouver le blouson dans le coffre.

Hockney fit signe à Thumps de s'approcher de la Mustang.

— Tu vois autre chose, là-dedans, toi ?

Le coffre contenait le bric-à-brac habituel – bidons d'huile vides, câbles, cric, sans oublier les cuissardes et la canne à pêche –, mais rien qui porte l'étiquette « indice ».

— Où il est, ce gros indice ?

— Il a dit qu'il était là-dedans.

— Et tu l'as cru ?

Duke fit signe à ses hommes de dégager la ruelle.

— Je n'ai rien contre la loyauté. Ni contre le fait que tu fourres ton nez ici et là. Qui sait ? Tu as peut-être des chances de trouver des choses qui nous ont échappé. Mais la prochaine fois que je te trouve en travers de mon chemin… (Il ouvrit la portière de sa voiture et gratifia Thumps d'un clin d'œil.) À toi de choisir le cliché approprié.

— Comment as-tu su que Stick était ici ?

Duke prit un air innocent.

— Disons que c'est le fruit d'un travail policier méticuleux.

— Un renseignement anonyme, autrement dit.

— Qu'est-ce qui te laisse croire que nous avons reçu un renseignement anonyme ?

— Tu ne m'arrêtes pas, en fin de compte ?

— On a déjà assez de méchants comme ça, répondit le shérif. Mais, à ta place, je ne me réjouirais pas trop vite. Andy a l'intention de te poursuivre.

Lorsque Thumps gara sa voiture dans la section du service des urgences marquée « Réservé aux médecins », l'hôpital, brillamment éclairé, avait l'air gai, presque festif. Il avait téléphoné à Claire depuis la maison. Sans prendre le temps de lui fournir tous les détails, il lui avait dit que Stick avait été blessé et lui avait donné rendez-vous à l'hôpital. Elle mettrait au moins vingt minutes à faire le trajet. D'ici là, Thumps espérait avoir des réponses à lui donner.

Il tenta d'abord de savoir si Stick était encore vivant.

L'infirmière de garde ne se montra pas particulièrement communicative.

— Il vient d'être admis. Je n'ai pas d'autres informations.

— Il a été blessé par balle.

— Vous êtes de la famille ?

— Oui, dit Thumps, sachant que seuls les membres de la famille avaient droit à des renseignements. Je suis son père.

En général, les personnes qui ont des enfants se montrent disposées à venir en aide aux autres parents. De toute évidence, l'infirmière en avait. Elle passa un coup de fil et, deux minutes plus tard, savait tout ce qu'il y avait à savoir.

— Il est au bloc.

— Vivant ?

— Oui, répondit l'infirmière.

— Le chirurgien, il est bon ?
— Elle est excellente, dit l'infirmière. Docteure Keogh. La cafétéria est ouverte, au cas où vous auriez envie d'un café.
— Je préfère attendre.
— Il s'en sortira, dit l'infirmière.
Devant la compassion de cette femme, Thumps se sentit mal à l'aise de lui avoir menti.
— Si j'ai du nouveau, j'envoie quelqu'un vous prévenir.

Anna avait été infirmière. Thumps l'avait rencontrée dans la salle d'urgence de l'hôpital de Mad River après une altercation avec un ivrogne qui lui avait fait une vilaine lacération à l'épaule avec une arme blanche. Anna avait nettoyé et pansé la plaie, lui avait administré un vaccin antitétanique et recommandé de se tenir loin des hommes armés. Thumps avait d'abord été attiré par son discret sens de l'humour. Et ses yeux verts.

Entre les points de suture et la seringue, il avait appris qu'elle était divorcée et mère d'une fille. Le lendemain, il était de retour à l'hôpital pour l'inviter à sortir. Elle avait refusé.

— Je peux vous appeler la semaine prochaine ?
— Ce n'est pas une bonne idée.
— J'ai été séduit par vos doigts de fée.

Ils commencèrent à se fréquenter. Lentement, au début. Parfois seul à seule, parfois avec Callie. Entre eux, il n'avait jamais été question de mariage ni de vie commune. Anna avait besoin d'espace. Pour elle-même. Pour Callie. Il n'appartenait pas à Thumps de choisir. La décision revenait à Anna.

Il était à San Diego afin d'assister à une conférence de la police scientifique lorsque leurs corps avaient été découverts sur Clam Beach. Allongés côte à côte sur le sable. Officiellement, elles furent considérées comme les neuvième et dixième victimes des Meurtres d'obsidienne. Thumps enterra Anna et Callie. Puis il présenta sa démission, fit ses bagages et fila vers l'est. Loin de la côte et de l'océan, loin de tout ce qui lui rappelait sa pathétique incapacité à protéger ses êtres chers.

En cours de route, entre le douloureux engourdissement causé par la perte de ce qu'il avait de plus précieux et les pensées suicidaires, il avait trouvé Chinook.

La cafétéria était déserte, hormis un couple de personnes âgées qui, assises à une table près de la machine à café, contemplaient leurs mains. Thumps s'offrit un café et un bol de Jell-O vert, puis trouva une place au fond de la salle, dans l'ombre.

Vieux et dense, le café dégageait l'odeur légèrement brûlée que prend cette boisson quand elle a bouilli trop longtemps. Thumps aimait bien le Jell-O vert. Mais si les cubes entassés dans son bol avaient l'apparence et la texture du Jell-O, là s'arrêtait la ressemblance. Comment pouvait-on rater du Jell-O ? De l'eau chaude et un réfrigérateur. Voilà tout ce qu'il fallait. Repoussant la tasse, Thumps s'attaqua au puzzle.

C'était un coup monté. Quelqu'un avait mis le blouson dans le coffre de Stick et prévenu la police. Trop parfaite, la succession des événements excluait toute autre possibilité. La fameuse preuve mentionnée par Stick avait disparu au même moment. Mais comment le tueur avait-il deviné que Stick se rendrait chez Thumps ? Celui-ci jugeait improbable que Stick ait été suivi. Il ne restait donc qu'une possibilité. Quelqu'un avait épié la maison de Thumps. Quelqu'un avait vu Stick arriver.

— On m'a dit que je vous trouverais ici.

Même à cette heure de la nuit, même sous les impitoyables néons de la cafétéria, Virginia Traynor avait l'air élégante.

— Vous permettez que je m'assoie ?

— Pourquoi pas ? répondit Thumps. Vous aimez le Jell-O ?

— Vous vous demandez sûrement ce que je fais ici.

Thumps haussa les épaules.

— Vous aimez les hôpitaux la nuit ?

— Les ex-policiers sont-ils tous aussi hypocrites que vous ?

— Dans mon cas, seulement quand on m'a tiré dessus.

— Quoi ?

La femme était soit surprise, soit douée pour la comédie.

— Vous avez été blessé ?

— Non, répondit Thumps. Un de mes amis l'a été.

— Je suis désolée.

— Qui est « on » ?

— Pardon ?

— Qui vous a dit où me trouver ?

Traynor secoua la tête.

— La police. En arrivant chez vous, je suis tombée sur plusieurs agents de police.

Thumps fronça les sourcils.

— Vous m'aviez proposé de me montrer vos photos, expliqua Traynor en fixant son café. Vous vous souvenez ? J'étais en ville et j'ai décidé de passer vous voir.

Thumps attendit.

— Bon, très bien, dit Traynor en repoussant ses cheveux. Je voulais aussi savoir si vous aviez une meilleure idée de l'identité du tueur de Takashi.

— Je croyais que vous vouliez seulement savoir *pourquoi* Takashi avait été assassiné.

— C'est du pareil au même, vous ne pensez pas ?

Thumps dut lui donner raison. Découvrir pourquoi Takashi avait été tué reviendrait à savoir qui l'avait supprimé et vice-versa. L'œuf et la poule. À ce stade, Thumps se moquait de savoir lequel était arrivé en premier.

— Le shérif pense détenir l'homme qui a tué Takashi.

— Votre ami ?

— Stanley Merchant. Stick pour les intimes. Dix-neuf ans. Passionné. Un crack de l'informatique. Un absolu casse-pieds. C'est la description d'un tueur, à votre avis ?

Traynor esquissa un sourire empreint de compassion.

— On dirait plutôt le fils de quelqu'un.

— Ouais, admit Thumps. Il y a de ça aussi.

— Vous n'y croyez pas, n'est-ce pas ?

— Je sais qu'il n'a pas tué Takashi. Ce que je ne sais pas, c'est qui l'a fait.

— Je peux vous être utile ?

— Pourquoi ? Vous ne connaissez pas Stick.

C'était un coup bas, que Thumps regretta aussitôt.

Traynor encaissa sans broncher.

— Pour la simple et bonne raison que j'ai intérêt à ce qu'on identifie le vrai coupable.

— D'accord, dit Thumps. Vous êtes encore au Shadow Ranch ?

— Oui, répondit Traynor. Pour le moment.

— On peut se voir demain ? Vers midi.

— Seulement vous et moi ?

— Je préférerais une partie à quatre.

— Elliot et George seront là, dit Traynor en se levant. Vous savez des choses que vous préférez taire.

Thumps imprima à son Jell-O une ultime secousse.

— Oui, comme tout le monde.

En réalité, Thumps ne savait rien du tout. En regardant Virginia Traynor s'éloigner, il songea que tout ce qu'il savait de façon certaine aboutissait à Stick. Ce qu'il devait savoir, c'est ce que Stick avait jugé si important. Et tout indiquait qu'il n'était pas près de l'apprendre.

Claire mit un peu moins d'une demi-heure à se rendre à l'hôpital. Thumps l'attendait dans le vestibule.

— Que s'est-il passé ?

— Il a été blessé par balle.

Claire interrogea le visage de Thumps, refusant de poser la question suivante.

— Non. À ma connaissance, il n'est pas mort.
— Qui ?
— La police.
Claire s'assit sur le canapé, le corps raide.
— Tu étais là ?
Thumps espérait que Claire ne poserait pas la question.
— J'ai trouvé Stick chez moi en rentrant.
— Tu as prévenu la police ?
La voix de Claire trahissait la fureur.
— Non, se hâta-t-il de répondre. La police a reçu un renseignement anonyme. Il a été victime d'un coup monté.
— Oh mon Dieu.
— Les policiers ont trouvé le blouson de Takashi dans le coffre de la Mustang. Hockney est convaincu que Stick a tué Takashi et Floyd.
— Ne le laisse pas mourir.
La fureur s'était évanouie. Dans la voix de Claire, il ne restait plus que du désespoir.

La docteure Keogh était une femme mince aux cheveux coupés ras. En la voyant s'avancer dans le couloir, Thumps tenta d'interpréter son langage corporel, mais il n'y vit que de l'épuisement.
— Monsieur et madame Merchant ?
Thumps hocha la tête en souhaitant que Claire soit trop affligée pour relever.
— Comment va-t-il ?
— Son état est critique.
Thumps sentit Claire se crisper contre lui.
— La balle était fragmentée. Nous avons mis beaucoup de temps à retirer tous les éclats.

— Elle a touché un os ?

— Non, répondit la médecin. Elle a causé des dommages seulement aux tissus mous.

Visiblement, elle avait autre chose en tête.

Thumps s'efforça de lire dans ses yeux.

— Mais ?

— C'est bizarre, dit la femme. L'importance des lésions… Normalement, une balle n'éclate pas de cette façon.

— Elle s'est brisée ?

— Séparée en plusieurs fragments.

Thumps sentit monter en lui des élans de fureur. Non, se dit-il, ce n'est pas bizarre du tout.

— Je peux le voir ? demanda Claire.

— Il récupère. Vous devez comprendre qu'il a subi un terrible traumatisme.

La médecin s'arrêta là, laissant le pronostic en suspens.

Claire blêmit.

— Il est dans le coma ?

— Nous l'ignorons. Ses signes vitaux sont bons. Il est jeune. Nous en saurons plus dans quarante-huit heures.

— Ce n'est pas ce qu'on dit dans les séries sur les milieux hospitaliers ? demanda Thumps.

La docteure parvint à esquisser un sourire fatigué.

— Oui, avoua-t-elle. Je suppose que oui.

— Je peux lui tenir compagnie ?

La docteure Keogh hocha la tête.

— Ça ne peut pas faire de mal. Venez. Je vais vous montrer.

Claire se tourna de nouveau vers Thumps.

— Il faut que je le voie.

— Vas-y, dit-il. J'ai du travail, de toute façon.

Dès que Claire et la médecin eurent disparu, Thumps retourna à la réception. L'infirmière était toujours en poste.

— Comment va votre fils ?

— Assez mal.

— Je suis désolée.

— Il y a un policier qui a été blessé. À la cheville, je crois. C'est un ami, se hâta-t-il d'ajouter.

— Ah oui, fit l'infirmière. L'agent Hooper. Une vilaine entorse, rien de plus. Vous l'avez manqué de peu.

Mais pas pour longtemps, se dit Thumps.

19

Il y avait encore de la lumière dans le bureau du shérif. Andy Hooper était là, sa jambe blessée surélevée, entourée d'un bandage élastique et enveloppée dans de la glace. Derrière sa table de travail, Hockney triait des dossiers.

— Tiens, si c'est pas le grand chef en personne, dit Andy en se fendant de son habituel sourire méchant. J'espère que tu as les moyens de t'offrir un bon avocat.

Souris tant que tu veux, songea Thumps qui, traversant la pièce sans même ralentir, assena à la chaise un violent coup de pied qui désarçonna l'adjoint.

C'était le jour de chance d'Andy. Son visage évita à son cerveau de heurter le sol.

— Merde !

Duke bondit de son fauteuil, mais le shérif n'était pas assez rapide pour le retenir. Andy, si. Thumps l'avait pris par surprise, mais l'adjoint, recouvrant vite ses esprits, roula sur le côté et dégaina. C'était exactement ce qu'espérait Thumps. Andy sortit le revolver de son holster et Thumps lui marcha sur la main. Thumps n'aimait pas davantage infliger de la douleur qu'en subir, mais, dans le cas de Hooper, il était disposé à faire une exception.

— Nom de Dieu, Thumps !

Duke avait contourné sa table de travail.

D'une torsion, Thumps arracha l'arme de la main de l'adjoint et enfonça le canon sous son oreille gauche.

— Du calme, Thumps, dit le shérif. Ne fais pas ça. Tu vas le regretter.

— Descends ce salaud ! cria Andy, dont la main restait clouée sous le pied de Thumps.

— Ta gueule, Andy ! hurla Duke. Allez, Thumps. Pose cette arme.

Thumps arma le chien.

— J'ai besoin d'éclaircissements, shérif. Si je tirais sur ton adjoint avec cette arme, quel genre de trou est-ce que ça laisserait, à ton avis ?

— Tu délires, Thumps.

— Quel genre de trou ?

— Descends-le !

— Je sais que tu es bouleversé, Thumps, mais ce n'est pas à cause d'Andy que Stanley a été blessé.

Sur la table de travail d'Andy, il y avait un annuaire. Il était moins épais que Thumps l'aurait souhaité, mais ça irait.

— Jette-le par terre !

— Quoi ?

— L'annuaire ! Jette-le par terre, je te dis !

— Allons, Thumps. Là, tu dépasses les bornes.

— Quel équipement utilise-t-on dans ton service, shérif ?

— Quoi ?

— Le matériel réglementaire de la police, c'est quoi ?

— Calibre .38, répondit Duke. Bon, je lance l'annuaire par terre, d'accord ? Maintenant, on se calme et on arrête de dire n'importe quoi.

— Non, dit Thumps. Je te parle des munitions. Quel genre de munition ?

— Quoi ?

Thumps abaissa le canon de l'arme et tira une balle dans l'annuaire.

— Quel genre de trou ?

Pendant un moment, le shérif resta immobile.

— Tu ne vas pas me tirer dessus, hein, Thumps ?

— Non, répondit Thumps, en retournant l'annuaire du bout du pied. Je ne vais tirer sur personne.

Le trou à l'avant était petit et bien net. Mais le fond de l'annuaire avait disparu, comme victime d'une explosion. Thumps fit basculer le barillet et laissa tomber la dernière balle dans sa main. Il l'examina un moment avant de la lancer à Duke.

— C'est réglementaire, ça ?

On avait taillé un *X* dans le nez mou en plomb du projectile. Une balle dum-dum. Une balle conçue pour tuer, pour éclater au contact de sa cible et la réduire en charpie.

Duke la retourna dans sa paume.

— Merde alors.

Thumps libéra la main d'Andy.

L'adjoint se releva avec difficulté.

— C'est un coup monté, dit-il. Je n'utilise pas de balles dum-dum.

Duke foudroya Andy du regard.

— Qui a parlé de balles dum-dum ?

— J'espère que tu as un bon avocat, dit Thumps en se campant solidement sur ses pieds, au cas où Andy aurait envie d'un deuxième round. Ce garçon agonise et tu vas être dans la merde jusqu'au cou.

— Va chier !

Andy se frottait la main tout en essayant de garder son équilibre sur un pied.

— Ta gueule, Andy !

Le shérif considéra la balle dans sa paume.

— Tu ne serais pas en train de me menacer, par hasard, Thumps ?

— Non.

— Elle pourrait disparaître, cette balle, tu sais.

— Je vais courir le risque, dit Thumps en lançant au shérif l'arme d'Andy.

— Tu sais, dit Duke, tu ne te fais pas beaucoup d'amis, en ce moment.

— J'en ai déjà plus qu'il m'en faut.

Duke hocha la tête et jeta un coup d'œil à Andy.

— Et qu'est-ce que je fais de lui ?

— C'est ton chien, répondit Thumps. Pas le mien.

Dans la voiture, le rythme cardiaque de Thumps revint enfin à la normale. Foncer dans le bureau de Duke… Quelle stupidité. Le shérif aurait pu l'abattre. Sinon, lui-même aurait pu réagir moins vite que prévu, auquel cas Andy lui aurait tiré dessus. D'ailleurs, Andy risquait encore de l'abattre, une fois sa cheville et sa main guéries. Thumps, cependant, n'y croyait pas. Hooper était le genre de brute qui ne s'attaque qu'aux plus faibles. Il avait déjà eu sa chance et il ne récidiverait pas. Pas tout de suite, en tout cas.

Thumps avait conscience de mériter d'être arrêté, au minimum. Il avait menacé un policier. Agressé et blessé un policier. Déchargé une arme à feu au mépris de la sécurité d'autrui. Troublé l'ordre public. Les charges étaient infinies. Mais le shérif n'allait pas l'embêter. Il avait été pris de court par son adjoint, et cela lui avait déplu. Si Thumps connaissait la nature humaine, Duke serait plus enclin à jeter Andy derrière les barreaux pour s'être fait passer pour un agent de police digne de ce nom.

Bien sûr, l'emprisonnement d'Andy ne réglerait rien.

La découverte du blouson de Takashi dans la voiture de Stick non plus. Si Stick avait dit la vérité, quelqu'un l'avait mis là, ce blouson. Et si Stick avait dit la vérité à propos de la présence dans son coffre d'un objet incriminant, ce dernier avait disparu depuis longtemps. Le tueur avait fait d'une pierre deux coups : il avait incriminé le principal suspect et récupéré la mystérieuse preuve recueillie par Stick. Mais de quoi pouvait-il s'agir, au juste ? Quelle était donc cette chose qui, aux yeux de Stick, avait des chances de lancer l'enquête dans une autre direction ? Et comment le tueur avait-il su quoi chercher ? Mieux encore, quand le tueur avait-il mis le blouson dans le coffre de Stick ? Il n'était pas là quand Thumps y avait jeté un coup d'œil au départ du sentier. Quelqu'un avait pu suivre Stick jusque chez sa mère, mais c'était peu probable. Il n'y était pas resté assez longtemps.

Seule possibilité, la ruelle derrière chez Thumps. Le tueur avait sans doute épié sa maison dans l'espoir que Stick y viendrait. Le reste avait été un jeu d'enfant. Mettre le blouson dans le coffre. Et, coup de chance, y trouver la preuve incriminante. Appeler le shérif et lui indiquer où trouver Stick.

Au coin de la rue, Thumps se rendit compte qu'il avait suivi la mauvaise piste. Il avait passé le plus clair de son temps à tenter de reconstituer la fin de Takashi. Il aurait peut-être mieux fait de suivre Stick.

Bon, Stick était passé au complexe le samedi matin et il y avait découvert le cadavre de Takashi. Il l'avait transporté jusqu'à l'immeuble de logements, puis il s'était rendu dans les montagnes et y avait passé la nuit. Il était réapparu chez sa mère le mardi soir et chez Thumps le mercredi soir.

Où avait-il donc passé le reste du temps ? Où était-il allé après être descendu des montagnes ? Et après avoir quitté la maison de sa mère ? Il n'avait pas pu se terrer dans le sous-sol de Thumps plus de quelques heures. D'ailleurs, il restait de la nourriture dans le réfrigérateur. Stick avait eu besoin de manger. De dormir. Il avait eu besoin d'un abri. D'un endroit où travailler et tenter de jouer les héros.

Évidemment. La réponse était si claire que Thumps fut sidéré de ne pas y avoir pensé plus tôt. La photographie avait peut-être stimulé sa créativité, mais elle avait manifestement émoussé ses capacités d'analyse.

Lorsque Thumps se gara devant la caravane, le lendemain matin, Moses Blood, assis sur une vieille chaise de jardin, profitait des premiers rayons du soleil.

— Je t'attendais, dit Moses en brandissant un thermos en acier et en se servant une deuxième tasse de café.

— Il faut qu'on parle.

— Avec plaisir.

— De Stick.

— Le fils de Claire.

— Le soir où je suis passé te voir, il était là ?

— Mais oui, répondit Moses. Dans l'Airstream.

— Pourquoi tu ne m'as rien dit ?

— Tu ne m'as rien demandé.

Thumps serra sa tasse dans ses mains.

— Stick a été abattu.

Moses se cala sur sa chaise et contempla le levant.

— Il n'est pas mort, mais il est grièvement blessé, poursuivit Thumps. Il m'a dit qu'il avait une preuve qui permettrait d'identifier l'assassin de Takashi.

— Ah, fit Moses. Le disque, sûrement.

— Le disque ?

— Un CD, tu sais bien.

Voilà donc ce qu'avait déniché Stick. Un disque. Pour ce que ça changeait… Thumps eut presque peur de poser la question suivante.

— Il a laissé le disque ici ?

— Non. Il l'a pris avec lui.

Se penchant, Thumps enfouit son visage dans ses mains.

— Tu n'as pas l'air dans ton assiette, dit Moses.

— Je suis seulement fatigué.

— Tu vas aider Stanley ?

— Je ne peux pas l'aider beaucoup, répondit Thumps. Sans ce disque, on n'a rien du tout.

— Hmm, fit Moses. Heureusement qu'on en a une copie.

Thumps mit un moment à assimiler les paroles de Moses.

— Tu as une copie ?

— Bien sûr. C'est facile, à condition d'avoir le bon équipement.

Se levant, Moses se dirigea vers le dédale de caravanes derrière chez lui.

— Les gens m'apportent leurs vieilles caravanes parce qu'ils n'ont pas le cœur de les achever.

— Qu'est-ce que tu en fais ?

— Je leur donne un endroit où vivre.

Thumps savait qu'il était inutile de discuter avec Moses. Et s'il était une caravane, supposa-t-il, il aimerait mieux être déposé ici que mis à la casse et transformé en brique d'aluminium.

Bien qu'il ait tenté de suivre les méandres, les coudes et les détours, Thumps se doutait bien qu'il aurait du mal à retrouver son chemin. Plus ils s'enfonçaient au milieu des caravanes, plus Moses prenait des allures de lapin blanc et plus Thumps se sentait comme Alice.

Sur une de ces caravanes, Thumps lut : « Matières radioactives ».

— On y est, dit Moses en sortant un trousseau de clés.

— Matières radioactives ?

— C'est une de ces anciennes cabines de radiologie mobiles, expliqua Moses.

— Sans blague.

— Inoffensive, aujourd'hui.

L'extérieur de la caravane était effectivement des plus banal. Aluminium blanc et bordures rouges.

Mais rien ne préparait Thumps à ce qui se trouvait à l'intérieur.

— C'est à toi, tout ça ?

— Non, répondit Moses. La tribu avait besoin d'un endroit où entreposer ses vieux ordinateurs.

L'intérieur de la caravane se composait d'une longue table où de l'équipement informatique – ordinateurs, moniteurs, imprimantes, numériseurs, tous reliés entre eux par des câbles – scintillait et clignotait dans le noir. D'autres ordinateurs, entiers et en pièces détachées, étaient entassés contre le mur du fond.

— Il est habile de ses mains, ce Stanley.

— C'est Stanley qui a fait ça ?

— Ma grand-mère savait parler aux animaux, commenta Moses. (Il appuya sur un bouton et un des moniteurs prit vie.) Stanley, lui, sait parler à ces machines.

— Tu sais comment elles fonctionnent ?

— Oui. Stanley m'a appris.

Moses appuya sur un autre bouton et un plateau en plastique sortit d'un des appareils.

— Ce n'est pas très compliqué, du moment qu'on comprend comment les Neveux raisonnent.

— Les Neveux ?

D'un geste, Moses désigna les ordinateurs.

— Ce sont comme des petits enfants. Ils répètent tout ce qu'on leur dit.

Thumps secoua la tête. Lui-même était à peine capable d'allumer un ordinateur, et voilà que Moses Blood, un des plus fervents traditionalistes de la réserve, lui donnait des leçons de protocole informatique, assis devant un moniteur pourvu d'un grand écran.

— Certaines personnes se méfient des ordinateurs parce qu'ils n'existaient pas dans le bon vieux temps.

— Personne n'allait à la chasse au bison armé d'un ordinateur portable.

— C'est vrai, acquiesça Moses. Mais il faut se mettre à la page. Même dans le bon vieux temps, les Indiens les plus futés étaient ceux qui se tenaient au courant.

— Tu as dit que vous aviez fait une copie du disque…

Moses hocha la tête et cliqua sur la souris. L'écran, vierge pendant un bref moment, se couvrit de couleurs vives.

— Ça y est.

Brusquement apparurent de longues rangées de chiffres. Les unes après les autres. Des uns et des zéros.

Thumps regarda les chiffres défiler dans l'espoir de découvrir quelque chose qui ressemblerait à des mots.

— Seulement des chiffres ?

— C'est un programme, expliqua Moses. Pas besoin de mots pour écrire un programme.

— Génial.

— Les machines sont intelligentes. Il suffit de leur donner un tas de chiffres et elles comprennent ce qu'on leur demande.

— Tu sais de quel genre de programme il s'agit ?

— Non, répondit Moses. Stanley était en discussion avec les ordinateurs, mais il a dû partir avant d'avoir terminé.

Thumps se rassit et soupira.

— Je te fais une copie, si tu veux.

— D'accord.

— Eux et moi, on a de bonnes discussions à propos de choses banales comme la pluie et le beau temps, les meilleurs endroits où aller en vacances. Je peux leur demander combien me coûterait un billet d'avion pour Calgary, où a lieu le grand pow-wow. Et on peut aussi parler de la Bourse. (Moses tapa pendant un moment.) Mais je ne connais pas encore assez bien leur langue pour les interroger sur ce que ce disque essaie de nous raconter.

Thumps regarda Moses réaliser une copie du disque, émerveillé par la dextérité avec laquelle le vieil homme maniait le clavier. On aurait cru que les ordinateurs réunis dans la pièce le connaissaient, qu'ils l'aimaient en quelque sorte.

— Tiens, fit Moses en tendant le disque à Thumps. Dis à Claire que j'espère de tout cœur que son garçon va vite se remettre.

Mentalement, Thumps leva son chapeau à Stick. Le système informatique que Moses et lui avaient bricolé à partir de pièces détachées était impressionnant.

— Tu es branché à Internet ?

— Absolument, répondit Moses. On peut aller partout dans le monde. L'autre jour, j'ai visité un très beau centre de villégiature au Costa Rica.

— Je n'ai pas besoin de vacances.

— Tout le monde a besoin de vacances.

— J'ai besoin d'informations.

— Évidemment, fit Moses. On n'appelle pas ça l'autoroute de l'information pour rien.

Thumps saisit un stylo et un bout de papier.

— Vois ce que tu peux trouver sur cette compagnie.

— De l'espionnage ? s'écria Moses en regardant le bout de papier. Magnum fait de l'espionnage. Et tu sais quoi ?

— Quoi ?

— C'est toujours l'acolyte qui se farcit l'informatique.

Moses ferma et verrouilla la porte de la caravane. Puis les deux hommes se dirigèrent vers la voiture de Thumps.

— C'est ce qu'il y a de bien avec les ordinateurs.

— Quoi donc ?

Moses contempla le ciel.

— Ils ne tirent pas sur les gens.

C'est vrai, se dit Thumps. Mais quand même, deux hommes étaient morts, un jeune homme était à l'hôpital, et Thumps ne pouvait s'empêcher de penser qu'il tenait dans sa main la cause de ces meurtres.

20

Pendant le trajet jusqu'en ville, Thumps s'administra des gifles et chanta des chansons. Avec un succès mitigé. La nuit avait été très longue et, à moins d'un retournement de situation subit, la journée le serait encore davantage. En dehors du sommeil, la seule chose qui lui permettrait de rester éveillé et lucide, c'étaient des calories. Et du café. Beaucoup de café.

Thumps retourna le disque dans sa main, laissa le soleil se réfléchir dessus. Le pessimiste en lui se disait qu'il ne contenait qu'un programme de traitement de texte. Un machin Internet. Un jeu.

Al's était bondé. Thumps s'appuya au mur, à côté des quatre autres personnes qui attendaient une place.

— Va te coucher.

Al se tenait derrière le comptoir, les mains sur les hanches.

— Bonjour.

— Tu as une mine épouvantable.

— Et j'ai faim.

— Il paraît que vous êtes devenus copain-copain, Andy et toi.

Thumps n'aurait su dire si le ton d'Al était approbateur ou réprobateur. C'était sans doute sans importance.

— Je suis au courant, pour Stanley.

Peut-être la chance de Thumps était-elle sur le point de tourner. Les quatre personnes devant lui attendaient un des deux box, et Mike Deeter, qui exploitait la station-service Shell, quittait le comptoir. Thumps se hissa sur le tabouret, enfouit sa tête dans ses mains et attendit son café.

— Comme d'habitude ?

— Oui, s'il te plaît.

N'étant pas sûr d'avoir l'énergie de soulever sa tasse, il se pencha sur elle et laissa la vapeur baigner son visage.

— C'est moins de l'épuisement qu'une dépression, si tu veux mon avis.

— Je peux avoir double dose de sauce pimentée ?

— Ça ne va pas guérir ta dépression.

Sous le couvert de ses mains, Thumps vit Al se diriger tranquillement vers son gril. Elle avait peut-être raison. Peut-être était-il déprimé. Claire lui avait demandé d'aider Stick, et il l'avait aidé à se faire tirer dessus. Ce n'était pas de sa faute, évidemment, mais la dépression n'était pas une émotion rationnelle, à supposer que ce soit une émotion.

La magie du café commençait à opérer, et Thumps sentit ses yeux revenir en face des trous. Lorsque son assiette arriva, la plupart de ses facultés intuitives étaient de nouveau connectées.

— Tu as résolu le mystère ?

— C'est le travail du shérif.

— Tu ne pourras pas passer le reste de tes jours à prendre des photos.

Jamais un petit déjeuner chez Al's n'avait été aussi bon. Les pommes de terre rissolées étaient particulièrement délicieuses, croustillantes, avec un bon goût de beurre, comme si elle les avait préparées juste pour lui.

— Tu te sens mieux ?

— Beaucoup mieux.

— Tu sais qui l'a tué, cet Asiatique ?

— Non.

— Et Floyd ?

— Non plus.

Al souleva la tasse et passa un coup de torchon sur le comptoir.

— Floyd est passé ici, tu sais.

Thumps feignit l'indifférence.

— Floyd était un connaisseur.

— Le matin de sa mort.

— Ah bon ?

— Il a pris des crêpes, des saucisses, des toasts et deux grands verres de jus d'orange.

— Il devait être affamé.

— Il était toujours affamé. Mais ce jour-là, il était heureux, en plus.

Al se pencha sur le comptoir.

— Et il y avait seulement deux choses au monde capables de faire le bonheur de Floyd Small Elk.

Thumps n'eut pas besoin d'interroger Al sur la première.

— Et la seconde ?

— La première en plus grande quantité, répondit-elle.

Thumps sourit.

— Il a dit d'où venait l'argent ?

— Pas un mot, fit Al. Mais pendant qu'il dévorait ses crêpes et ses saucisses, on pouvait le voir le dépenser dans sa tête.

Ça se tenait.

Si la mort de Floyd était liée au meurtre de Takashi – et Thumps aurait été prêt à parier sur l'existence d'un tel lien –, il y avait seulement deux explications possibles au deuxième meurtre. Soit Floyd savait quelque chose, soit il avait réussi à en convaincre le meurtrier. Floyd avait tenté de vendre à Thumps des informations sur Takashi. En quel honneur n'aurait-il pas fait la même proposition au meurtrier ?

Mais Thumps était sûr que Floyd n'avait pas encore tiré toutes les conclusions qui s'imposaient quand ils s'étaient parlé, tous les deux, près du garage des limousines. Se pouvait-il que Thumps lui ait fourni l'information qui lui manquait ? Ou Floyd avait-il fini par comprendre tout seul ?

Deux meurtres et une fusillade. Et le seul levier dont disposait Thumps, c'était un disque indéchiffrable. S'il avait un plan B, le moment était venu de le mettre en action.

Au Shadow Ranch, Thumps trouva Virginia Traynor et Elliot Beaumont qui l'attendaient au bar.

— Monsieur DreadfulWater, fit Beaumont en se levant, la main tendue, comme s'il interprétait le rôle d'un banquier dans une comédie romantique. Content de vous revoir.

Thumps serra la main de Beaumont. Elle lui rappela un bloc de marbre poli. Thumps se demanda comment l'homme se débrouillait pour donner la texture de la pierre à sa peau.

— Désolé de mon retard.

— Vous n'êtes pas en retard, dit Traynor en se tournant vers Beaumont. Tu as prévenu George ?

— Hier soir, répondit Beaumont.

Traynor appela le serveur.

— Vous avez faim ?

Thumps secoua la tête. Manger alors que le petit déjeuner d'Al's caressait encore son estomac lui aurait semblé sacrilège.

— J'espérais faire appel aux connaissances en informatique de M. Chan, dit-il.

Traynor se montra empressée et directe.

— Vous avez trouvé quelque chose ?

Thumps sortit le disque de sa veste et le posa sur la table.

— Un disque ? demanda Beaumont en saisissant l'objet pour le retourner. Où l'avez-vous trouvé ?

Thumps prit une profonde inspiration. Le moment était venu de bluffer.

— En fait, c'est Stick qui l'a trouvé. À Buffalo Mountain.

— Stick ? fit Beaumont en fronçant les sourcils.

— Stanley Merchant, expliqua Thumps en observant le visage de Beaumont. C'est lui qui a découvert le cadavre de Takashi.

— Mais je croyais que c'était une… agente immobilière qui l'avait trouvé.

Beaumont semblait perplexe. S'il jouait la comédie, il s'en sortait bien.

— Stanley était le leader d'un groupe d'opposants au casino : les Aigles rouges.

Beaumont hocha la tête, comme pour donner raison à Thumps.

— Donc c'est ce Stick qui a tué Daniel.

— Ce n'est pas ce que vous nous dites, n'est-ce pas ? fit Traynor.

Le serveur apporta du café.

— Non. Stick n'a pas tué Takashi. Takashi était déjà mort. Stick a seulement déplacé le cadavre dans un appartement.

Beaumont se cala sur sa chaise.

— Vous savez ce que contient ce disque ?

Thumps prit une profonde inspiration. Là, ça se corsait. Mentir ou dire la vérité ?

— Non, dit-il, optant pour la seconde possibilité. Pas encore.

— Vous comptiez sur George pour vous éclairer ? demanda Traynor.

— Takashi soupçonnait un sabotage informatique, dit Beaumont. Voilà peut-être comment on s'y est pris.

— Non, dit Thumps. Stick n'a pas eu le temps de faire quoi que ce soit. (Il n'avait d'autre solution que de pousser le bluff jusqu'au bout.) Je pense que c'est à cause de ça que Takashi a été tué.

Thumps crut percevoir un léger tic nerveux sur les lèvres de Beaumont.

Virginia Traynor posa sa serviette sur la table et hocha la tête.

— Dans ce cas, nous avons intérêt à parler à George.

Thumps prit le disque.

— Je devrais peut-être le remettre au shérif et le laisser se débrouiller.

— Faisons les deux, dit Traynor. Voyons si George comprend de quoi il s'agit. S'il réussit, le shérif aura la tâche plus facile.

— Mais vous avez vu le contenu, vous, dit Beaumont, d'une voix qui trahissait plus qu'une simple curiosité.

— Oui.

— Et alors ?

— Du charabia. Une série de uns et de zéros.

— Inutile de le montrer à George, dans ce cas, dit Beaumont.

Traynor hocha la tête.

— Elliot a raison. Ce que vous avez vu, c'est du langage machine. La plupart des programmes sont écrits dans ce qu'on appelle un code source, une série de commandes de texte, si vous préférez. Mais une fois le programme écrit et testé, il est converti en une séquence numérique appelée langage machine. Lequel est indéchiffrable.

— Le langage machine ne se traduit pas ?

— Si, bien sûr. Mais il faut savoir dans quel langage le programme a été écrit. Et même là, ce n'est pas évident.

— Chan pourrait le faire, non ?

— C'est à la portée du premier programmeur venu, expliqua Beaumont. Mais Virginia a raison. Pour avoir des chances de réussir, on doit connaître le langage du code source. Votre disque n'est peut-être rien de plus qu'un programme qui contrôle les probabilités relatives aux machines à sous, le séquençage des caméras de sécurité ou le texte des panneaux numériques.

— Moi qui croyais tenir une piste prometteuse, dit Thumps en faisant tourner le disque dans sa main.

— Parlons-en quand même à George, proposa Traynor, qui s'extirpa de la banquette en consultant sa montre. On n'a rien à perdre.

Le ciel s'était ennuagé, et l'air, ayant fraîchi, était devenu respirable. Au loin, devant les montagnes, Thumps distinguait la faible lueur des éclairs. Tout autour de l'hôtel, les touristes s'armeraient de leur parapluie, mais Thumps savait qu'il ne pleuvrait pas. C'était seulement une illusion. Un vent chaud.

— Combien les programmeurs informatiques gagnent-ils? demanda-t-il, tandis qu'ils empruntaient le sentier en direction des logements.

— Ça dépend, répondit Traynor. Vous songez à vous réorienter?

— En fait, dit Beaumont, nous évitons de parler des salaires.

— C'est si bien payé que ça?

— Non, dit Traynor. Si nous ne parlons pas des salaires, c'est à cause de la concurrence. Le monde de la technologie informatique et des services techniques n'a rien d'édifiant. Si une entreprise savait combien nous payons nos meilleurs éléments, elle tenterait de les acheter.

— Et si nos principaux éléments savaient combien gagnent les autres, ajouta Beaumont, ils exigeraient au moins autant.

— Un peu comme dans le domaine sportif, expliqua Traynor. On rémunère bien les vedettes et on essaie d'empêcher l'autre équipe de toucher au ballon.

Thumps avait du mal à s'imaginer Virginia Traynor, vêtue d'un short et d'un maillot, traverser le terrain de basket en courant, se faufiler entre deux défenseurs et exécuter un *slam dunk* d'une main. Elle était plutôt du genre loge privée, téléviseur à écran géant et petits plats concoctés par un traiteur. Mais c'est justement ce qui fait la beauté des métaphores. Elles n'existent que dans l'imagination.

— Lequel des deux était le mieux payé ? Takashi ou Chan ?

— J'ai bien peur que ce soit confidentiel, répondit Beaumont.

— En tout cas, Takashi s'en fout, lui.

George Chan occupait le même type d'appartement de luxe que Takashi. Tout bien considéré, Thumps dut remettre en question ses propres choix de carrière. Beaumont frappa à la porte.

— Un appartement comme celui-ci se loue combien ?

— Environ trois cents, répondit Traynor. Une autre partie de golf, ça vous dirait ?

Pas de réponse.

— George ? C'est moi, Elliot.

— Quand ?

— Les cérémonies d'ouverture du complexe ont lieu demain. Nous allons en profiter pour soumettre le système informatique à une batterie de tests complète. Après, donc.

Thumps n'était pas du tout convaincu du plaisir qu'on pouvait tirer de l'observation d'un ordinateur mais la voix de Traynor avait un entrain qui frisait l'enthousiasme.

— George !

Beaumont cogna de nouveau, plus fort. Et la porte s'entrouvrit.

Oubliant les ordinateurs et les chambres d'hôtel hors de prix, Thumps se plaça devant Beaumont en le repoussant.

— Hé !

Vite, Thumps se mit sur le côté, ouvrit la porte en grand et attendit que ses yeux s'acclimatent.

— George ? C'est Thumps DreadfulWater.

Derrière lui, Beaumont, impatient, s'agitait.

— Il a dû se rendre au bar et on l'a raté. Je vais voir.

— Non, dit Thumps. Il n'est pas au bar.

Virginia Traynor se serra contre son épaule.

— Qu'est-ce qu'il y a ?

— Vous deux, vous restez là.

— C'est un peu mélodramatique, non ? dit Beaumont. Je ne suis pas sûr que George apprécierait notre intrusion.

George Chan n'allait plus se formaliser de quoi que ce soit. En franchissant la porte, Thumps perçut la puanteur de la mort. Il fit deux enjambées. George Chan gisait près du canapé, affalé sur le sol, la moitié de sa tête pulvérisée. Par terre, à côté de lui, une arme à feu.

Beaumont se pétrifia.

— Mon Dieu !

Pour être sûr, Thumps fit un pas de plus. Pas d'erreur possible. La veste de George s'était ouverte au contact du sol, et Thumps n'eut aucun mal à déchiffrer l'étiquette.

Brioni.

— Reculez, ordonna-t-il en sortant son mouchoir. Et ne touchez à rien.

— Qu'est-ce qu'on fait ?

— On appelle le shérif, dit Thumps.

En passant de la pénombre de la chambre à la lumière, il posa doucement le mouchoir sur la poignée et ferma la porte derrière lui.

21

Hockney mit très peu de temps à arriver au Shadow Ranch. Andy Hooper n'était pas avec lui. Bien que curieux à propos de l'adjoint, Thumps jugea plus prudent de ne pas trop tirer sur la corde. Jusque-là, il avait été présent sur la scène de trois meurtres et d'une fusillade. Tôt ou tard, Hockney risquait de s'en apercevoir.

— C'est toi qui as découvert Chan ?

— Disons que c'est le fruit d'un effort collectif, répondit Thumps en se tournant vers Virginia Traynor dans l'espoir de trouver du soutien.

— C'est exact, shérif, dit-elle. Elliot, M. DreadfulWater et moi sommes venus parler à George Chan.

— À quel sujet ?

— Il devait nous retrouver au bar, dit Elliot.

— Pourquoi ?

Le shérif posait les bonnes questions et Thumps eut l'impression qu'il se rendait compte qu'elles restaient sans réponse. Personne ne mentionna le disque. Ce fut comme si, sans se consulter, ils avaient décidé de garder cette information pour eux-mêmes, dans l'immédiat. Thumps connaissait ses raisons. Il se demanda ce qui motivait Traynor et Beaumont.

— Tu as encore besoin de moi ?

— Pourquoi ? On t'attend quelque part ?

— Je veux passer voir Stick à l'hôpital.

— Tu as le chic pour ce genre de situation, tu sais.

Thumps haussa les épaules. Le shérif ne croyait pas si bien dire.

— Viens avec moi.

Le shérif s'engagea sur le sentier pierreux qui surplombait la piscine avant de se perdre dans les prairies. Thumps se demandait où allait le shérif, mais il voyait bien qu'il était inutile de l'interroger. Il ne s'arrêta qu'au bord de la falaise dominant la rivière.

— Qu'est-ce qu'on a trouvé dans la chambre, à ton avis ?

Thumps avait sa petite idée là-dessus, mais le shérif avait mérité le plaisir de révéler à Thumps ce qu'il savait déjà.

— Une lettre d'adieu.

— Sans blague ?

— Sur l'ordinateur portable du type, dit le shérif en baissant le bord de son chapeau pour mieux contempler ses bottes. Tu sais ce qu'elle contenait ?

— Aucune idée.

— Je me suis dit que tu l'avais peut-être lue en entrant dans la pièce.

— On ne s'est pas attardés.

— Mais l'arme, tu l'as vue ?

— Ouais.

— Encore une bonne surprise.

— Même calibre que celle qui a tué Takashi et Floyd ?

— On a fait des vérifications, dit Duke. Chan n'est pas arrivé avec Traynor et Beaumont. Il est venu deux jours plus tôt. Ils t'en ont parlé ?

Non, songea Thumps, mais Floyd le lui avait dit. Seulement, Thumps l'avait écouté à moitié. Ce jour-là, au garage. « Deux autres sont arrivés. » Voilà ce que Floyd avait dit. Beaumont et Traynor. Mais pas Chan. Parce que Chan était déjà là.

— Tu as tout tiré au clair, semble-t-il.

— Je suis le meilleur.

Le shérif regarda Thumps avec l'air d'attendre quelque chose.

— Ne compte pas sur moi pour te contredire, fit celui-ci.

— C'est ce que disait la lettre d'adieu : « Je suis le meilleur. » Qu'est-ce que ça signifie, à ton avis ?

— Jalousie professionnelle ?

— On a tué pour moins que ça.

— Ça me va, comme explication.

— Évidemment, puisqu'elle disculpe Stick, dit Duke en se frottant les mains. Comment va-t-il, au fait ?

— Il est dans le coma.

— Merde.

— D'après toi, comment Chan a-t-il fait pour entrer et sortir sans que Cooley le voie ?

— Épargne-moi ton numéro d'Indien stupide, dit le shérif.

— Tu crois que Chan était dans le camping-car ?

— Pas toi ? On a fait des recherches. Takashi louait un camping-car tous les week-ends. Un touriste dans l'âme, apparemment. Quoi qu'il en soit, il passe prendre le véhicule et Chan et lui se rendent à Buffalo Mountain. Chan reste à l'arrière, et Cooley ne le voit pas.

— Plausible.

— Je ne te demande pas ce que Stick faisait dans le centre informatique, dit le shérif en regardant Thumps, parce que tu vas me le dire, pas vrai ?

— C'est sans importance.

— Parce que si je tenais à avoir la réponse…

Duke laissa la menace en suspens.

Le shérif ne cherchait pas un prétexte pour inculper Stick, croyait Thumps. Mais si Duke en voulait encore à son adjoint pour ce qu'il avait fait, il réussirait peut-être, en tenant Stick en partie responsable du coma dans lequel il se trouvait, à se décharger d'un peu de sa propre culpabilité.

— Ils sont nombreux, les habitants de la réserve qui ne voient pas d'un bon œil la venue du casino. C'était peut-être quelque chose comme ça.

Se penchant, Duke cassa un brin d'herbe sèche des prairies.

— Alors, Chan tue Takashi parce qu'il est jaloux de ses succès ou parce qu'il convoite son poste. Pour détourner les soupçons, il peint « Aigles rouges » sur le mur. Stick débarque, trouve Takashi mort, voit les mots sur le mur et comprend tout de suite qu'il s'agit d'un coup monté. Au fait, tu interviens quand tu veux.

— Tu t'en sors très bien.

— Va chier, DreadfulWater.

— Non, sincèrement.

— On a trouvé le rouleau à peinture dans la benne à ordures du garage, avec le portefeuille de Takashi et les chiffons que Stick a utilisés pour essuyer le sang.

Duke s'arrêta un moment pour frotter le coin de ses yeux.

— À ton avis, pourquoi Stick a-t-il pris le portefeuille de Takashi ?

— Tu devrais lui poser la question.

— Je suppose que c'était pour gagner du temps, dit Duke en mettant les mains dans ses poches.

— La seule chose que Chan n'avait pas prévue, c'était l'arrivée de Stick, qui a compromis le coup monté.

— Jusque-là, ça colle.

— Sauf que Chan a dû trouver le moyen de sortir sans être vu.

— Le camping-car.

— Ouais, dit le shérif. C'est ma partie préférée. Je ne suis pas du genre à dire qu'ils se ressemblent tous, mais je mets ma main au feu que c'est le pari qu'a fait Chan. Il enfile le blouson de Takashi, ses lunettes de soleil et sa casquette, puis il quitte les lieux par le portail. Cooley a laissé entrer un programmeur asiatique. Il en laisse sortir un autre.

— Et Cooley ne se rend pas compte que ce n'est pas le même homme ?

— Comment lui en vouloir ? Les employés de l'agence de location n'y ont vu que du feu.

— Chan a rendu le camping-car ?

— Samedi après-midi, répondit Hockney. C'était lui, forcément. Pas d'autre explication possible.

— Et Stick quitte le complexe à pied ?

— Un jeu d'enfant. Il suffit de connaître les montagnes.

Duke en savait plus que Thumps ne l'aurait cru. Peut-être même avait-il tout démêlé.

— Tu crois que Chan surveillait ma maison ?

— Pourquoi pas ? Aussitôt que Stick entre chez toi, Chan met le blouson dans sa voiture et nous prévient.

— Et Floyd ?

— Floyd a tout compris, va savoir comment, et Chan a dû l'éliminer.

— Je suis impressionné, dit Thumps.

— Non, tu ne l'es pas, mais tu devrais l'être.

Thumps se tourna vers le Shadow Ranch.

— Qu'est-ce que tu vas faire, maintenant ?

— Je vais prendre ma retraite à Hawaï. Les trous du cul comme Andy compliquent inutilement le travail.

Thumps attendit au bar que la police ait fini de prendre les dépositions de Traynor et de Beaumont.

— Merci d'être resté, dit Traynor.

— Où est Elliot ?

— Dans sa chambre. Il supporte mal le stress.

— Il s'est trompé de carrière, non ?

— Normalement, nous ne nous entretuons pas.

L'estomac de Thumps laissa entendre un borborygme. Dans toute cette agitation, il avait oublié de déjeuner.

— Vous avez faim ?

Virginia Traynor fit signe au serveur avant que Thumps ait eu le temps de mentir.

— Un steak sandwich, ça vous va ? Je vous invite.

Elle se cala sur sa chaise.

— Sale petit drame, non ?

— Vous saviez que Chan et Takashi se détestaient ?

— Nous avons engagé Daniel et George à peu près en même temps. Ils avaient tous les deux beaucoup de talent. C'est Daniel qui est monté en grade.

— George Chan était convaincu que c'est lui qui aurait dû être choisi ?

— Apparemment.

— Qu'est-il venu faire ici ?

— Je ne vous suis pas.

— Takashi était déjà sur place. Il savait programmer et tester le système informatique. Pourquoi avait-il besoin de Chan ?

— Ah ! s'écria Traynor. Le shérif est satisfait, mais pas vous.

— Les détails inexpliqués sont toujours irritants.

— Daniel était inquiet à cause des Aigles rouges. Il les soupçonnait d'avoir le système informatique dans le collimateur. La sécurité informatique était la spécialité de George. Dans le domaine des virus et des vers, de tout ce qui risque de faire planter un système, il était un véritable génie. Nous l'avons envoyé à titre de précaution.

— De mercenaire ?

— Oui, si vous y tenez. Pourquoi ?

— Quand est-il arrivé ?

— Il faudra demander confirmation à Elliot, mais je pense que c'était le jeudi précédant le meurtre de Daniel.

Le sandwich fut servi et la discussion, délaissant Buffalo Mountain, s'orienta vers de banales considérations sur le golf et la vie dans l'Ouest.

Thumps terminait les frites lorsque le téléphone de Traynor sonna.

— C'était Elliot.

— Comment va-t-il ?

— Mieux.

— Vous comptez toujours rester pour l'inauguration officielle ?

— Absolument. Maintenant que la lumière est faite, autant profiter du reste de notre séjour. Que diriez-vous de me servir de guide touristique ?

— Et Elliot ?

— Il n'a qu'à trouver son propre Indien.

À maints égards, Virginia ressemblait à Claire. Une femme coriace dans un monde impitoyable. Et Thumps se demanda comment elle aurait réagi si son fils avait été blessé par balle.

— Vous ne semblez pas satisfait. Vous pensez que le shérif a omis quelque chose ?

— Le travail de Duke est plutôt exhaustif.

— Un détail inexpliqué ?

Thumps sentait le disque dans sa poche.

— À votre avis, pourquoi Chan s'est-il suicidé ?

Elle haussa les épaules.

— Parce qu'il a eu peur de se faire prendre ?

— Personne ne savait que c'était lui, le coupable.

— Vous le saviez, vous.

— Non. Tout ce que je savais, c'est que Stick n'avait tué personne.

— Vous vous rapprochiez. George a peut-être cru que le shérif ou vous finiriez par comprendre.

Peut-être, peut-être, peut-être.

— Pourquoi ne s'est-il pas enfui ?

— George était orgueilleux. Il aimait le luxe. Il a peut-être senti le monde se dérober sous ses pieds.

— Il tue deux hommes avant de sombrer dans la dépression ?

— Des gens se suicident pour beaucoup moins.

Thumps posa sa serviette sur la table.

— Il faut que je me sauve. Je suis content que les choses se soient arrangées pour vous.

— Oui, acquiesça Traynor. On le dirait bien.

Thumps sortit le disque de sa poche et le considéra.

— Qu'est-ce que vous allez en faire ?

— Je ne sais pas, avoua Thumps. Je devrais le remettre à Duke, mais il risque de m'engueuler comme du poisson pourri.

— Curieux ?

— Pas vous ?

— Très, dit Traynor. Laissez-le-moi, si vous voulez, et je vais demander à un de nos informaticiens de le déchiffrer.

Thumps retourna le disque dans sa main.

— Pourquoi n'avez-vous pas parlé du disque au shérif ? demanda-t-il.

— C'est ce que vous souhaitiez, non ?

— Je pense que je vais le conserver encore un moment.

— Comme vous voulez.

Se relevant, Traynor lissa sa jupe.

— Une partie de golf, ça vous dirait ?

Thumps secoua la tête.

— Je vais être très pris au cours des prochains jours.

— Dommage, dit-elle. Je commençais à prendre goût aux grands espaces.

Le vent s'était levé. Le couvercle de nuages avait été repoussé vers l'est, et le soleil inondait de nouveau le paysage. Certaines personnes vivaient pour le soleil, gâchaient leurs vacances dans des lieux où il n'y avait rien d'autre à faire que de lézarder. Malgré les avertissements concernant les trous dans la couche d'ozone, les dommages causés par les UV et les risques bien réels de cancer de la peau, les humains affluaient toujours vers les régions du monde les plus ensoleillées, telle une bande de lemmings en quête d'une falaise.

Thumps ouvrit la portière de la Volvo. Que la voiture n'ait pas encore fondu témoignait de la supériorité des ingénieurs suédois. Depuis le parking, il voyait le véhicule de sport utilitaire du shérif Hockney et les voitures de patrouille garées près de la réception. Duke allait bientôt boucler l'enquête, fermer le dossier et passer au prochain crime de la semaine.

Hockney avait raison. Tous les morceaux du puzzle s'emboîtaient parfaitement. Tout s'expliquait. Chan avait presque certainement tué Takashi. Le deuxième café lui était destiné. Chan avait peint les mots « Aigles rouges » sur le mur du centre informatique. Chan avait tué Floyd. Et Chan avait mis le blouson de Takashi dans la Mustang de Stick.

Il restait une seule question à laquelle Thumps était encore incapable de répondre. Qui avait tué Chan ?

22

Bien sûr, Thumps n'aurait pu jurer que Chan ne s'était pas suicidé, mais sa mort bouclait la boucle de façon beaucoup trop parfaite. D'après ce que Thumps avait observé dans son appartement, l'hypothèse du suicide se tenait. Duke chercherait des résidus de poudre sur la main de la victime. Il examinerait la forme des taches de sang. Il irait sans doute jusqu'à prendre en compte le positionnement de l'arme. Si Chan ne s'était pas suicidé, quelqu'un s'était donné beaucoup de mal pour laisser croire le contraire. Et si Chan avait été supprimé, l'histoire était loin d'être réglée.

Thumps, cependant, ne pouvait pas prouver qu'un autre crime avait été commis. Duke avait très bien travaillé. En gros, Thumps était d'accord avec ses conclusions. Dès que le blouson était apparu dans la voiture de Stick, Thumps avait compris que Chan était impliqué. Sinon, comment quelqu'un aurait-il pu quitter le complexe et y revenir sans éveiller les soupçons de Cooley ? Celui-ci était sûr d'avoir fourni une description exacte des événements de la matinée. Un Asiatique avec un blouson de l'Indian Motorcycle Company, des lunettes de soleil et une casquette avait franchi le portail du complexe et un Asiatique avec un blouson de l'Indian Motorcycle Company, des lunettes de soleil et une casquette l'avait quitté.

Et si la jalousie professionnelle était à première vue un mobile valable, la séquence des événements invalidait cette thèse. Si Chan voulait tuer Takashi, pourquoi ne l'avait-il pas fait dans le New Jersey, où le meurtre, à en croire la rumeur, était un sport et où la liste des suspects aurait été sans fin ? Pourquoi venir dans une ville inconnue, se rendre dans un complexe immobilier inconnu, commettre un meurtre et tenter d'en imputer la responsabilité à un petit groupe de militants indiens ? Bien sûr, le meurtre avait pu être commis sous l'impulsion du moment. Takashi et Chan sont dans la même pièce. Takashi dit quelque chose qui déplaît à Chan. Chan tue Takashi et, pris de panique, voit dans les Aigles rouges sa porte de sortie. Sauf que, en général, les meurtres impulsifs sont désordonnés. Takashi avait été liquidé proprement. Floyd aussi.

Idem pour Chan, tout bien considéré.

De retour à l'hôpital, Thumps trouva Moses Blood au chevet de Stick.

— C'est toi le patron ?

— Tu as tout compris.

— Comment va-t-il ?

— Nous gardons espoir.

— Il a repris conscience ?

— Non, répondit Moses, mais je lui remonte le moral en lui racontant des blagues.

Stick avait un tube dans le bras et un autre dans une narine. Thumps avait du mal à le regarder sans grimacer.

— J'ai envoyé Claire à la cafétéria. Elle n'avait rien mangé de la journée.

— Tu t'en sors, ici ?

— Oui, mais tu pourrais remonter un donut.

— De quel genre ?

— Quelque chose avec du chocolat dessus. Les préférés de Stanley.

Il trouva Claire assise dans un coin, les mains autour d'une tasse de café.

— Moses pense que tu es en train de manger. (Claire n'essaya même pas de sourire.) Tout indique qu'on tient le tueur de Takashi.

Elle hocha la tête :

— Le shérif a téléphoné.

— Il retire les accusations contre Stick.

— Les salauds.

Thumps ne put que lui donner raison. Si le shérif s'était raisonnablement bien tiré d'affaire, le fait de laisser un type comme Andy Hooper porter un insigne et une arme constituait une grossière erreur de jugement, le genre d'erreur que de bons résultats n'excusent pas.

— Il est venu te demander de l'aide, dit Claire d'une voix grave et pondérée.

L'accusation, cependant, n'échappa pas à Thumps.

— Je ne lui ai pas tiré dessus.

— Il est venu te demander de l'aide.

— Ce n'est pas moi qui lui ai dit de saboter l'ordinateur.

— C'est encore un enfant !

Deux possibilités s'offraient à Thumps. Plaider coupable et accepter le blâme ou tenir bon. Il aurait mieux fait de laisser Claire passer sa colère et sa frustration sur lui. Mais la nuit et la journée avaient été longues. Et même si Stick ne méritait pas de se retrouver sur un lit d'hôpital, Thumps ne voyait pas au nom de quoi il devrait empêcher Claire de regarder les erreurs de son fils en face.

— Il risque de mourir.

— Il ne va pas mourir, répliqua Thumps. Et il est inutile de te faire des reproches.

— Je ne me fais pas de reproches.

— Alors ne m'en fais pas à moi non plus.

Claire rentra la tête dans les épaules et contempla son café. Cette femme ne cédait jamais.

— Il faut qu'on discute, dit-il.

— Il n'y a rien à discuter.

— Pas de nous. Du complexe.

— Il faut que je retourne auprès de Stick.

— Merde, Claire, si tu tiens absolument à désigner un coupable, pourquoi pas Stick ? Personne ne lui a suggéré d'aller au complexe. Personne ne lui a suggéré de déplacer le cadavre. Et personne ne lui a dit de s'enfuir. Ni toi. Ni moi.

Les yeux de Claire lancèrent des flammes.

— Va te faire foutre !

Elle le contourna et s'en fut sans se retourner.

Ça s'est plutôt bien passé, se dit Thumps en s'asseyant à la table. J'ai fait preuve d'autant de tact qu'un médecin au chevet d'un malade. Claire avait de bonnes raisons d'être en colère, mais il aurait pu éviter de jeter de l'huile sur le feu. Il avait encore à lui parler. Et à présent, pour obtenir des réponses, il devait se faire pardonner.

Le plat du jour, annoncé sur un tableau noir, était un pain de viande. Thumps en commanda une portion, avec des pommes de terre et de la sauce, et s'offrit une part de tarte à la citrouille. À la télé, il avait vu une émission autour d'un médecin qui avait consacré des années à l'étude des odeurs qui attiraient les hommes et les femmes. Les membres d'un des sexes raffolaient du parfum de la réglisse et de celui du concombre sous toutes ses formes, et l'autre, de celui de la lavande et de la tarte à la citrouille. Mais Thumps avait oublié qui aimait quoi. Il espéra que c'étaient les femmes qui prisaient le parfum de la tarte à la citrouille. Il aurait besoin d'un maximum d'aide.

Moses était parti. Assise près du lit de Stick, Claire feignait de lire un magazine.

— Moses voulait des donuts, dit-il en brandissant un sac en papier en guise de rameau d'olivier. Et je t'ai apporté à manger.

Claire ne le regarda même pas.

— Moses voulait des donuts au chocolat.

Il attendit de voir si elle allait accepter de lui parler.

— Il a dit qu'ils étaient pour Stick.

— Va-t'en.

Claire semblait fatiguée, vaincue.

— Il faut qu'on parle.

Elle se cala sur la chaise et referma le magazine sur ses genoux.

— De quoi ?

— De Genesis Data Systems.

Claire s'affala sur la chaise, comme écrasée par le poids de la dernière semaine.

— Qu'est-ce que tu veux savoir ?

— Comment les gens de Genesis ont-ils décroché le contrat ?
— C'est-à-dire ?
— C'est vous qui les avez contactés ou l'inverse ?
— Ils nous ont contactés.
— Ils ont fait une proposition chiffrée ?
— Oui, comme tout le monde.
— Combien y a-t-il eu de candidats, en tout ?
— Quatre.
— Et l'offre de Genesis était la plus basse ?
— Oui, répondit Claire, qui montrait des signes d'impatience. Où veux-tu en venir, au juste ?
— De beaucoup ?
— C'est confidentiel.
— Merde, Claire.
— L'écart était considérable.
— Et les autres propositions se situaient toutes dans les mêmes eaux ?
— Plus ou moins, oui.
Thumps posa le sac sur la table de chevet.
— Donne les donuts à Stick quand il se réveillera.
— Où tu vas ?
— M'occuper des détails inexpliqués, dit-il. Je suis désolé, pour Stick. Je n'ai rien voulu de tout ça.
— Je sais.
Claire avait les larmes aux yeux. Disparue, la combativité. En elle, il ne restait que du chagrin.

Dans son bureau, le shérif Hockney parlait au téléphone. Il fit signe à Thumps de s'asseoir.

— Ouais, dit-il en levant les yeux au plafond. Je veux tout.

Puis il secoua la tête et raccrocha.

— Des problèmes ?

— Rien qu'on ne puisse régler avec un minimum de sens commun, dit Duke en s'accoudant sur sa table de travail. Je croyais que nous avions terminé, toi et moi.

— Je me suis dit que j'allais passer te saluer.

— Foutaise. Qu'est-ce que tu veux savoir ?

— Tu vas me répondre ?

— Ce n'est pas ce que j'ai dit, répondit le shérif. Peut-être que oui, peut-être que non.

Thumps commençait à penser que Duke prenait plaisir à cette forme d'échange.

— Je me demandais combien de personnes avaient entendu le coup de feu.

— Quand Chan s'est tué, tu veux dire ?

— Un .38, ça fait quand même pas mal de bruit.

— C'est vrai, acquiesça Duke en déplaçant des dossiers sur sa table de travail.

— Tu veux dire que personne n'a rien entendu ?

— On n'a pas interrogé tout le monde.

— Les clients qui occupent les appartements voisins ?

— Des jeunes en lune de miel, dit Duke en se pinçant le nez comme s'il allait éternuer. Ils étaient au lit.

— Et ils n'ont rien entendu ?

— Ils étaient occupés. Les clients de l'autre côté étaient partis en visite touristique.

Thumps avait entendu dire que le sexe émoussait l'odorat. Mais l'ouïe ? C'était nouveau pour lui.

— Bizarre, dit-il.

— Qui sait ? Ils gémissaient peut-être très bruyamment, dit Duke en souriant. Sinon, ils étaient tellement épuisés qu'ils dormaient déjà.

— Plausible, dit Thumps en faisant passer son poids d'un pied sur l'autre. Je suppose que tu as vérifié les…

— Oui, nous avons vérifié les oreillers du lit et les coussins du canapé.

— Rien ?

— Pas de trou de projectile, si c'est ce que tu veux savoir.

Hockney plissa le nez.

— Mais tu aurais dû voir la merde qu'on a trouvée dans le canapé.

Thumps songea à son propre canapé.

— Les touristes sont des porcs.

— Merci, shérif.

— C'est tout ?

— Je te l'ai déjà dit : simple curiosité.

— Tu penses que j'ai raté quelque chose ?

Thumps haussa les épaules.

— Je ne vois pas comment.

— Andy est suspendu, au cas où ta curiosité s'étendrait jusqu'à lui.

— C'est la première bonne nouvelle de la journée.

— DreadfulWater, lança Duke. Fais-nous une faveur à tous et retourne à la photographie.

Thumps laissa sa voiture devant le bureau du shérif et marcha jusqu'à l'ancien bureau des titres fonciers. Il aurait parié que Beth se trouvait au sous-sol. La chance était avec lui.

— Moi qui croyais que tu n'aimais pas traîner dans ma cuisine.

— J'ai horreur de ça.

— Je devrais peut-être commencer à te verser une commission.

— Je n'y suis pour rien.

— Qu'est-ce que c'est, cette fois ?

Il y avait une housse mortuaire sur une des tables. Thumps n'eut pas besoin de demander qui s'y trouvait.

— Tu as jeté un coup d'œil à Chan ?

— Il vient d'arriver.

— J'ai besoin d'une faveur.

— Tu as toujours besoin d'une faveur, dit Beth en interrogeant le visage de Thumps dans l'espoir d'y trouver un indice. À première vue, il s'agit d'un suicide.

— Je sais.

Beth se dirigea vers le sac et descendit la fermeture éclair.

— On dirait bien un suicide. L'angle est conforme, fit-elle en tournant la tête de Chan d'un côté. Le shérif est aussi paranoïaque que toi. Tu étais au courant ?

— C'est-à-dire ?

— Il a commandé une autopsie de luxe, avec tout le tralala.

Elle braqua une petite lampe de poche sur la blessure d'entrée.

— Oh là là.

— Quoi ? Qu'est-ce que c'est ?

Beth saisit des pincettes et fouilla derrière l'oreille de Chan. Thumps sentit des vagues de nausée monter du plus profond de ses entrailles.

— C'est curieux.

Elle rinça les pincettes dans un petit récipient en verre.

— Je ne vois rien.

— Parce que tu n'es pas légiste.

Thumps se pencha au-dessus du récipient en plissant les yeux. De plus près, il distingua un petit fragment d'une substance qui flottait à la surface. Avec précaution, Beth la déposa sur une lame de verre et la glissa sous le microscope.

— Regarde.

L'agrandissement n'avança pas Thumps. L'objet ressemblait vaguement à un fromage suisse rosé, mais il n'avait toujours aucune idée de ce dont il s'agissait.

— La couleur rosée s'explique par le sang.

— Et si tu me proposais un choix de réponses ? Pour que je puisse deviner.

— D'accord, fit Beth. Un éléphant ou un réacteur nucléaire ?

— Il y a un troisième choix ?

— De la mousse de caoutchouc.

— Merde.

— Tu résumes parfaitement mon sentiment. Il vaut mieux que je prévienne le shérif.

— Demain, c'est la grande inauguration de Buffalo Mountain. Dis à Duke que je vais le retrouver là-bas.

— Tu sais quoi, DreadfulWater ? fit Beth en refermant la housse mortuaire. Pour un photographe, t'es pas un trop mauvais policier.

23

Freeway était roulée en boule sur sa couverture posée sur le radiateur. Quand Thumps ouvrit la porte, elle ne leva même pas les yeux. Il aurait dû être crevé, mais, bizarrement, il était plutôt affamé. Il avait été déçu par le pain de viande mou et détrempé servi à l'hôpital, au vague goût de céréales humides et de ketchup.

— Tu as faim ?

Si elle avait faim, Freeway n'allait pas l'avouer si facilement. Et elle n'allait surtout rien lui demander.

— Comme tu veux.

Le réfrigérateur était dégarni. Le congélateur contenait des cuisses de poulet et un beau faux-filet, mais il était tard, et Thumps n'avait pas envie de se lancer dans de longs préparatifs. Il ne lui restait que le pop-corn. Il plaça le sac dans le four à micro-ondes, régla la minuterie sur trois minutes et quatorze secondes, alluma le téléviseur et s'allongea sur le canapé.

Quand il se réveilla, le pop-corn était encore dans le four, le téléviseur poursuivait son bavardage, Freeway n'avait pas quitté sa couverture et le soleil matinal entrait à flots par la fenêtre du salon. Il avait en quelque sorte égaré la nuit.

Il consulta l'horloge. Neuf heures. Les grandes cérémonies d'inauguration du Buffalo Mountain

Resort débuteraient à quatre heures de l'après-midi. Il lui restait donc un peu plus de six heures pour tout tirer au clair. S'il avait raison et que la chance lui souriait, il finirait par tout comprendre.

Les coups sur la porte le firent sursauter. Hormis Floyd qui s'était invité dans son salon et Stick qui était apparu dans sa chambre noire, Thumps ne se souvenait pas de la dernière fois qu'un visiteur s'était présenté chez lui.

Claire était sur le perron, aussi affligée qu'à l'hôpital.

— Il va mieux, fit-elle en s'efforçant de sourire.

— Stick ?

— Il s'est réveillé ce matin.

— Excellent.

— Et il avait faim.

Claire n'eut même pas le geste d'essuyer ses larmes.

— Alors il va s'en tirer.

— Tu peux me prendre dans tes bras ?

Thumps fut un peu gêné de faire un câlin à une femme qui pleurait sur le pas de sa porte, et il aurait préféré que Claire attende d'être à l'intérieur. Mais des années plus tôt, il avait appris que les femmes qui pleurent sont inamovibles et qu'on commet une erreur en tentant de les déplacer. Il faut attendre qu'elles aient terminé.

— Ça va, dit Claire en s'écartant. Je me sens toujours mieux après avoir pleuré.

Thumps n'était pas sûr de comprendre les mécanismes en jeu. Comment les larmes pouvaient-elles vous soulager ? Lui, après avoir pleuré, se sentait toujours malheureux.

— Tu sais de quoi j'ai eu envie après que le docteur m'a confirmé que Stanley était hors de danger ?

— De fêter ça ?

— De lui donner la fessée.

L'idée n'était pas mauvaise, mais Thumps avait peine à imaginer Stick plié sur les genoux de sa mère.

— Si tu as besoin de quelque chose…

— Excuse-moi pour hier soir, dit Claire en posant la main sur la poitrine de Thumps. Pour ce que j'ai dit.

— Tu étais en colère.

— Je croyais qu'il allait mourir.

Thumps se souvenait encore de ce qu'il avait ressenti quand on avait retrouvé Anna et Callie sur la plage. Claire n'avait pas à s'excuser.

Elle tenta de se coiffer avec ses doigts.

— On inaugure Buffalo Mountain aujourd'hui. Il faut que j'aille me refaire une beauté.

Thumps regarda Claire regagner sa voiture. Stick avait eu de la chance. Il ne saurait sans doute jamais jusqu'à quel point. Anna et Callie en avaient moins eu. En fait, elles n'en avaient pas eu du tout.

En refermant, Thumps nota une odeur, subtile mais désagréable. Au début, il crut que c'était la litière de la chatte ou un truc qui pourrissait dans la poubelle. Il fut donc légèrement irrité d'en découvrir la source. D'autant qu'il n'y était pour rien. Depuis des jours, il courait à gauche et à droite, sans prendre le temps de changer de vêtements, et son corps le rattrapait, tout simplement. Il espéra que Claire, dans son état, n'avait rien remarqué.

La douche était humide et plus ou moins chaude, et il resta sous le jet jusqu'à ce que le réservoir soit vide.

En posant le pied sur le tapis de la douche, il trouva Freeway qui l'attendait.

— À toi.

La chatte ne se le fit pas dire deux fois. Sautant dans la baignoire, elle lécha le tour de la bonde.

— Je vais me brosser les dents, dit Thumps à la chatte pour l'aider à planifier sa journée. Ensuite, je vais m'habiller.

Thumps sortit un pantalon foncé de l'armoire. Il ne l'avait pas porté depuis longtemps, et il y avait un trait de poussière à l'endroit de la pliure sur le cintre. Il trouva aussi une chemise grise qui avait peut-être déjà été blanche de même qu'une cravate rouge qui n'allait avec rien en particulier. Claire n'avait pas mentionné de tenue de rigueur. Mais bon, elle ne l'avait pas invité non plus.

Il prit son revolver et son holster dans le coffre verrouillé. Il n'avait pas porté d'arme depuis longtemps, et le revolver lui procura une drôle de sensation sous son bras. Il glissa deux chargeurs dans la poche de sa veste, au cas où la situation dégénérerait.

Lorsqu'il s'arrêta pour faire le plein à la station-service Shell, il était onze heures et demie. Un peu plus d'une demi-heure plus tard, il immobilisa la Volvo chez Moses Blood.

Ce dernier l'attendait.

— Stanley va s'en tirer.

— Je suis au courant.

— Grâce aux donuts au chocolat.

— Tu as des informations ?

— Pas grand-chose, répondit Moses. J'ai passé mon temps à m'inquiéter pour Stanley.

— Je vais prendre tout ce que tu as.

— Viens, dit Moses. Laisse-moi te montrer.

Comme il était allé la veille jusqu'à la caravane abritant les ordinateurs, Thumps s'attendait à trouver son chemin sans mal. À la clarté du jour, cependant, le dédale était encore plus déboussolant. En débouchant devant la pancarte qui prévenait du danger, Thumps n'avait aucune idée de l'endroit où il se trouvait ni du trajet qu'il avait suivi.

Moses se percha sur la chaise posée devant le grand moniteur.

— Bon. C'est parti.

Thumps passa l'heure suivante à fixer l'écran sur lequel Moses faisait défiler ses découvertes concernant Genesis Data Systems. Dans la plupart des cas, il s'agissait d'un fatras commercial en tous points semblable à celui qu'Ora Mae avait déterré. Rapports annuels, prospectus, objectifs de production, projections de revenus.

— On peut savoir qui possède Genesis ?

Moses se plongea dans une série d'articles et de sites Web.

— Là, dit-il enfin.

— Et ?

— Une autre entreprise.

— Quoi ?

— Stanley m'a expliqué. De nos jours, toutes les compagnies ont la même stratégie. Pour se cacher, elles créent des sociétés à crans.

— Des sociétés écrans.

— C'est ce qu'on aurait dû faire quand Colomb s'est pointé.

Genesis Data Systems appartenait à une société du nom de Laurent Industries, elle-même propriété de National Associates. National Associates avait son siège social aux îles Caïmans.

— On peut savoir qui possède National Associates ?

— Non.

— Et les autres casinos pour lesquels Genesis Data Systems travaille ?

— Stanley dit que j'ai un toucher magique, lança Moses en pianotant sur le clavier. Il pense que les ordinateurs me racontent des choses qu'ils cachent aux autres.

— Stick s'y connaît en informatique.

— Les ordinateurs ressemblent beaucoup aux animaux.

Moses appuya sur une touche et les informations qui défilaient sur l'écran ralentirent.

— Attends.

Moses appuya sur une autre touche et l'écran se figea.

— Impossible.

— Les ordinateurs ne mentent pas, déclara Moses. À moins qu'on leur dise de mentir.

— C'est une liste de leurs clients ?

— C'est ce qui est écrit.

— Je n'en crois pas mes yeux.

— Tu as tout compris ?

Thumps s'éloigna des ordinateurs, puis quelques scénarios défilèrent dans sa tête. Il s'arrêta sur celui qui lui plaisait le plus.

Il se tourna vers Moses.

— Peut-être pas, mais je me rapproche.

— Je suppose que ça ne s'en va jamais, même si on préférerait s'en débarrasser, dit Moses avec le sourire de qui en connaît une bien bonne.

— Quoi donc ?

— Se sentir responsable.

Il était quatre heures trente lorsque Thumps arriva devant le portail du Buffalo Mountain Resort. Debout près de la guérite, Cooley avait une allure carrément royale. Son uniforme était propre et repassé à la perfection, ses chaussures cirées. Ses cheveux détachés tombaient en cascade sur son dos.

— Tu sais ce que c'est ? demanda Cooley en agitant une planche à pince devant le visage de Thumps.

— Aucune idée.

— Une liste de VIP. Si ton nom ne figure pas sur la liste, tu ne peux pas entrer.

Cooley fit courir son doigt sur la page.

— Et ton nom ne figure pas sur la liste.

— Il faut que j'entre.

Cooley approcha sa tête de la vitre.

— Merde. Tu n'es même pas habillé pour l'occasion.

— Smoking ?

— Que des pingouins, là-dedans.

Le visage de Cooley s'adoucit.

— Désolé pour Stick.

— Il va s'en sortir.

— Non. Je m'en veux de l'avoir cru capable de tuer Floyd.

— Passe lui dire bonjour à l'hôpital.

Cooley réfléchit.

— Non, dit-il. Cet endroit me donne la chair de poule.

La cérémonie d'inauguration se déroulait au casino. Le parking n'était pas bondé, mais les voitures étaient plus nombreuses que Thumps s'y attendait. Il y avait même un camion de la télé. Cooley avait raison. Les invités étaient en tenue de soirée.

Ora Mae et Beth furent les premières à l'intercepter.

— Mon chou, dit Ora Mae, tu as l'air d'une paire d'espadrilles à des noces.

— Je ne savais pas que…

— Moi, je te trouve très bien, dit Beth.

— Oui, pour prendre part à un barbecue, dit Ora Mae en secouant la tête.

— Vous avez vu Claire ?

Ora Mae arrrangea le col de Thumps.

— Qu'est-ce que tu vas faire, maintenant ?

— Tu devrais peut-être travailler comme détective privé, dit Beth. Kate Fansler, V. I. Warshawski, Jane Lawless. Tu vois le genre ?

— Évidemment, ça t'obligerait à te lever le matin, dit Ora Mae.

Thumps sourit.

— La prochaine fois que tu trouveras un cadavre, appelle quelqu'un d'autre.

Ensuite, ce fut Archie qui vint à sa rencontre.

— Thumps ! Quelle fête, non ?

— Tu as vu Claire ?

Se retournant, Archie balaya la foule des yeux.

— Bien sûr. Elle était ici avec son petit ami.

— Son petit ami ?

— D'abord Claire. Puis Beth. À quoi tu t'attendais ?

— Claire n'a pas de petit ami.

— Tu sais quoi ?

— Et Beth n'est pas ma petite amie.

— J'ai déniché une première édition de *Dark River* de Louis Owens. Très rare.

Archie lissa les revers de son smoking.

— Comment tu me trouves ?

— Très beau.

— Je peux te donner un conseil ? demanda Archie. Des roses. Et finies, les galipettes par-ci par-là.

Archie gesticula vers la gauche.

— Je parie qu'il lui a offert des roses, lui.

Claire se trouvait à l'autre bout de la salle avec Sterling, pendu à son coude comme si elle était un radeau de sauvetage. L'homme ne pouvait pourtant pas être en train de se noyer. Il était dans son élément. Une salle pleine de gens riches et importants, potentiellement intéressés à investir dans l'immobilier.

Du coin de l'œil, Thumps aperçut Elliot Beaumont, adossé à un mur. Il n'avait pas l'air bien. Il semblait nerveux, ses yeux toujours en mouvement, comme s'il cherchait quelqu'un.

Décisions, décisions. OK, se dit Thumps. D'abord Claire, puis Beaumont.

— Thumps !

Sterling semblait sur le point d'exploser sous l'effet de la bonne humeur. Claire articula un « merci » silencieux.

— Salut, Sterling. Il est trop tard pour acheter un lot ?

Remarque un tantinet mesquine, mais Thumps était encore un peu fatigué et grincheux.

— Ce sont d'excellents placements, déclara Sterling. Ils suscitent un grand intérêt. Il n'y en aura bientôt plus.

— Excuse-nous, Sterling, fit Claire pour briser l'élan du vendeur. Thumps et moi avons à discuter affaires.

Sterling fut mécontent d'être privé de son gilet de sauvetage. Claire dut détacher ses doigts de son bras, un à un.

— Merci, fit Claire lorsque Sterling fut hors de portée.

— Mais de quelles « affaires » parles-tu ?

— Me sauver de Sterling, répondit Claire. Et qu'est-ce que tu fais ici ?

— J'ai besoin de ton aide.

Elle le dévisagea.

— Ça va me plaire ?

Thumps secoua la tête.

— Chan ne s'est pas suicidé.

Claire inspira à fond et garda l'air dans ses poumons.

— Il a été assassiné. Il y avait de la mousse de caoutchouc dans la blessure. Quelqu'un a posé un oreiller ou un coussin sur sa tête pour assourdir la détonation.

Claire se détourna. Lorsqu'elle pivota de nouveau vers lui, Thumps regarda ses yeux. Il n'aurait su dire si ce qu'il y vit était de la simple colère ou de la rage. Du moment qu'elle se rappelait qu'il était dans le camp des bons…

— Qu'est-ce qu'il te faut ?

— Dis-moi comment va se dérouler la cérémonie.

— La réception. Deux ou trois discours. Puis une visite des résidences.

— Des jeux de hasard ?

— Une rangée de machines à sous est ouverte.

— Et le système informatique ?

— Quoi, le système informatique ?

— Il y a quelque chose de prévu ?

Claire prit un moment pour réfléchir.

— Les représentants de Genesis vont procéder à une série de tests. Ils veulent être sûrs que tout fonctionne comme prévu.

— Je veux être présent, dit Thumps. Tu peux t'arranger ?

— Qu'est-ce qui ne va pas ?

— Tout va très bien. Peut-être.

Thumps sentait les yeux de Claire le foudroyer.

— Mais il y a peut-être du danger.

— Te connaître est dangereux, dit Claire.

— Qui va réaliser les tests ?

Claire se tourna vers la foule, mais Thumps savait déjà qui elle cherchait des yeux.

— Elliot Beaumont ?

— Oui.

— Il aura quelqu'un avec lui ?

— Pas que je sache.

Thumps examina une dernière fois l'assistance.

— C'est pour quand ?

— Maintenant, plus ou moins.

— Le shérif est en route. Quand il sera là, dis-lui où je suis.

— Je viens avec toi.

— Non. Écoute, si je me trompe, je vais avoir l'air d'un âne bâté. Si j'ai raison, il va y avoir du grabuge. Dans un cas comme dans l'autre, je ne veux pas que tu sois là.

— Je te conseille de trouver une meilleure raison.

— Stick.

— Stanley ?

— Il est trop jeune et trop arrogant pour rester tout seul.

Claire prit une profonde inspiration et libéra l'air avec lenteur.

— Tu es un emmerdeur, DreadfulWater. Mais je ne veux pas qu'il t'arrive malheur.

— Bah, ce ne sont pas les photographes qui manquent.

L'air à l'intérieur du centre informatique était frais et sombre. Elliot Beaumont travaillait seul devant la console.

— Comment ça va, Elliot ?

Dans le profond silence de la pièce, la voix de Thumps prit Beaumont par surprise.

— Mon Dieu, vous m'avez fait peur.

— Désolé. Claire m'a demandé de venir superviser les tests.

— Faites comme chez vous, dit Beaumont. Mais il n'y a pas grand-chose à voir.

Thumps jeta un coup d'œil à l'écran, où s'exécutait une sorte de danse compliquée.

— Qu'est-ce que vous fabriquez ?

Beaumont se tourna vers les écrans.

— Je vérifie les séquences de transfert pour le casino et je règle le balayage des caméras de sécurité dans l'immeuble de logements. Regardez.

Il appuya sur deux ou trois touches, et une quinzaine de moniteurs s'animèrent.

— Les cages d'escalier, les couloirs et le garage, tout est bien sécurisé.

— Dommage qu'elles n'aient pas fonctionné lorsque Takashi a été tué, dit Thumps, penché sur l'épaule de Beaumont. Au fait, qu'est-ce qu'une séquence de transfert ?

— C'est la base de notre système. Que savez-vous de la banque en ligne ?

— Les cartes de crédit ?

— Oui, en un sens. Plus personne n'utilise d'espèces, vous comprenez. L'argent comptant existe toujours, mais la plupart des mouvements sont effectués en ligne par de grandes banques.

— Les séquences de transfert.

— Exactement. L'argent du casino est déposé dans une banque, puis les fonds sont transférés par voie électronique en fonction des besoins. Pour payer les fournisseurs. Les employés.

— Et c'est l'ordinateur qui contrôle ces transferts.

— Bien sûr.

— Montrez-moi.

Les doigts de Beaumont dansèrent sur le clavier. Voilà pourquoi les mains de cet homme sont si douces, songea Thumps. Il se sert uniquement du bout de ses doigts.

— Tous les jours, à cinq heures de l'après-midi, l'ordinateur dépose les recettes de la journée et effectue en même temps les transferts nécessaires.

Thumps fit de son mieux pour retenir son sarcasme.

— Pourquoi faut-il un ordinateur pour ça ?

— C'est compliqué.

— Pourquoi ne pas apporter l'argent à la banque ?

— Plus de la moitié des sommes encaissées par le casino proviendront de transferts électroniques, de cartes de crédit et de rétrofacturations à des entreprises et à des sociétés. Dans cinq ans, les transferts électroniques compteront pour soixante-quinze pour cent des rentrées du casino.

Dans le coin supérieur du moniteur, on lisait « 16:59 ».

— Alors, à cinq heures, l'argent du casino se met à bouger.

— Oui, en un sens. Les transferts sont imputés au crédit du client à la banque. Imaginons que le casino ait réalisé un profit brut de cent mille dollars. Le même jour, la somme sera créditée au compte du casino et, simultanément, l'ordinateur générera les transferts requis.

— Et l'argent réel, dans tout ça ?

— Il doit être déposé dans les vingt-quatre heures.

— Qui en assure le suivi ?

Beaumont sembla amusé par la question.

— Eh bien, l'ordinateur, naturellement.

Soudain, le grand écran s'anima et des chiffres se mirent à défiler.

— Nous y voilà.

Sous les yeux de Thumps, l'ordinateur généra une série de chiffres.

— Ici, les dépenses, expliqua Beaumont. Et là, les profits.

— Quels profits ? Le casino n'est pas encore ouvert.

— Ce sont des projections, dit Beaumont. Nous avons saisi des chiffres pour voir comment le système réagira dans des conditions normales.

Le téléphone posé sur la table de travail sonna. Dans le silence qui régnait dans la pièce, on aurait dit un système d'alarme d'incendie. Beaumont coinça le combiné contre son épaule.

— Oui ? fit-il en continuant de pianoter sur le clavier d'une main. Oui, tout va bien… Parfait… M. DreadfulWater est ici… À titre d'observateur.

Beaumont tendit le combiné à Thumps.

C'était Virginia Traynor.

— Bonjour, lança-t-elle avec une légèreté qui éveilla dans l'esprit de Thumps des images de palmiers et de plages de sable blanc.

— Je pensais vous voir à l'inauguration.

— Elliot se tirera très bien d'affaire tout seul, dit Traynor. Il fait trop beau pour s'enfermer. Pourquoi ne vous joindriez-vous pas à moi ?

— Où êtes-vous ?

— Je suis en route vers le terrain de golf.

— Je vais devoir passer mon tour.

— Départ à six heures, au cas où vous changeriez d'idée, insista-t-elle. Vous me passez Elliot, s'il vous plaît ?

Thumps attendit que Beaumont et Traynor aient terminé.

— Un des avantages à être la patronne, dit Beaumont. À votre place, j'irais jouer au golf.

— Qui a eu l'idée du système ?

— Le système de sécurité ?

— Oui.

— Daniel Takashi. C'était un génie dans son domaine.

— Et Chan ?

— George a donné un coup de main. Mais c'est Daniel qui a mené le projet de A à Z.

Thumps sortit le disque de sa poche et le laissa tomber à côté de Beaumont.

— Qui a tué Chan ? Traynor ou vous ?

Beaumont pivota sur la chaise.

— Qu'est-ce que vous racontez ?

— Chan ne s'est pas suicidé. Il a été assassiné.

Thumps se demandait comment l'homme réagirait. Allait-il nier, bluffer, fuir ou attaquer ?

— À cause du contenu de ce disque, n'est-ce pas ?

Beaumont se cala sur sa chaise.

— C'est une plaisanterie ?

— C'est très sérieux, au contraire, monsieur Beaumont.

Le shérif Hockney s'encadrait dans la porte, l'arme au poing.

— Nous avons trouvé le coussin qui a servi à étouffer le coup de feu, dit-il.

— Où ça ?

— Chez M. Beaumont.

Thumps jeta un coup d'œil à Beaumont. Il aurait eu du mal à dire si l'homme était amusé ou contrarié.

— Les canapés des appartements de MM. Chan et Beaumont sont identiques. Ce détail nous avait échappé, la première fois.

Beaumont n'était pas amusé, en fin de compte.

— Foutaise ! Vous n'avez rien contre moi.

— Vous n'avez pas idée du nombre de fois où j'ai entendu ces mots, dit Hockney en levant son arme à la hauteur de ses yeux. Mettez vos mains sur la table. Je vous arrête pour meurtre.

— C'est ridicule ! s'écria Beaumont, de plus en plus frénétique. Je n'ai pas de temps pour de tels enfantillages.

— Vous avez le droit de garder le silence…

Thumps aurait pris Elliot Beaumont pour un homme plutôt rigide et impassible, mais celui qui se dressa devant lui en agitant les mains était tout le contraire.

— Vous avez droit à un avocat…

— Et qu'est-ce que je fais de tout ça ? demanda Beaumont qui, les bras écartés, désignait les écrans des caméras de sécurité et le moniteur de l'ordinateur. Non mais regardez !

Thumps n'aurait pas cru l'homme capable de bouger aussi rapidement. Mais il profita de la fraction de seconde au cours de laquelle le shérif se tourna vers les moniteurs pour s'éloigner de la table, une arme à la main.

— Duke !

Le premier coup de feu atteignit le shérif à l'épaule et le renversa. Sans perdre un instant, Beaumont se tourna vers Thumps.

— On dirait bien que nous allons recommencer à jouer aux cow-boys et aux Indiens.

— Vous ne pourrez pas sortir d'ici.

— On parie ? fit Beaumont en se penchant pour ramasser l'arme du shérif. Je vous tue avec l'arme du shérif, puis j'achève le shérif avec cette arme-ci, et je la laisse sur votre cadavre.

— Personne ne croira un truc pareil.

— Probablement pas. Mais nous, on s'en foutra comme de l'an quarante.

— Pas moi.

Cooley Small Elk sortit de l'ombre. Sa carabine était braquée sur Beaumont, qui cligna des yeux, mais continua de viser la tête de Thumps.

— Je vais abattre votre ami, dit Beaumont.

— Ce n'est pas vraiment mon ami, répondit Cooley en haussant les épaules. L'autre jour, il m'a menti.

Thumps voyait Beaumont se livrer à un rapide calcul de probabilités.

— Laissez tomber, Elliot.

— D'accord, fit Elliot. Surtout, ne tirez pas.

— Jetez votre arme, ordonna Cooley.

Beaumont laissa le revolver se balancer au bout de son doigt en le tenant par le pontet. Lentement, il le retourna, la crosse devant, et le tendit à Cooley.

Cooley secoua la tête.

— Mauvaise idée.

Mais Beaumont avait déjà amorcé le mouvement. Avant même de se rendre compte que Cooley n'avait pas baissé sa carabine, il fit pivoter le revolver d'une simple torsion du poignet, prêt à tirer.

La détonation produite par la carabine de Cooley fut assourdissante. Elliot laissa entendre un grognement avant de tomber à la renverse sur le moniteur principal.

— J'y crois pas, dit Cooley. Ce truc-là, tout le monde le connaît.

— Il ne regarde peut-être pas beaucoup la télévision, dit Thumps en se précipitant vers le shérif.

Duke était affalé contre le mur. Son bras gauche pendouillait, comme fracturé.

— Ça fait un mal de chien.

— Ne bouge pas. J'appelle une ambulance.

— Il est mort ? demanda le shérif.

Cooley poussa Beaumont du bout de sa carabine.

L'homme gémit doucement, mais sans bouger.

— Non, répondit Cooley. Il fait encore tic-tac.

— Dis-moi, DreadfulWater. Pourquoi il ne t'a pas tiré dessus ? demanda Duke.

— Il était trop occupé à tirer sur toi.

Hockney tenta de rectifier sa position.

— Tu te dis que tu m'as sauvé la vie, je suppose ?

— Non, c'est Cooley qu'il faut remercier. Maintenant, ferme-la et sers-toi de ça pour faire pression sur la blessure.

— Comment tu as su que c'était Beaumont ?

— Mon petit doigt.

Duke prit une profonde inspiration et grimaça.

— Avec toi, tu sais, les nouvelles sont toujours bonnes et mauvaises.

— Tu ne vas quand même pas m'accuser d'être responsable de la balle que tu t'es prise ?

— Ça, c'est la mauvaise nouvelle.

— Ce n'est quand même pas de ma faute si tu es vieux et lent.

— Tu as une idée de la paperasse à remplir quand un policier tire sur quelqu'un ?

— Tu n'as tiré sur personne.

— Ça, c'est la bonne nouvelle, affirma Duke en essayant de sourire malgré la douleur.

Cooley restait près de Beaumont, au cas où le type aurait encore de mauvaises intentions.

— Merci, fit Thumps.

— Quand j'ai dit que tu n'étais pas mon ami… C'était seulement pour rire.

— Je sais.

— Tu sais quoi ? fit Cooley. J'aime bien jouer aux cow-boys et aux Indiens.

— Et tu as botté le cul d'un cow-boy, ce coup-ci.

— Au fait, tu as ton appareil ? demanda Cooley en se fendant d'un large sourire. Tu pourrais me photographier au-dessus du cow-boy. Ma petite amie adorerait.

Ça, songea Thumps, c'est la meilleure idée de la semaine.

24

Thumps était sûr qu'être blessé par balle ne figurait pas en tête de la liste de priorités de Hockney, mais l'être pendant la cérémonie d'inauguration des copropriétés de luxe était une chance dans son malheur. Sans compter Beth, il y avait, parmi les quelque deux cents invités qui traînaient dans le casino avec des airs de nantis, pas moins de sept médecins. Avant même que l'ambulance ait quitté les limites de la ville de Chinook, trois d'entre eux s'occupaient du shérif, qui n'était pas grièvement blessé, et quatre soignaient Beaumont, qui s'accrochait péniblement à la vie.

Dans un coin, Cooley, responsable d'une bonne partie du carnage, répondait aux questions et se faisait prendre en photo.

Claire n'était pas plus contente que le shérif, même si personne n'avait tiré sur elle.

— Depuis que je t'ai demandé de m'aider, trois personnes ont été assassinées, deux ont été blessées, et mon fils est à l'hôpital.

— Deux personnes ont été assassinées, corrigea Thumps. Takashi était déjà mort.

Le centre informatique était envahi par quantité de gens curieux de voir à quoi ressemble une scène de crime. La visite avait été annulée ou retardée puisque Sterling Noseworthy, qui aurait dû mener les riches en troupeau vers les appartements témoins, se tenait dans l'encadrement de la porte en se demandant s'il devait entrer ou sortir. L'homme semblait frétiller, mais on n'aurait su dire si c'était sous l'effet de la peur ou de l'excitation.

— Je dois rentrer en ville, dit Thumps.

— Et ça ? demanda Claire, comme s'il était personnellement responsable du gâchis.

— Tu es en bonne compagnie.

Claire ne se retourna pas. Elle dévisagea Thumps dans l'espoir d'apercevoir un reflet dans ses yeux.

— Ne me laisse pas seule avec Sterling.

— T'en fais pas. Il donne l'impression d'avoir perdu *sa raison d'être**, répondit Thumps, heureux d'avoir conservé quelques notions de français de ses études à l'université.

— Tu ne devrais pas prendre des photos ?

Agenouillée près de Duke, Beth examinait sa blessure. Le shérif semblait moins mal en point. Il avait repris des couleurs et redevenait grincheux.

— Tu t'en sors remarquablement bien, DreadfulWater, dit-il en essayant de s'adosser confortablement au mur. Pas une égratignure.

— Peut-être, répondit Thumps en souriant, parce qu'on ne m'a pas tiré dessus. L'aurais-tu oublié ?

Beth secoua la tête.

— Vous avez fini de jouer, les garçons ?

Duke se détourna en grinçant des dents.

— Beaumont va s'en tirer ?

— Possible, répondit Beth. Si je vous laisse seuls tous les deux, vous promettez d'être gentils ?

Duke vit Beth se diriger vers la foule de médecins qui encerclaient Beaumont.

— Ça, c'est une femme qui pourrait nous botter le cul.

— J'ai besoin d'une faveur.

Pour un peu, le shérif aurait pouffé de rire.

— Je me prends une balle à cause de toi et tu réclames une faveur ?

— Je t'ai sauvé la vie.

— Tu n'as pas dit que c'était Cooley qui m'avait sauvé ?

— Il est de la famille.

— Fous le camp d'ici, dit Duke. Avant que je t'arrête.

— Pour quoi ?

— Pour ne pas perdre la main.

Le trajet jusqu'en ville fut grisant, en partie parce que Thumps avait descendu les vitres et en partie parce qu'il avait roulé à tombeau ouvert. Il ralentit en traversant Chinook, mais, de l'autre côté de la ville, une fois sur la grand-route, il poussa de nouveau la Volvo, au mépris de la limite de vitesse.

Il ralentit en bifurquant vers le Shadow Ranch.

Le parking du club de golf était presque désert. Les riches, pensa Thumps mesquinement, préfèrent sans doute jouer le matin : ainsi, ils n'ont pas à interrompre ou à retarder libations et ripaille.

Il se gara dans un espace réservé à deux pas du pavillon. Personne n'enlève des voitures du parking d'un club de golf fréquenté par les nantis. Même pas les Volvo vieilles de vingt ans.

L'homme assis derrière le comptoir était plus âgé que Thumps. Voilà qui le changeait agréablement des visages lisses et niais qu'il avait croisés à chacune de ses visites au Shadow Ranch.

— Vous devez être DreadfulWater.

— Coupable.

— Mme Traynor vous attend.

— Elle a déjà commencé sa partie ?

— Il y a une vingtaine de minutes, répondit l'homme en se tournant vers la fenêtre. Elle m'a demandé de préparer une voiturette, au cas où vous viendriez. Vous devriez pouvoir la rattraper au troisième trou.

Des nuages s'amoncelaient devant les montagnes. Le vent avait viré de bord, et l'air sentait la pluie. Thumps s'assit dans la voiturette et considéra les tables posées sur la terrasse qui dominait le dix-huitième trou. La journée avait été longue. Il n'avait qu'une envie : trouver un coin tranquille, commander un sandwich au jambon et au brie avec une salade César, un grand verre de limonade et une part de tarte aux cerises, puis attendre que Traynor ait terminé.

C'est ce qu'aurait fait un photographe.

Traynor l'attendait à l'aire de départ du quatrième trou.

— Contente de vous voir.

— La fête, c'était trop d'excitation pour moi.

— Elliot n'est pas avec vous ?

Beaumont n'irait nulle part avant un long moment. À supposer qu'il survive. Dans leurs pronostics, les médecins n'étaient pas unanimes. Il avait perdu beaucoup de sang. La balle avait fracassé une côte et perforé un poumon.

— Non, répondit Thumps. Quelques détails à régler.

— Je crois comprendre que le système informatique fonctionne bien.

— Je suis la mauvaise personne à qui poser la question.

— Mais vous êtes la bonne personne avec qui jouer au golf, dit Traynor. Pourquoi ne commenceriez-vous pas ? J'ai un rapide coup de fil à passer.

Thumps sortit une balle du sac et la posa sur un tee. Devant lui, le green était large et vallonné, bordé d'une rangée d'arbres. Derrière, le soleil était bas, et les ombres s'étiraient sur le fairway, comme pour atteindre la sécurité du green, au loin.

La balle de Thumps aboutit dans un des deux bunkers du côté droit. Traynor s'était écartée de l'aire de départ, le téléphone pressé contre l'oreille. Thumps se demanda si elle cherchait à joindre Beaumont. Il avait l'intention de lui faire part des événements, mais plus tard, après avoir pris le temps de se détendre et de profiter de la partie.

— Désolée, dit-elle.

Elle s'empara de son driver, plaça sa balle et la catapulta en plein centre du fairway.

— Soyons sociables et partageons une voiturette, d'accord ?

— Volontiers.

— Les préposés récupéreront l'autre plus tard. Alors, dit-elle en contemplant le fairway, où est votre balle ?

Au sortir du bunker, la balle de Thumps obliqua du côté droit. Il devrait exécuter un coup d'approche depuis l'herbe haute. Traynor atteignit le green avec son deuxième coup.

— Je suppose que vous préférez ne pas parier sur chacun des trous ?

— Je n'ai même pas les moyens de jouer ici.

— Nous sommes à l'ère de l'information, fit Traynor. Que diriez-vous de jouer pour des renseignements ?

— OK.

— Le gagnant ou la gagnante a droit à une question.

— Peu importe le sujet ?

— Pourquoi pas ? répondit Traynor. Ce n'est pas comme si nous avions des révélations fracassantes à faire, vous et moi.

Thumps exécuta son troisième coup, très délicat, et plaça la balle à 1,80 m du trou. Traynor rata son coup roulé de peu, puis mit la balle dans le trou pour un par.

— Si vous ratez, c'est moi qui remporte le premier round.

Thumps prépara son coup roulé, frappa bien la balle et la vit contourner le trou.

— Joli put, commenta-t-il en route vers le cinquième trou. Que voulez-vous savoir ?

— Les Meurtres d'obsidienne… Avez-vous capturé le meurtrier ?

— Non.

Traynor sourit.

— Vous ne vous en tirerez pas avec un simple « non ».

— Nous avons trouvé des indices matériels et élaboré toutes sortes de théories pour expliquer la position des cadavres, mais il n'en est jamais rien ressorti.

— Puis les meurtres ont pris fin.

— Exactement.

— Et vous avez quitté la police peu de temps après ?

— Je croyais qu'on jouait pour une seule question, dit Thumps.

— C'est toujours la même. La petite fille, c'était votre enfant ?

Thumps sentit son visage se pétrifier. Il n'avait pas du tout envie de jouer à ce jeu-là.

— Si c'est trop personnel…

— C'est trop personnel.

Le coup de départ de Traynor finit du côté gauche du fairway. Thumps frappa mieux et sa balle resta dans le rough.

— Elle s'appelait Callie. Ce n'était pas ma fille. Nous étions amis, sa mère et moi.

— Combien de temps ?

— Trois ans.

— C'est long.

Oui, songea Thumps. Trois ans, c'est une éternité.

Il gagna le trou grâce à un coup roulé de sept mètres. Au départ du trou numéro six, Traynor leva les bras en signe de capitulation.

— À votre tour de m'écorcher vive.

— Je ne vous connais pas assez pour ça.

Le visage de Virginia Traynor s'adoucit.

— Je n'en crois rien. Au fait, je vous ai remercié d'avoir sauvé ma compagnie ?

— Je n'ai rien sauvé du tout.

— Mais si. Il y a eu pas mal de désordre, mais les choses auraient pu tourner plus mal.

— Je ne vois pas comment.

Thumps posa sa balle sur le tee avant de se tourner vers Traynor.

— Où êtes-vous née ?

— À Sacramento, en Californie. J'ai trente-huit ans. Mais je ne les fais pas.

— Non, vous ne les faites pas.

— C'est la question que vous vouliez me poser ?

— C'est joli, Sacramento.

Aux deux trous suivants, ils finirent *ex æquo*. Ils en étaient au neuvième, à deux coups partout.

Traynor s'appuya sur son fer et se tourna vers le pavillon, au loin. On ne voyait que le toit de l'immeuble et une partie du parking.

— Vous savez que nous sommes au point le plus éloigné du parcours ? D'ici, en marchant d'un bon pas, vous mettriez quinze minutes à atteindre le pavillon.

— Et en voiturette ?

— Cinq minutes. Plus si vous restez sur les sentiers.

— C'est un long parcours.

— Et c'est le neuvième trou qui a le green le plus étendu, dit Traynor en marquant sa balle. Dix-huit mètres sur douze.

— On a l'impression d'être au bout du monde.

— Oui, confirma Traynor. Absolument.

Traynor se préparait à un coup roulé d'environ dix mètres, avec une vilaine inclinaison de la droite vers la gauche. Thumps la vit calculer son approche et frapper la balle en plein milieu du green.

Thumps ne fut même pas près d'égaler sa marque.

— À mon tour.

— Tirez.

Virginia Traynor s'avança vers Thumps, toucha son visage et l'embrassa. Pas comme le faisait Claire. Ce baiser-là était empreint de tristesse. De regrets.

— Bon, fit-elle. À quel moment avez-vous tout compris ?

— Après le meurtre de Chan.

— Mais vous aviez déjà des soupçons.

— Trop d'éléments ne collaient pas.

— Par exemple ?

— Un ami a fait des recherches sur votre société sur Internet.

— Et ?

— Il m'a semblé bizarre qu'une société informatique qui travaille presque exclusivement pour de grandes banques et des maisons de courtage installe un système informatique dans le casino d'une petite tribu, au milieu de nulle part. En dessous des prix du marché.

— Nous avons une conscience sociale.

— Genesis Data Systems ne s'est jamais intéressé aux casinos.

— Les services bancaires sont une forme de jeu de hasard.

Thumps secoua la tête.

— Il vous fallait un laboratoire. Un endroit où tester un système sans attirer l'attention. Les transferts de séquence. C'est ça, non ?

— On dirait un film de série B. (Traynor souriait en jouant avec ses cheveux, comme si on venait de la complimenter.) Et à quoi servent ces… transferts de séquence, à votre avis ?

— À envoyer des fonds d'une banque à une autre.

— Très bien.

— Mais votre système fait aussi autre chose, pas vrai ?

— Ah bon ?

Elle s'amusait ferme.

Thumps remit le fer dans le sac.

— L'argent est la seule raison d'être des banques. À mon avis, votre programme, vos transferts de séquence, vont vous permettre de vous approprier cet argent.

— Idée intéressante.

— Mais les banques prennent la sécurité au sérieux. Vous n'aurez qu'une seule chance, non ? Avant de courir le risque de mettre votre plan à exécution, vous deviez le tester dans un endroit discret, un coin perdu, au cas où il y aurait des ratés.

Traynor retira son gant, appuya le fer contre la voiturette et ouvrit un compartiment du sac de clubs.

— La mort de Takashi n'a pas été particulièrement discrète.

— Takashi a peut-être eu vent du stratagème. Il a peut-être exigé une plus grande part du gâteau. Vous voulez bien éclairer ma lanterne ?

— Vous n'avez pas besoin de mon aide.

— Je parie qu'il s'est montré gourmand. Chan élimine Takashi et doit supprimer Floyd parce qu'il en sait trop.

Thumps entendit la rumeur des sirènes de police, au loin.

Traynor se tourna à moitié vers le pavillon.

— C'est la cavalerie ?

— Le shérif me devait une faveur.

— Elliot ?

— Il a voulu nous abattre, le shérif et moi.

— Ah ! fit Traynor. C'est donc ce qui explique son absence.

— Il n'est pas mort. Je m'attends à ce qu'il remplisse les blancs.

— Les blancs ?

— Les banques visées, par exemple. La somme que vous comptiez empocher. Des détails de ce genre.

— Mais vous, ça ne vous intéresse pas.

— Jusqu'à un certain point seulement, dit Thumps. Ce que j'aimerais vraiment savoir, c'est qui a tué Chan. Beaumont ou vous ?

— Désolée, fit Traynor. Mais c'est moi qui ai gagné.

Elle souriait toujours. À présent, cependant, elle avait une arme. Qu'elle braquait sur la poitrine de Thumps.

— Le disque, s'il vous plaît.

— Pourquoi ?

— Un souvenir, en quelque sorte.

Thumps jeta un coup d'œil au pavillon.

— Ils n'arriveront pas à temps, dit Traynor. En ce moment, ils se demandent quoi faire. On ne les laissera pas entrer sur le terrain avec leurs voitures. Ils mettront au moins quinze minutes à monter dans des voiturettes. Cinq de plus pour venir jusqu'ici.

— Vous allez me descendre ?

Question stupide. Thumps était relativement certain que Traynor l'abattrait si l'envie lui en prenait.

— Je n'en ai pas le projet.

Il sortit le disque de sa poche et le lui lança.

— Vous comptez vous enfuir à bord d'une voiturette de golf ?

Traynor rit et repoussa les cheveux devant ses yeux.

— Une poursuite de voiturettes au milieu des bois. Fascinant, mais peu pratique.

— Dans ce cas, tout indique qu'on vous arrêtera.

— C'est ce qui me plaît chez vous, monsieur DreadfulWater. Votre pessimisme à toute épreuve.

Elle coupa le contact de la voiturette et retira la clé.

— Ah, on dirait que ma monture arrive.

On entendait, au loin, le vrombissement d'un moteur. Au début, Thumps crut qu'on avait laissé les policiers envahir le terrain avec leurs voitures, en fin de compte. Mais, à mesure que le son se rapprochait, il comprit qu'il venait du mauvais côté. De la forêt.

— Environ cent millions, dit Traynor. Et il est trop tard pour arrêter l'opération.

L'hélicoptère se glissa au-dessus des arbres à la manière d'un requin volant. Le courant descendant renversa Thumps. Au bord du green, Virginia attendit que l'appareil se pose et que la portière s'ouvre.

— Je tiens encore à voir vos photographies, cria-t-elle en montant à bord.

— Passez chez moi la prochaine fois que vous serez en ville ! répondit Thumps sur le même ton.

Il n'aurait pas juré qu'elle l'avait entendu dans les *flap-flap-flap* du rotor.

Virginia Traynor avait mis dans le mille. Les voitures de police étaient encore garées près du pavillon. Et, pour le moment, on ne voyait nullement les représentants des forces de l'ordre se lancer à la rescousse, montés sur des voiturettes de golf.

Thumps regarda l'hélicoptère s'élever dans l'air frais du soir et mettre le cap vers le sud. Il le vit disparaître. Ensuite, en attendant l'arrivée des policiers, il sortit son fer et rejoua le coup roulé qu'il avait raté.

25

Thumps passa les trois heures suivantes dans le pavillon du Shadow Ranch à expliquer le complot aux policiers mystifiés. Un appel avait été lancé trente minutes après l'évasion de Traynor, mais Thumps doutait qu'on retrouve l'hélicoptère à temps pour empêcher cette femme d'aller où elle voulait. Elle s'était presque certainement arrangée pour être de retour sur le plancher des vaches lorsque la police s'envolerait enfin.

— Nous aurons sans doute besoin de vous revoir, dit un des adjoints.

— Quand vous voulez.

— Ne quittez pas la ville.

Thumps aurait aimé jouer le neuf de retour, mais il faisait presque noir désormais, et il voulait absolument passer à l'hôpital avant la fin des heures de visite.

— Vous n'avez plus besoin de moi?

— Vous êtes sûr qu'elle est partie vers le sud?

En affirmant qu'elle avait mis le cap sur l'ouest, le nord ou l'est, Thumps n'aurait pas couru plus de risques de se tromper. Une fois dans les airs, elle avait pu changer de direction à sa guise. Thumps supposa que le coup de fil qu'elle avait passé sur le terrain de golf était destiné au pilote, qui s'était aussitôt envolé. Avait-elle compris qu'elle était en danger dès que Thumps s'était pointé? Sans doute. Ensuite, elle avait joué six trous en attendant l'arrivée de l'appareil.

Pour le bien de la police, se dit Thumps, il vaut mieux que la plupart des criminels soient des hommes.

Assis dans son lit, Stick regardait la télévision. Claire lisait un magazine. Ailleurs que dans une chambre d'hôpital, la scène aurait eu une touchante dimension familiale.

— Salut, Thumps, dit Stick. Ma mère dit que tu as tiré sur quelqu'un.

— Non, c'est Cooley.

— Maman t'en veut. Elle pense que c'est à cause de toi qu'on m'a tiré dessus.

— C'est faux.

— C'est ce que je lui ai dit, mais elle est fâchée quand même.

— Quand vous aurez fini, tous les deux, faites-moi signe, dit Claire sans lever les yeux de son magazine.

— Comment tu te sens ?

— J'ai super mal, répondit Stick. J'ai bien envie de le poursuivre, ce salaud.

Claire posa le magazine.

— Le shérif Hockney est au bout du couloir. Il veut que tu passes le voir à la première occasion.

— Sûrement pour m'engueuler, à cause de la fuite de Traynor.

— Je n'arrive toujours pas à croire que c'est elle qui était derrière ces meurtres.

— Des appartements se sont vendus ?

— Tu vas croire que je charrie, dit Stick, mais Ora Mae en a vendu quinze. Parmi les plus chers.

— Avant ou après la fusillade ?

Le visage de Stick se fendit d'un autre grand sourire.

— Après.

— Tout n'est pas rose, dit Claire. On doit maintenant trouver une autre entreprise informatique. Le projet va être retardé d'au moins deux mois.

— *Pff*, fit Stick. C'est rien du tout.

— Qu'est-ce qu'elle voulait ? demanda Claire. Pourquoi a-t-elle choisi notre réserve ?

— Je t'expliquerai tout ça quand on aura plus de temps.

— Tard le soir, vous voulez dire ? lança Stick. Au lit, genre ?

Malgré les inconvénients, Thumps préférait Stick au seuil de la mort.

— Combien de temps doit-il rester à l'hôpital ? demanda-t-il à Claire en la regardant d'un air entendu.

— Au moins quatre jours.

— Qu'est-ce que tu fais, demain soir ?

— Hé ! Ho ! Ça suffit, vous deux.

— Rien, répondit Claire. Rien du tout.

— Et là, maintenant ?

Claire sourit.

— Pourquoi ?

— On pourrait répéter pour demain soir.

— De vrais malades, dit Stick en montant le volume du téléviseur.

Duke était allongé sur son lit, mais il ne dormait pas.

— Salut, dit-il. J'ai entendu dire que tu avais encore fichu un sacré bordel.

— C'est sa vocation, apparemment, lança Claire.

— Pourquoi l'as-tu laissée partir ?

— Elle était armée.

— Beaumont aussi.

— Merci pour les renforts.

— Comme s'ils avaient servi à quelque chose... fit le shérif. Comment diable as-tu deviné que c'était Traynor ?

— Beaumont n'a pas inventé l'eau tiède, mais il n'est quand même pas assez stupide pour avoir laissé dans sa chambre le coussin utilisé pour assourdir le coup de feu qui a tué Chan.

— Aïe, fit le shérif. Elle est sans cœur, cette femme.

Non, songea Thumps. Seulement brillante.

— Au fait, poursuivit Hockney, tu gagnes bien ta vie comme photographe ?

— Je ramasse l'argent à la pelle, répondit Thumps.

— Si tu finis par en avoir assez de contempler les montagnes et les rivières, un poste d'adjoint va peut-être se libérer bientôt.

— Ma chambre noire est moins dangereuse.

— C'est toi qui décides, dit le shérif. J'ai entendu dire que Clarence Fellows cherche du travail, lui aussi.

La cafétéria était fermée et la machine à café du couloir en dérangement. Couronnement parfait d'une semaine parfaite. Thumps et Claire sortirent, et l'air frais de la nuit les enveloppa.

— Je sais où trouver du café, dit Thumps.

— Depuis quand tu sais faire bouillir de l'eau, toi ?

— Je me débrouille très bien en cuisine.

— Tenons-nous-en au café, décréta Claire.

Au-dessus de leurs têtes, le ciel était noir et clair. Pendant un moment, et malgré ses plus vaillants efforts, Thumps fut transporté sur une plage de Californie, celle où Anna et Callie avaient été découvertes gisant sur le sable, à la lueur des étoiles.

— Ça va ?

— Ouais.

Thumps jeta un dernier coup d'œil au ciel. Quelque part sous ces étoiles, Virginia Traynor volait vers une fortune en argent volé. Et, quelque part, un tueur en série arpentait les plages d'un littoral lointain, à la recherche de sa prochaine victime.

— Tu crois que Traynor va s'en tirer ?

— Peut-être.

Et, quelque part sous ces mêmes étoiles, Thumps DreadfulWater attendrait.

DU MÊME AUTEUR, CHEZ LE MÊME ÉDITEUR :

Red Power, 2022.

Le Livre de Poche s'engage pour l'environnement en réduisant l'empreinte carbone de ses livres. Celle de cet exemplaire est de :
350 g éq. CO_2
Rendez-vous sur
www.livredepoche-durable.fr

PAPIER CERTIFIÉ

Composition réalisée par Lumina Datamatics, Inc.

Achevé d'imprimer en septembre 2023 en Espagne par
BLACKPRINT
Dépôt légal 1re publication : octobre 2023
LIBRAIRIE GÉNÉRALE FRANÇAISE
21, rue du Montparnasse – 75298 Paris Cedex 06

15/7837/7